insel taschenbuch 4855
Natalie Bakopoulos
Zikadensommer

NATALIE BAKOPOULOS

ZIKADENSOMMER

ROMAN

Aus dem amerikanischen
Englisch von Katharina Förs

INSEL

Die Originalausgabe erschien unter dem Titel *Scorpionfish* bei Tin House, Portland, Oregon 2020.

Für Jeremy

Erste Auflage 2021
insel taschenbuch 4855
Deutsche Erstausgabe

Vertrieb durch den Suhrkamp Taschenbuch Verlag
Umschlaggestaltung von Designbüro Lübbeke Naumann Thoben, Köln, unter Verwendung des Originalumschlags mit einer Illustration von Aniko Aliyeva, Budapest
Satz: Satz-Offizin Hümmer GmbH, Waldbüttelbrunn
Druck: C. H. Beck, Nördlingen
Printed in Germany
ISBN 978-3-458-68155-7

Unser gesamter Körper ist wohl oder übel die Bühne einer Wiederauferstehung der Toten, während wir selbst auf den eigenen Tod zusteuern. Wir sind, wie Sie sagen, alle miteinander verbunden. … Ob in der größten Einsamkeit oder in der Fülle sich überstürzender Ereignisse, ob in Sicherheit oder in Gefahr, ob unschuldig oder korrumpiert, wir sind die Menge der Anderen.

Elena Ferrante, *Frantumaglia*

TEIL EINS

1

MIRA

Die kleine Zweizimmerwohnung, in der ich bis zu meinem fünften Lebensjahr gewohnt habe, liegt am Nordhang des Lykabettus, zwischen den Ortsteilen Ambelokipi und Neapoli. Zum ersten Mal seit der Beerdigung meiner Eltern einige Monate zuvor wieder in Athen zu sein, fühlte sich bei meiner Ankunft gleichzeitig irreal und so real an, wie ich es nie für möglich gehalten hätte. Es war, als hätte mein durchlässiges, vom Jetlag gepeinigtes Selbst sich in diesen Raum entleert.

Aris arbeitete diese Woche in Brüssel, und obwohl ich direkt in seine Wohnung hätte fahren können, tat ich es nicht. Zwar hatte ich vorgehabt, bei ihm zu wohnen, aber ich musste noch die Wohnung meiner Eltern räumen, bevor ich sie vermieten konnte. Als ich zur Beerdigung gekommen war, hatte ich es nicht über mich gebracht, auch nur in die Nähe der Wohnung zu kommen. Ich hatte erwartet, dass Aris Einwände erheben würde, aber er hatte lediglich gefragt: »Bist du sicher, dass du dort allein sein willst?« Ich hatte entgegnet, es würde schon gehen, aber sicher war ich ehrlich gesagt nicht.

Tatsächlich war ich so lange nicht mehr in dieser Wohnung gewesen, dass der Taxifahrer beim Ausladen des Gepäcks meine Verwirrung bemerkt haben muss, denn er fragte: »Ist das auch die richtige Adresse?« Ich bejahte, zögerte aber. Dann erkannte ich die Wohnung im Erdgeschoss, bei der, wie in meiner Kindheit, die Fensterläden offen standen. Ich hätte vom Gehweg aus direkt hineinspringen können.

Ich hielt meinen Schlüsselbund wie eine Laterne. Es dunkelte bereits, und aus irgendeinem Grund – Krise, Nachlässigkeit – war die Straßenbeleuchtung abgeschaltet. Der Schlüssel zur Wohnung – ein großer Sicherheitsschlüssel im alten Stil – war leicht zu erkennen, aber den für den Hauseingang fand ich nicht. Die übrigen Schlüssel gehörten zu Aris' Wohnung, dem Haus auf der Insel und irgendwelchen anderen Orten.

Drinnen ging ein Licht an, und ein großgewachsener Mann, vielleicht Anfang fünfzig, kam mit Kopfhörern und im Laufdress die Treppe herunter. Er öffnete mir die Eingangstür. Ich dankte ihm, als hätte ich einfach nur die Hände voll. Daraufhin half er mir, meinen Koffer die ersten paar Stufen vom Foyer zum Aufzug zu schleppen. Heute noch rieche ich den seifigen Duft der Rhododendren neben den Briefkästen, vermischt mit einem Hauch seines Grapefruit-Parfüms.

Ich folgte ihm und blieb dann am Fuß der Marmortreppe stehen. Er, den ich später als den Kapitän kennenlernen sollte, stellte mein Gepäck in den Aufzug und fragte mich nach dem Stockwerk. Ins dritte, sagte ich ihm, woraufhin seine Miene Überraschung verriet. »Oh«, sagte er. »Wir sind Nachbarn.«

Wie hatte er mich wohl bei dieser ersten Begegnung wahrgenommen? Wie hatte ich ihn wahrgenommen? Es fällt mir schwer zu rekonstruieren, wie viele Details ich damals wirklich bemerkt und welche ich später hinzugefügt habe. Wir haben wohl griechisch gesprochen, obgleich wir uns später auch auf Englisch unterhielten. Habe ich die leise Musik aus seinem Kopfhörer gehört? Mir fällt etwas ein, das ich bisher vergessen hatte: Bei unserem ersten Kontakt durchzuckte mich ein Wiedererkennen, eine Art wortloses Wissen, ein Gefühl, das Überraschung und Unausweichlichkeit gleichzeitig umfasste.

Ich dankte ihm, und als er ging, schickte ich die Koffer nach oben – der Aufzug war zu klein für mich und das Gepäck – und ging die Treppe hinauf. Alles kam mir kleiner vor als in meiner Erinnerung, aber die seltsam vertrauten Stufen hinaufzusteigen, schaltete eine Art Heimatinstinkt ein. Als würden meine Arme von einer Kraft außerhalb meiner Selbst gesteuert, drehte ich den klobigen Sicherheitsschlüssel im Schloss und schob die Tür auf.

Dass meine Mutter kurz vor ihrem Tod begonnen hatte, die Wohnung umzugestalten, war mir entfallen, ebenso, dass es auch davor schon anders ausgesehen hatte als in meiner Jugend. Das Wohnzimmer war immer noch luftig, die Decken hoch, das Parkett honigfarben. Der Anstrich hingegen war neu – ein mattes Beige, akzentuiert mit weißen Kranzprofilen. Einfache Vorhänge vor den Glastüren zu den Balkonen, neue Fensterläden. Die früher eher enge und dunkle Küche war modernisiert worden, zum Esszimmer hin öffnete sich nun eine Durchreiche mit Hockern und Serviertheke. Die Schränke waren neu, weiß und glänzend, ebenso die Arbeitsflächen in Butcherblock-Optik. Auch der Kühlschrank war neu, doch daran hafteten touristische Magnete, die meine Mutter ziemlich unerklärlicherweise bei Souvlaki-Buden überall im Land gesammelt hatte.

Von den Bildern und Fotos an den Wänden, an die ich mich erinnerte, waren nur noch zwei da: ein gerahmter Druck der gesamten *Göttlichen Komödie* – alle hundert Gesänge in winziger, kaum lesbarer Schrift – und ein großes Gemälde von Nefeli. Es gehörte zu einer Serie von Variationen über eine alte Kirche am Meer, hatte einst in unserem Esszimmer in Chicago seinen Platz gehabt und hing jetzt hier, über dem Esstisch. Meine Eltern hatten es mitgebracht, als sie zum letzten Mal nach Griechenland gekommen waren. Die große Kirchentür war offen, und im Eingang stand, dem Betrachter den Rücken zugewandt, eine Frau mit dunkler Haarmähne. Kaum wahrnehmbar, da sie mit dem dunklen Hintergrund verschwamm. Von weitem hielt man das Gemälde einfach für ein düsteres Kirchenbild. Manchmal bildete ich mir ein, das Mädchen würde sich bewegen; irgendwann war ich überzeugt, dass nur ich es sehen konnte.

Obwohl ich jedes Jahr nach Athen gekommen war, hatte ich die Wohnung nicht mehr betreten, seit die ältere Schwester meines Vaters, Haroula, noch gelebt und dort gewohnt hatte; in den vergangenen sieben Jahren hatte ich stets bei Aris logiert. Nach Haroulas Tod hatten meine Eltern die Wohnung vermietet; sie kamen meist nur im Sommer und zogen es dann vor, auf N., der Insel, von der meine Mutter stammte, Quartier zu nehmen. Doch im vergangenen Sommer hatte meine Mutter angefangen zu renovieren – vielleicht, weil sie vorhatte, ihr Alter zwischen N. und Athen zu verbringen, und hoffte, meinen Vater zur Rückkehr nach Griechenland bewegen zu können. Assimilation war für sie gleichbedeutend mit Tod.

Ich rief Aris in Brüssel an, um ihn wissen zu lassen, dass ich gut angekommen war. Er entschuldigte sich erneut für seine Abwesenheit und fragte nach der Wohnung. Ich erzählte ihm von der neuen Küche, der frischen Farbe an den Wänden und der schlichten Möblierung. Er wirkte erleichtert.

Kurz bevor wir auflegten, platzte es aus ihm heraus: »Bleib tapfer!«, was ich hätte seltsam finden können, wenn ich nicht immer noch um meine Eltern getrauert hätte. Seine vertraute Stimme beruhigte mich, obgleich mir eine Traurigkeit den Hals zuschnürte, die ich damals nicht richtig einordnen konnte.

Nur wenige Hinterlassenschaften meiner Eltern waren zurückgeblieben. Da waren der Plattenspieler – eine kleinere Version von dem, den wir in Chicago gehabt hatten – und mehrere Beistelltische. Doch unter dem Waschbecken im Badezimmer fand ich eine Sammlung meist leerer Flaschen, in denen alkoholische Getränke gewesen waren – das Arsenal meiner Mutter. Eine nahm ich in die Hand, drehte die Metallkappe auf, roch einen Hauch von Wodka. Ich fuhr herum mit dem Gefühl, sie würde mich beobachten. Meine Mutter, immer auf unterschwellige Weise präsent.

Ich bewegte mich durch mein ehemaliges Zuhause, als könnte ich durch Wände gehen. Mein früheres, mein gegenwärtiges und mein zukünftiges Selbst verhandelten um diese Räumlichkeiten, stießen sich die Schultern an und stolperten über Füße.

Die Schränke waren, abgesehen von ein paar Aufbewahrungskästen, nahezu leer. Ich war überrascht, Papiere und Aufzeichnungen aus der Zeit meines Ethnographie-Studiums zu finden. Damals hatte ich mit Bewohnern der Insel gesprochen, die während der Diktatur die Besetzung durch die Nazis miterlebt hatten, und ihre Geschichten schriftlich festgehalten. Dabei hatte ich erst Aris' Vater, den Romancier, und später Aris selbst kennengelernt. Jene erste Begegnung mit Aris und das, was danach kam – das ist die Liebesgeschichte, die wohl die meisten gerne hören würden.

*

Den Kapitän traf ich am nächsten Tag wieder.

Wegen des Jetlags blieb ich fast den ganzen Vormittag im Bett, und seltsamerweise fröstelte ich. Wie man die Heizung anstellte, fand ich nicht heraus. Der Thermostat schien nur Dekorationszwecken zu dienen. In einer Ecke des Wohnzimmers stand ein riesiges Monstrum, irgendein Heizgerät, das ich aber ebenso wenig zu benutzen wusste. Dabei war die unerbittliche Winterkälte in Athen natürlich keinesfalls mit der in Chicago zu vergleichen. Im Januar hätte ich damit gerechnet, aber nicht jetzt, Anfang Mai.

Als ich es schließlich schaffte, aufzustehen, öffnete ich die Balkontür und trat hinaus in die spätvormittägliche Sonne. Die Wohnung lag im dritten Stock, doch da das Gebäude an einen Hang gebaut war, lag der Hof fünf oder sechs Stockwerke unter mir. Von hier oben blickte ich geradewegs in die Baumkronen – eine schöne Mischung von Zitronenbäumen, Bitter-Oleander und *mousmoulia*, deren mispelähnliche Früchte mich an das Haus meiner Großeltern in Halandri erinnerten. Der Gartenbereich wurde von dem älteren Paar, das die beiden unteren Etagen bewohnte, perfekt in Schuss gehalten. Der Mann kehrte den Hof, und von irgendwo drinnen hörte ich seine Frau reden. Ich erkannte ihre Sprachmelodie, und mir wurde bewusst, dass diese beiden nun schon fast vierzig Jahre oder vielleicht sogar länger hier wohnten. Seit meiner Kindheit. Aus einer anderen Wohnung hörte ich ein leises, gedämpftes Gespräch, aus Nachbargebäuden Kinderstimmen und das Klopfen eines Hammers. Straßenlärm war praktisch nicht wahrnehmbar, und es war überraschend ruhig – Blätterrascheln, Vogelgezwitscher.

Der Kapitän und ich hatten einen gemeinsamen Balkon zum Hof hinaus, zwischen uns eine dicke Wand aus blickdichtem Glas, ein architektonischer Schleier, hinter dem ich ihn nun hin und her gehen hörte. Ich sah ihn nicht, spürte aber seine Gegenwart. Er seufzte tief, und einen Augenblick lang dachte ich, er würde etwas sagen. Doch dann war es meine eigene Stimme, die die Brücke schlug.

»Entschuldigen Sie, wenn ich Sie belästige«, sagte ich in meinem höflichsten Griechisch. »Aber könnten Sie mir vielleicht zeigen, wie man die Heizung anstellt?«

»Es gibt keine Heizung.« Die Hausgemeinschaft habe entschieden, in diesem Winter ohne Heizung auszukommen, erklärte er. Die Kosten seien zu hoch. »Aber eine solche Kälte ist in dieser Jahreszeit sehr selten«, fügte er tröstend hinzu, und dass es in den kommenden Tagen wärmer werden solle.

An meinem Schweigen merkte er, dass ich das nicht gerade tröstlich fand. »Ich habe ein paar Heizgeräte«, fügte er hinzu. »Wollen Sie eines davon?«

»In meinem Wohnzimmer steht auch eins«, sagte ich. »Aber ich habe Angst davor.«

Er lachte, entschuldigte sich jedoch sofort und bot an, sich das Gerät anzusehen.

Wenig später stand der Kapitän zögernd auf der Schwelle und sah sich um. Sein Blick schweifte über meinen Tisch: die Tasse mit dem kalt gewordenen Kaffee, ein halb ausgetrunkenes Bier, eine Tafel Schokolade, meine Bücher und Stifte und Papiere sowie der Laptop. Meine beiden Koffer, von denen einer geöffnet mitten im Esszimmer stand. Der Mann war größer, als ich in Erinnerung hatte, und mir wurde bewusst, dass ich ein bisschen lächerlich aussah – meine Haare bedeckte ein Marineкäppi, und ich trug einen zu großen Fischerpullover meines Vaters, den ich in einer Schublade gefunden hatte.

Seine Augen blieben an dem frühen Gemälde von Nefeli über dem Tisch hängen. »Vor vielen Jahren hat sie hier gewohnt«, sagte er. »Sie war mit meinem Vater befreundet. Eine bekannte Künstlerin.«

Meine eigene Beziehung zu Nefeli enthüllte ich zu diesem Zeitpunkt noch nicht – warum, ist mir selbst nicht klar. Allerdings sollte ich später erfahren, dass er vieles davon sowieso schon wusste. Dass mein Vater und Haroula, Nefelis Geliebte, Geschwister waren. Dass Haroula ihre Homosexualität vor meinen Großeltern geheim gehalten hatte, trotz all der Jahre, die sie und Nefeli in dieser Wohnung zusammengelebt hatten – eine Tatsache, die ihnen wohl trotzdem bekannt war, die sie sich aber zu akzeptieren weigerten. Ich habe zugegebenermaßen wenig Ahnung vom griechischen Erbschaftsrecht, erinnere mich jedoch daran, dass Eigentum eigentlich zu gleichen Teilen an die Kinder vererbt wird. Einige teilen das Erbe unter sich auf, und dieses oder jenes geht in ihren Besitz über. Haroula allerdings starb ohne irgendeinen Besitz. Besitz interessierte sie nicht, sie lehnte ihn ab. »Mittellos wie Sotiria Bellou«, pflegte Aris' Vater, der Romancier, zu sagen. In seinem Haus auf der Insel hängt ein Foto, das die drei zeigt: ihn und Haroula und Nefeli, wie sie um einen Tisch tanzen. Haroula hat den Kopf lachend zurückgeworfen, Nefelis Gesicht ist von einem Vorhang schwarzen Haares verdeckt.

Ich bot dem Kapitän etwas zu trinken an, Kaffee, aber er lehnte ab. Ich zeigte ihm das eigentümliche Gerät im Wohnzimmer.

»Kerosin«, sagte er. Dann erklärte er mir, wie man ihn anfeuerte, und ich sah aus sicherem Abstand zu, als könnte der Ofen uns anfallen wie ein wildes Tier. Schließlich ging er durchs Zimmer und öffnete die gläserne Schiebetür zum Balkon. »Die muss einen Spalt offen bleiben«, warnte er mich, »sonst ist es gefährlich.«

»Kohlenmonoxid«, fügte er auf Englisch hinzu.

Ich spähte in das Gerät, betrachtete die Flamme. Wie nah konnte ich mich wohl herantrauen, ohne mich zu verbrennen? Ich rieb meine Arme, umarmte mich selbst. »Vielleicht ziehe ich erst einmal mehrere Schichten übereinander.« Ich sprach nun ebenfalls englisch. Dass er damit angefangen hatte, betrachtete ich als Einladung.

»Es ist wirklich okay. Lassen Sie bloß das Fenster einen Spalt offen, zum Lüften. Im Nu wird das ganze Zimmer warm sein. Und noch einmal, diese Kältewelle geht vorüber.«

Als er zur Tür ging, fragte ich, wie lange er hier schon lebe. Er zögerte. Ich hatte nicht erwartet, dass das eine schwierige Frage sein könnte. »Die Wohnung gehört schon lange meiner Familie, aber ich bin erst vor kurzem wieder hergezogen.«

»Ich ebenfalls«, erwiderte ich, ohne zu fragen, von wo er zurückgekehrt war. Auch er stellte die Frage nicht. Ich überlegte, ob ich ihm erneut etwas zu trinken anbieten sollte – penetrant sein, wie es für die Griechen typisch ist, die unzählige Male fragen –, tat es aber nicht.

*

Dieses Haus unbemerkt zu betreten oder zu verlassen, war unmöglich, und am Nachmittag hallte im Treppenhaus das Echo von Stimmen und Schritten, das Summen des alten Aufzugs, das laute Klirren von Schlüsseln. Der Jetlag machte mir dieses Mal wirklich zu schaffen, und ich konnte mich kaum bewegen – eine Art Erstarrung hatte sich meiner bemächtigt. Ich fühlte mich noch nicht in der Lage, irgendjemanden zu treffen, nicht einmal Nefeli – so, als wartete ich darauf, zuallererst Aris zu sehen, als würde er meine Verbindung zum Rest der Stadt darstellen. Trotzdem beschloss ich irgendwann, hinauszugehen, wenn auch nur, um ein bisschen die Wohnung zu verlassen, bevor die Sonne unterging. Draußen war es wärmer als im Haus.

Auf dem Heimweg kam ich an dem kleinen *periptero* gegenüber vorbei. Es war nicht der übliche frei stehende Kiosk, sondern ein winziger Laden. Höchstens zwei Personen konnten dort gleichzeitig eintreten. »Myroula?«, rief mir eine Stimme zu, als wäre ich immer noch die Fünfjährige von damals. Ich konnte kaum glauben, dass Sophia, die Italienerin, das Geschäft immer noch führte. Heute trug sie Violett – violette Jeans, einen violetten Pullover, violett-samtene Ballettschläppchen. Auch der Lidschatten war violett. Ihr hatte der Laden schon gehört, als ich noch nicht einmal geboren war.

Sie küsste mich, um mich dann eine Armlänge von sich wegzuschieben und zu begutachten. Bei unserer letzten Begegnung war ich in den Zwanzigern gewesen und hatte Haroula und Nefeli besucht.

»Ich war so traurig, als ich es erfuhr«, sagte sie. »Werde sie nie vergessen.«

Ich nickte und bedankte mich. Und weil mir sonst nichts zu sagen einfiel, um mich aus ihrem Mitgefühl zu befreien, kaufte ich noch mehr Schokolade und ein paar weitere Flaschen Bier.

»Der Kapitän hat fast die gleichen Sachen gekauft«, sagte sie, als sie mir das Wechselgeld gab. »Und Zigaretten natürlich.« Sie blickte über meine Schulter zu unserem Haus hinüber, als wäre dort gerade der Kapitän aufgetaucht. »Die Amerikaner sind wirklich hysterisch, was das Rauchen angeht«, fügte sie hinzu, als wäre ich gleichzeitig eine von ihnen und doch nicht. »Hast du ihn schon kennengelernt?«, erkundigte sich Sophia. Es klang fast wie ein Vorwurf.

»Nicht wirklich.« Das war keine richtige Lüge. Er hatte mir noch nicht einmal seinen Namen gesagt.

»Ein Schiffskapitän, der allerdings nicht mehr arbeitet. In seiner Jugend hat er auch in Amerika gelebt. An irgendeinem kalten Ort, genau wie du.« Sophia sprach über alles und nichts. Mir fiel ein, dass sie einen Schlüssel zu unserem Haus besaß und wahrscheinlich auch zu den meisten der Wohnungen. Die Mieter hatten sie ihr anvertraut. Ich hatte meinen Schlüssel zum Gebäude immer noch nicht gefunden, also würde ich sie bitten müssen, mir ihren zu leihen.

Sophia erzählte mir nun alles, was sie sonst noch über den Kapitän wusste: dass er freundlich sei, aber zurückhaltend, dass er sehr wenig von sich erzähle, obwohl sie ihn seit Jahrzehnten kenne. Er habe zwei Kinder, Zwillinge, die allerdings bei der Mutter lebten. Sie hörte auf zu sprechen und beobachtete meinen Gesichtsausdruck. »Und du? Kinder?«

Ich schüttelte den Kopf.

»Wie schade«, sagte sie. »Warum wartet ihr Mädchen bloß so lange«, fügte sie hinzu. Fast den gleichen Satz hatte ich von dem Taxifahrer gehört, der mich im Rückspiegel gemustert hatte, um mein Alter zu schätzen. »Na ja. Du hast ja noch Zeit. *Me to kalo.*« Ich hatte nicht mehr viel Zeit, wenn überhaupt. Inzwischen bezeichnete man mich schon als »kinderlos« und sagte nicht mehr »ohne Kinder«. Wenn man älter wird, so meine Beobachtung, werden Dinge nicht mehr als Potenzial betrachtet, sondern als Mangel. Und hier in Griechenland eine kinderlose Frau in einem gewissen Alter zu sein – na ja. Vielleicht waren Nefeli und ich uns darum so nah. Wir verstanden einander, das, worüber wir nie sprachen, verband uns.

Meine Eltern, meine Freunde, sogar Aris: Alle glaubten, ich hätte Ehe und Kinder wegen der Karriere hinausgeschoben. So einfach war es natürlich nicht. Ich mochte meine wissenschaftliche Arbeit, aber ich identifizierte mich nicht damit. Sie garantierte mir finanzielle Sicherheit. Ich war stolz darauf, gerade fest angestellt worden zu sein. Doch der Job war nicht Sinn und Zweck meines Lebens. Sondern was? Das war die große Frage.

*

Der Kapitän war, wie ich zu meiner Überraschung erfuhr, gerade erst von N. zurückgekehrt, der Insel, auf der meine Mutter unser Haus geerbt hatte, als ich zehn Jahre alt war, und die wir immer besuchten, wenn wir im Sommer nach Griechenland kamen. Mein Vater reiste dann nach drei Wochen wieder ab, meine Mutter – die ebenso wie ich Ferien hatte – und ich blieben meist den ganzen August. Es tat mir jedes Mal leid für ihn, dass er wieder arbeiten musste, doch inzwischen war mir klar, dass er gern ab und zu allein in Chicago war, kurzzeitig befreit von der Schwermut meiner Mutter.

»Der Vater des Kapitäns lebt dort«, sagte Sophia und meinte damit die Insel. »Ihr habt eine Menge gemeinsam.« Dann nahm sie mich am Arm und führte mich hinaus, wobei sie auf die Zigarette in ihrer Hand deutete. Wir setzten unser

2
DER KAPITÄN

Meine Mutter war griechische Amerikanerin, und obgleich demnach wohl Englisch meine Muttersprache ist, so war ich doch in Athen geboren und fühlte und träumte auf Griechisch. Aber ich habe es nicht so mit Geographie. Ich hänge mein Herz nicht an Orte. Die raumlose Universalität des Meeres mit seinem ganz anderen Zeitverlauf liegt mir mehr.

Auch wenn es Jahre zurückliegt, vermisse ich immer noch die langen Fahrten über den Pazifik: die geborgene Abgeschiedenheit, den Morgen, der sich aus dem Wasser hebt, als öffnete sich ein Schatten, das leise Grauen angesichts des ersten Zipfels Lands, wie der Absturz nach einem Höhenflug. Wie anders die Welt vom Meer aus aussah. Der Anblick eines Hafens löst heute nicht mehr die gleiche Leere aus, aber das Meer gibt mir auch nicht mehr die gleiche unbändige Freude. Alles scheint gedämpft, meine Emotionen weniger extrem, als setzten sie sich irgendwo in der Tiefe an einem unzugänglichen Ort ab. Das wahre Kennzeichen des mittleren Lebensalters.

Katerina, meine Frau, arbeitet seit September in Brüssel für die EU und hat wegen meiner unregelmäßigen Arbeitszeiten auf See die Zwillinge mitgenommen. Zumindest war das der Grund, den wir ihnen für diese Übereinkunft nannten. Nikos und Ifigenia sind neun und wissen nicht, dass ich nicht mehr arbeite. Katerina und ich haben uns getrennt, müssen aber erst herausfinden, was das genau bedeutet. Es ist nicht so, dass wir die Anwesenheit des anderen nicht genießen würden. In jüngeren Jahren gab es Zeiten, in denen ich es eilig hatte, heimzukommen, weil das Getrenntsein unerträglich schien. Manchmal wartete sie sogar im Hafen. Mir hatten die langen Abwesenheiten in den vergangenen Jahren nicht mehr viel ausgemacht, ihr hingegen wohl manchmal schon.

Kurz nach Katerinas Umzug nach Brüssel im Herbst letzten Jahres wurde ihre Schwester arbeitslos und zog mit ihrer Tochter in unser Haus in Kifisia. Wir hatten es ihnen übergangsweise angeboten. Mir war es sowieso recht, im Stadtzentrum von Athen zu wohnen, in der Wohnung, in der ich mein ganzes Erwachsenenleben lang ein und aus gegangen bin. Vorstädte habe ich nie gemocht. Und in Kifisia – jedes Mal, wenn ich es ausspreche, höre ich den Hohn meines Vaters, zutiefst *bourgeois* – fühlte ich mich so weit ab vom Schuss wie ein Schiffbrüchiger. Wir hätten in Piräus wohnen können, in Glyfada oder Neo Faliro: irgendwo in Hafennähe eben. Aber Katerina wollte, dass die Kinder es nicht weit zur Schule hatten.

So blieb ich auch in der Athener Wohnung, nachdem Katerinas Schwester ausgezogen war, weil sie Arbeit in Thessaloniki gefunden hatte. Doch jetzt kamen Katerina und die Kinder übers Wochenende nach Hause – sie hatte den Zwillingen versprochen, dass sie beim Geburtstagsfest ihres besten Freundes dabei sein könnten –, und ich musste dort sein, in unserem ehemaligen Haus in Kifisia, so wie jedes Mal, wenn sie anreisten.

Obwohl ich mein Herz nicht an Orte hänge, habe ich die Athener Wohnung liebgewonnen. Aber diese Tage des Wartens auf Katerina und die Kinder verbrachte ich in einem seltsamen Schwebezustand. Ich konnte mich auf nichts konzentrieren. Stattdessen irrte ich durch die Zimmer, stand auf dem hinteren Balkon, der zum Hof hinausging, oder auf dem vorderen zur Straße hin, die sich den Lykabettus hinaufschlängelte. Meine Ruhelosigkeit war überwältigend. Die schlimmsten Tage bei jeder Art von Übergang sind für mich die Tage davor. Das Warten.

Bewegung linderte meine Qual ein wenig, weil mein Körper dann Gelegenheit hatte, mit meinem rasenden Verstand mitzulaufen. Ich marschierte durch Stadtviertel, die ich selten aufsuchte, nach Kesariani, eigentlich ein eigenständiges Dorf, dessen Geschichte bis in die Zeit der Flüchtlinge aus Kleinasien zurückreicht. Ich schlenderte den breiten Fußweg entlang, der sich um die Akropolis zieht, beobachtete Puppenspieler und Musikanten und ältere Touristenpärchen, die sich an den Händen hielten, amerikanische Studentinnen und Studenten in spärlicher Kleidung. Ich streifte durch Psyrri, wo die Schwingung der überfüllten, quirligen Cafés mit dem Pochen meines Herzens eins zu werden schien.

Was diese Wohnung betraf, war ich jetzt so lange hier gewesen wie seit Jahren nicht, und abgesehen von der Frau mit den traurigen Augen, die ich während der Renovierung der Wohnung hatte ein und aus gehen sehen – die Frau, von der ich später erfuhr, dass sie Miras Mutter war –, wohnte ich allein auf dem Stockwerk. Schon bevor Katerina und ich übereingekommen waren, uns zu trennen, hatte ich alle paar Monate eine Nacht hier verbracht – jene Nächte zwischen einer Route und der nächsten, in denen ich nicht auf dem Schiff schlafen, aber auch nicht den weiten Weg nach Hause fahren wollte. Wenn ich für einen einzigen Tag heimkam, war das für Katerina und die Kinder manchmal zu verwirrend. Das jedenfalls redete ich mir ein. Katerina und ich wussten beide, dass es vor allem für *mich* verwirrend war.

Eines Abends ging ich durch das Zentrum von Neapoli, wo sich große Beton-Wohnblöcke, die während der Junta-Zeit entstanden waren, mit alten, neoklassizistischen Häusern mischten – einige hell und gut gepflegt, andere verwahrlost, viele mit Graffiti beschmiert. Dann nahm ich die zahllosen Stufen von der Isavron-Straße hinunter durch Exarchia zur Kallidromiou-Straße, wo eine frische Brise wehte. Hier herrschte reges Treiben, die Nacht war angenehm, und unter Wärmelampen saßen Menschen, die bei einem abendlichen Kaffee oder Drink in vertrauliche Gespräche vertieft waren. Ich trug eine Jogginghose und ein altes Sweatshirt mit Kapuze, lief also herum wie in der Wohnung, bloß mit dem Unterschied, dass in der Reißverschlusstasche mein Schlüsselbund, das Handy und zwanzig Euro steckten.

Nachdem ich eine Weile herumspaziert war, stieg ich die Stufen wieder hinauf und ging zum Dexameni-Platz. Zwar war es noch zu früh im Jahr für das Open-Air-Kino, aber das Open-Air-Café war trotzdem proppenvoll: Kinder vergnügten sich auf Fahrrädern und mit Hüpfstangen, Erwachsene jeden Alters saßen in großen oder kleinen Gruppen zusammen, tranken Cocktails und aßen *mezedes*. Ein Paar, das so alt sein mochte wie mein Vater – Ende siebzig –, saß nebeneinander an einem Tisch, auf dem Gläser mit Weißwein standen. Die beiden hielten Händchen und ließen den Blick schweifen, als gehörte alles, was sie hier sahen, ihnen. Der Mann trug einen dunklen Anzug mit roter Krawatte, und das dunkle Haar der Frau war perfekt frisiert, ihr Kleid marineblau mit weißen Paspeln, und über die Schultern hatte sie einen Trenchcoat drapiert. Sie strahlten eine Ruhe aus, die mich verunsicherte, und ich entschied mich dagegen, mich allein hinzusetzen. Stattdessen ging ich weiter bis zu einer meiner Reservebars am Mavili-Platz, wo ich beide Barkeeper kannte – einen stark tätowierten Typen und eine junge Frau mit ernstem Gesicht, deren Pferdeschwanz beim Arbeiten herumhüpfte. Ich trank ein großes Bier und machte mich dann auf den Heimweg.

Unterwegs fühlte ich mich, als spazierte ich durch ein kleines Dorf, in dem ich falsch abgebogen war, oder durch eine strandnahe Gegend auf einer weniger stark besuchten Insel. In jeder beliebigen Parallelstraße wäre ich an makellosen Villen mit bestens gepflegten Gärten, Yogastudios, Anwaltsbüros und schicken Cafés vorbeigekommen. Auf dieser Route hingegen hüpften Hühner herum, mitten auf einem Grundstück parkte ein alter Wohnwagen, und ein eingezäunter Bereich beherbergte einen kleinen Schrottplatz: ein paar alte Autos, Metallrohre, alte Möbel. Es gab nur ein einziges neueres Haus, und das gefiel mir sehr gut. Hell und fröhlich stand es hinter einem klapprigen, provisorischen Zaun, als sei der Beton der Stadt darum herumgebaut worden, oder als wäre ich in einem Märchen gelandet. Es hatte den Anschein, als sei das Haus vor kurzem restauriert worden: ein Anstrich in hellem Cremegelb, ein rotes Ziegeldach und ein Garten mit Bougainvilleen, Oleander und Zitronenbäumen. Daneben stand ein alter Schuppen, der vor einiger Zeit noch einen tristen Eindruck gemacht hatte. Jetzt war er mit Blumen und Zitronenbäumen bemalt, ein Spiegel der Umgebung.

Zu Hause auf meinem Balkon rauchte ich eine Zigarette. Im Hof herrschte unheimliche Stille, und nur eine schmale Mondsichel erhellte das Dunkel der Nacht. Außer einem gelegentlichen Motorrad und vielleicht einem Autoradio war nichts zu hören. Ich schlief lange und traumlos bis zum Sonnenaufgang.

*

Am nächsten Abend stemmte Mira ihre Füße, die in Lammfellschuhen steckten, gegen die Balkonbrüstung. Beim richtigen Licht konnte man den Schatten sehen, wenn jemand sich hinter der Milchglasabtrennung befand, und wenn wir uns beide über die Brüstung gelehnt hätten, hätten wir uns von Angesicht zu Angesicht unterhalten können. Taten wir aber nicht.

Ich hatte von Sophia ein bisschen über Mira erfahren: Sie kam aus Chicago. Professorin oder so was, da war sich Sophia nicht ganz sicher. Vor kurzem waren ihre Eltern gestorben. Nefeli war ihre Tante gewesen. Ich überlegte, was ich sagen konnte, wenn auch nur zum Gruß. Dann das Klicken eines Feuerzeugs, der Zug an einer Zigarette, das Ausstoßen von Rauch. Die Worte purzelten aus mir heraus, bevor ich darüber nachdenken konnte. »Ich wusste nicht, dass Sie rauchen«, sagte ich – und hatte damit nicht nur ein ungeschriebenes Gesetz des Nachbarschaftslebens gebrochen, sondern eine Geschichte vorausgesetzt. Doch falls sie es seltsam fand, ließ sie sich es jedenfalls nicht anmerken.

»Ab und zu. Offiziell habe ich vor Jahren aufgehört, nach der Uni.«

»Ich versuche, aufzuhören«, sagte ich, obwohl ich die Versuche vor ein paar Jahren schon aufgegeben hatte. Das Paar, das auf der anderen Seite des Hofs wohnte, kam nach Hause und begann wie immer zu kochen. Unter ihnen führte jemand ein Video-Telefonat auf Französisch. Das war jeden zweiten Abend der Fall. Abends wurde es in der Nachbarschaft lebendig.

Ich fragte, ob sie in der Wohnung und mit dem Heizgerät zurechtkäme.

Sie schwieg zunächst, aber ihre Füße bewegten sich. »Irgendwie habe ich den Hausschlüssel verloren«, sagte sie schließlich.

Es gibt drei Dinge, die man über griechische Etagenhäuser wissen müsse, erklärte ich ihr. Erstens gibt es immer Differenzen darüber, ob die Eingangstür von innen mit dem Schlüssel abgesperrt werden soll. So dass man nach Mitternacht auch zum Hinausgehen einen Schlüssel benötigt. Sie sagte, das klinge gefährlich. Ich erwiderte, ich käme gleich zurück, und holte meinen Ersatzschlüssel, den ich ihr über die Balkonbrüstung reichte. Unsere Blicke trafen sich, wir lächelten uns an. Sie dankte mir und sagte, sie werde sich einen Schlüssel nachmachen lassen. In der Dunkelheit wirkten ihre Augen hell und grau wie in einem Schwarzweißfilm, und ich brauchte einen Moment, um den Rest wahrzunehmen, die Konturen ihres Körpers unter einem weiten, dunklen Pullover, ein dünnes Goldarmband um ihr Handgelenk und mehrere gewebte Bändchen. Ihr dunkles Haar war zerzaust und fiel ihr wellig ins Gesicht.

Plötzlich kam es mir komisch vor, sie anzusehen. Also zog ich mich zurück und setzte mich wieder auf meinen Stuhl. »Zweitens gibt es Streit wegen des Aufzugs. Die Leute im ersten Stock wollen nicht dafür zahlen. Die Leute im zweiten Stock behaupten, sie würden ihn nicht benutzen. Aber am meisten Hickhack gibt es über die Frage, wie das Gebäude geheizt werden soll.«

Sie lachte. »Gut zu wissen.« Ihr Telefon klingelte, und sie entschuldigte sich für einen Moment. »Hi, Dimitra«, hörte ich sie sagen, während sie nach drinnen verschwand. Wenig später kam sie zurück und erzählte mir von einem Jungen, der bei ihren Freunden Dimitra und Fady und deren Tochter Leila lebte. Sie erwähnte eine nahe gelegene Flüchtlingsunterkunft in einer alten, aufgegebenen Schule und fragte, ob ich davon wisse.

Ich verneinte.

In dem Raum zwischen uns hing Stille. Heute glaube ich, dass sie meine Zurückhaltung damals wohl falsch interpretierte und mich vielleicht für einen nationalistischen, xenophoben Faschisten hielt. »Sie haben mich an einen Vorfall aus der Zeit erinnert, als ich noch gearbeitet habe, und an die Gründe, warum ich das jetzt nicht mehr tue.« Das war meine Chance, und ich merkte an ihrem Schweigen, dass sie auf die Fortsetzung wartete. Doch die Worte wollten nicht kommen.

»Ich verstehe«, sagte sie schließlich. Obwohl das unmöglich war. Ich entschuldigte mich und wünschte ihr eine gute Nacht.

*

Am nächsten Morgen holte ich Katerina und die Kinder am Flughafen ab. Die Zwillinge drängten sich so selbstverständlich auf die Rücksitze, als hätten wir uns gerade gestern gesehen, und redeten über ihre Pläne für das Geburtstagsfest am Wochenende. Katerina berichtete über die geschäftigen Wochen, die hinter ihr lagen, und erzählte etwas von einer bevorstehenden Förderfrist. Als wir in unsere Straße einbogen, die zu den bescheideneren des Viertels zählte, kam mir alles weiter und offener vor, als ich es in Erinnerung hatte. Die Bäume erschienen mir grüner, die Luft frischer.

Zwischen dem Auto und der Eingangstür wurden Katerina und die Zwillinge von einem eifrigen Nachbarn aufgehalten. Ich manövrierte mit dem Gepäck um sie herum, stellte die Koffer ab und zog meinen Schlüsselbund hervor. Als ich die Haustür öffnete, wurde es mir eng in der Brust. Ich fühlte mich um ein Jahr zurückversetzt – in die Zeit, bevor ich meinen Job verloren, bevor ich ganzjährig in der Athener Wohnung gewohnt hatte –, aber anstatt ein vertrautes Gefühl zu empfinden, war es mir, als beträte ich eine andere Realität, eine andere Version meines Lebens. Wie sagte Rimbaud so treffend: *Ich* ist ein anderer.

Die Kinder rannten, kaum hatten sie dieses Haus, das einst ihres gewesen war, betreten, in ihre Zimmer, um ihre Smartphones aufzuladen. Katerina stellte die Lebensmittel, die wir unterwegs gekauft hatten, auf die Theke. Ich begann, sie wie gewohnt auszupacken, und sie fragte, ob ich bei meinem Plan blieb, sie über den Sommer, wo sie sich einige Wochen Urlaub genommen hatte, auf die Insel zu begleiten. Sie erinnerte mich daran, dass die Kinder immer noch davon ausgingen, wir lebten nur wegen der Arbeit getrennt. Ich glaube, Katerina und ich haben uns selbst oft genauso belogen. Dinge, die unausgesprochen bleiben, können irgendwie tröstlich wirken.

Ich versicherte ihr, dass ich plante, auf die Insel zu kommen, und Katerina verschwand im Schlafzimmer, um ein Nickerchen zu halten. Ifigenia kam in die Küche, als ich gerade die Lebensmittel fertig verstaute, setzte sich auf einen der Barhocker, spielte ein Videospiel, das ich nicht verstand, und beklagte sich über ihren Bruder. Sie brauchte Mitgefühl und eine Limonade. Mit ihrer Mutter kamen die beiden zwar zurecht, aber wenn ich da war, wendeten sie sich mit ihren Anliegen an mich. *Krieg ich ein bisschen Milch machst du mir ein Müsli bestellst du bitte Souvlaki.*

Ich blieb in der Küche und las am Tresen. Irgendwann schliefen die Zwillinge wohl auch ein, denn es wurde ganz still im Haus. Die Mittagsstille. Ich überlegte, ob ich rausgehen und eine Zigarette rauchen sollte. Auf Katerinas Wunsch hatten wir immer nur draußen geraucht, und dabei war es geblieben. Nach all den Jahren ist es mir heute sogar lieber so. Ich mag das Ritual, aus meinem Raum heraus- und in einen anderen einzutreten, und mein Balkon ist eine Art städtische Aussichtsplattform. Sogar auf dem Schiff rauchte ich draußen, nie in meiner Kabine, nie im geschlossenen Raum.

Doch ich entschied mich, auf die Zigarette zu verzichten, und ging hinunter ins Arbeitszimmer, das im Parterre lag und auf einen kleinen Garten hinausging. Ich setzte mich an den Schreibtisch und öffnete die Schubladen, durchforstete meine Dinge. Was ich suchte, weiß ich nicht. Häusliche Tätigkeiten machten mich immer unruhig, so als wartete ich darauf, dass etwas passierte. Als man mich bat, das Schiff zu verlassen, räumte ich meine Kabine aus. Eine Schachtel war voller kleiner Papiere, die ich überall hingepinnt hatte. Katerina fand die Zettel und Post-its und warf sie weg. Ich war wütend und ging im Bademantel zum Abfallcontainer, um sie zu retten. »Das war Müll!«, behauptete Katerina, die mir nach draußen folgte. »Papierschnipsel. Sonst war da nichts drin.« Aber ihr Gesicht hatte Angst gezeigt.

Es war seltsam, denn Katerina hatte es schon vor langer Zeit aufgegeben, meine Sachen auszusortieren. Es gab Dinge, die ich während meiner Ehe losgelassen hatte, aber an anderen hielt ich fest, und diese Dinge standen jetzt mehr denn je für mein früheres Selbst. Beweise dafür, dass es existiert hatte.

Ein paar Tage nach diesem Vorfall hatte ich auf dem Bett mehrere in Geschenkpapier verpackte Schachteln vorgefunden. Katerina folgte mir ins Zimmer und bat mich lächelnd, sie zu öffnen. »Happy Birthday«, sagte sie fast schüchtern.

In der ersten Schachtel befanden sich zwei Sport-T-Shirts aus Funktionsmaterial sowie ein Paar Basketball-Shorts. In der zweiten ein Paar teure Jeans, das sie mich in einer überteuerten Boutique hatte beäugen sehen. Die dritte Schachtel aber enthielt ein ledergebundenes Tagebuch und einen wunderschönen Stift. »Das werde ich nicht versehentlich in den Müll werfen«, sagte sie, während ich sie fest umarmte.

*

Zum Abendessen gab es Carbonara, meine Leibspeise. Die Kinder wurden, vielleicht wegen der Reise, bald darauf müde und gingen früh schlafen. Katerina und ich sahen auf der Couch zusammen fern – ich hatte ganz vergessen, wie ich diese stille Nähe geliebt hatte. Irgendwann verkündete sie, sie sei erschöpft, und ging zu Bett.

»Ich müsste meinen Vater anrufen«, sagte ich. Katerina nickte. Mein Vater erwartete immer von mir, dass ich die Initiative ergriff. Ich sollte ihn anrufen, ich sollte ihn besuchen, ich sollte mir Mühe geben. So war es die ganze Zeit gewesen, seit ich wegen der Uni in die Staaten zurückgekehrt war. Wie der Kopf einer kriminellen Vereinigung war er es gewohnt, dass Menschen sich an ihn wandten: wegen eines politischen Gefallens, um ihm ihre Ehrerbietung zu erweisen, um zu diskutieren und sich Ratschläge zu holen.

Ich ließ das Telefon lange klingeln, aber niemand nahm ab. Schließlich legte ich auf, da ich ihn nicht wecken wollte, falls er schon schlief. Ich würde es am Morgen wieder probieren.

Ich hörte, wie Katerina sich im Bad bettfertig machte, ihr Gesicht wusch, Zähne putzte, stellte mir vor, wie sie ihre Kontaktlinsen herausnahm und ihr Haar bürstete. All die kleinen Rituale, die ich so gut kannte. Ich wartete, bis ich den Lichtschalter klicken hörte, und ging dann selbst hinein.

Doch in der Tür zu unserem Schlafzimmer blieb ich stehen. Ich zögerte, mich in das Bett zu legen, das wir so viele Jahre geteilt hatten.

»Was ist los?«, fragte Katerina, die es spürte.

»Nichts«, sagte ich und fragte dann: »Soll ich hier schlafen?«

»Na klar«, sagte sie.

Als ich Katerina kennengelernt hatte, war ich Ende dreißig gewesen, und mit Anfang vierzig hatte ich sie geheiratet. Es hatte vor ihr also schon viele Frauen gegeben, im Grunde eine Reihe von Beziehungen, aus denen ich am Ende jedes Mal geflohen war. Nach der Geburt der Zwillinge hatte ich keine Pazifikrouten mehr befahren, sondern war nur noch in Europa unterwegs gewesen. Diese Veränderung war mir zwar schwergefallen, aber der Rhythmus, den mein Leben auf dem Ägäischen Meer annahm, war für sich genommen beruhigend. Das tintenblaue Meer, die weißen Schaumkronen, die schwarze Kuppel des Nachthimmels, die sich morgens öffnete und den Blick auf Häfen freigab, die mir alle vertraut waren: kleine Häuser an trockenen Hängen, buschige Flecken bunter Blumen, meckernde Ziegen. Die Landschaft meiner Jugend.

Obwohl ich wegen meiner Ehe und der Familie auf diese kürzeren Routen umgestiegen war, behauptete Katerina immer noch, ich hätte die wichtigsten Jahre der Zwillinge verpasst. Und das stimmt; wenn ich nach Hause kam, beäugten mich meine Kinder schüchtern und interessiert – wie einen faszinierenden, wohlwollenden Gast in ihrem Zuhause. War ich auf See gewesen, kam mir der Himmel über Kifisia immer niedrig vor, und mein Tagesablauf mit den heranwachsenden Kindern – sie hierhin und dorthin bringen, Milch kaufen, bei den Hausaufgaben helfen – fühlte sich zwar geschäftig, aber nichtssagend an.

Katerina war ich die meiste Zeit treu. Obgleich ich das als junger Mann nie geglaubt hätte, bin ich heute überzeugt, dass nicht der Sex die Menschen oft in die Untreue treibt, sondern der fehlende Abstand. Und weil ich so häufig auf See war, hatte ich diesen Abstand. Manchmal vergaß ich auf dem Schiff mein anderes Leben fast gänzlich, konnte es mir kaum mehr vorstellen. Welcher Mann tut das schon, seine Frau und die Kinder vergessen? Ich nehme an, dass ich zu dieser Spezies Mann gehörte. Eines meiner Probleme war, dass ich nicht mit dem Bewusstsein eines verheirateten Menschen handelte. Das heißt nicht, dass ich abends ausging wie ein wilder Junggeselle, aber ich bewegte mich durch den Raum, ohne an die andere Person zu denken, also ohne ein tiefes, stets präsentes Gewahrsein dieser Person.

Katerina hingegen tat alles mit dem Bewusstsein einer verheirateten Person, selbst jetzt noch, während der Trennungsphase. Besser gesagt, während wir versuchten, uns zu trennen. Ob es nun das Einkaufen fürs Abendessen war oder die Planung der Unternehmungen der Kinder oder auch nur die Art, wie sie sich durchs Haus bewegte – morgens war sie ganz leise, wenn sie vor mir aufwachte, abends ging sie zum Lesen in ein anderes Zimmer, wenn ich schon schlafen wollte. Ich glaube, es ist sehr anstrengend, auf diese Weise zu leben, wenn nichts zurückkommt; und trotzdem würde es eine Weile dauern, bis sie sich das Bewusstsein einer alleinstehenden Person angeeignet hatte, einer alleinstehenden Frau – ein Gedanke, den ich schwer erträglich fand.

In dieser Nacht wurde ich gegen drei Uhr wach, und der Platz neben mir im Bett war leer. Einen Augenblick lang empfand ich unerklärliche Wut. Doch dann ging ich in die Küche und fand Katerina barfuß vor dem Kühlschrank, mit einem versonnenen Ausdruck im Gesicht. Wie lange sie dort wohl schon stand?

»Alles okay?«, fragte ich.

Sie drehte sich zu mir um, aber ihre Miene verriet immer noch nichts, war geprägt von dem, an das oder an den sie gedacht hatte. Fast, als würde sie mich nicht erkennen oder hätte vergessen, dass ich auch im Haus war. »Willst du was essen?«, fragte sie, entzündete die Herdflamme und griff nach der Eisenpfanne, in die sie etwas Öl träufelte. Als es heiß war, schüttete sie den Rest Carbonara hinein, schlug noch zwei Eier darüber und würzte mit einer Prise Pfeffer und Muskatnuss. Wir standen am Herd und aßen gemeinsam aus der Pfanne, während unsere nackten Füße sich berührten.

3

MIRA

Dass Aris nicht in Athen war, als ich ankam, war mir zu dem Zeitpunkt nicht weiter befremdlich erschienen, doch wenn ich jetzt an seine Ankündigung denke, er werde in ein paar Tagen zurück sein, schaudert es mich kurz und ein Gefühl von Schwere macht sich in mir breit.

Eines Morgens, wenige Tage nach meiner Ankunft, kehrte Aris aus Brüssel heim. Ich packte erneut einen Koffer, ließ aber vieles zurück, und fuhr zu ihm. Mein Plan war gewesen, den Sommer bei ihm zu verbringen und an einer Sammlung von Essays zu arbeiten, um meinem Leben eine neue Richtung zu geben, weg von der gewohnten Arbeit an der Uni. Vom Gehsteig aus blickte ich an dem Haus hinauf, in dem Aris wohnte, ein altes, neoklassizistisches Gebäude, in dem ich den vergangenen Sommer zugebracht hatte und auch vorher schon oft untergekommen war. Ich sah Aris auf dem Balkon, aber er schaute nicht erwartungsvoll herunter. Stattdessen war sein Blick in die Wohnung gerichtet, auf etwas, das man von der Straße aus nicht sah. Ich rief zu ihm hinauf, und obwohl er wusste, dass ich zu ihm unterwegs war, wirkte er überrascht, so, als wüsste er nicht mehr, wie ich aussah oder was er überhaupt auf dem Balkon machte.

Doch dann lächelte er, winkte und ging hinein, um auf den Türöffner zu drücken. Er empfing mich auf dem Treppenabsatz, und schon der erste Blick in sein Gesicht zeigte mir, dass etwas nicht stimmte. In einer Ecke der Wohnung stand der kleinere, leuchtend rote Koffer, den ich beim letzten Besuch zurückgelassen hatte. Noch wusste ich nicht, dass er ihn mit all den Dingen gefüllt hatte, die sich über die Jahre angesammelt hatten: Bücher und Kleidung und ein Lockenstab, diverse Notizhefte. Wenn ich jetzt die beiden Koffer in meiner eigenen Wohnung sehe, erinnern sie mich hartnäckig daran, wie erniedrigt ich mich an diesem Tag fühlte.

»Schön sieht es hier aus«, sagte ich, während ich mich, meinen Rollkoffer im Schlepptau, in Richtung Schlafzimmer bewegte. Es roch zitronig, frisch geputzt. Flauschige weiße Handtücher im Bad und hellblaue Bettwäsche. Verlobungsgeschenke, aber das sollte ich erst später erfahren.

Als ich in der Schlafzimmertür stand, näherte er sich von hinten und legte mir die Hände auf die Schultern. »Mira«, sagte er. »Wir können hier nicht zusammen wohnen.« Seine Stimme klang gequält und zärtlich, aber auch wie die eines Mannes, der auf Streit gefasst ist.

Ich brauchte einen Moment, um zu begreifen, dass er nicht nur nicht mit mir zusammenwohnen, sondern gar nicht mehr mit mir zusammen sein wollte. Wie viel er mir damals überhaupt erzählte und wie viel ich erst später erfuhr, weiß ich nicht mehr. Eine andere Frau, es sei so schnell gegangen, er habe gar nicht gewollt, dass es ernst werde, und jetzt, erzählte er, planten sie die Hochzeit. Ihr Name sei Eva.

Sie planten die Hochzeit. Außerdem erwartete sie ein Kind.

Ich setzte mich aufs Bett.

»Mira, ich konnte es dir nicht am Telefon erzählen. Es wäre grausam gewesen.«

»Wann ist der Geburtstermin?«, fragte ich, den Blick zu Boden gerichtet.

»Im Spätsommer«, sagte er.

Sie war also schon schwanger gewesen, als meine Eltern starben. »Du hättest es mir in Chicago erzählen können. Oder in Athen, nach der Beerdigung.«

»Das kam mir unmenschlich vor. Es tut mir leid. Es gab einfach keinen geeigneten Zeitpunkt.«

In einem benebelten Schockzustand zerrte ich meine beiden Koffer wieder auf den Treppenabsatz – einen Aufzug gab es nicht – und lehnte sein Angebot zu helfen ab. Aris stand mit mir und meinem Gepäck auf dem Gehsteig und versicherte mir, es werde sich nicht alles zwischen uns ändern, er wolle mit mir in Kontakt bleiben. Ich stieg in ein Taxi und konnte spüren, wie er mir nachsah, als ich davonfuhr.

*

Später am Abend scrollte ich, schon ein wenig angetrunken, durch meine Nachrichten, ohne auf irgendeine zu antworten. Aris hatte noch mehrmals geschrieben – *Alles okay bei dir? Ruf mich an. Mira?* –, außerdem Nefeli und meine Freunde Dimitra und Fady. Die Cousinen meines Vaters hatten angerufen, aber ich hatte keine Lust zurückzurufen. Sie waren auf eine Verlobung eingestellt, auf eine Hochzeit, und ich wollte ihnen keine Gelegenheit geben, süffisant zu bemerken, sie hätten es schon kommen sehen. Sie hielten große Stücke auf Aris, diesen gutaussehenden, äußerst gebildeten Mann, der nun sogar einen Sitz im Parlament hatte, doch unsere Beziehung hatte sie verblüfft. Sie wussten von meiner Mutter, dass wir uns ausgemalt hatten, wie unser Leben aussehen würde, wenn ich endlich nach Griechenland zog.

Lass dich erst einmal fest anstellen, hatte Aris geraten. Du wirst noch froh darum sein. Und ich war froh, dass er so dachte, doch als ich schließlich die Festanstellung hatte, veränderte sich nichts in meinem Empfinden. Das Unterrichten war keine Leidenschaft. Außerdem machte es nur einen kleinen Teil meiner Arbeit aus, denn Bürokratie, Meetings und das Steuern einer Fakultät, an der schon vor meiner Zeit interne Konflikte und Intrigen gang und gäbe gewesen waren, nahmen viel Zeit in Anspruch. Ehrlich gesagt empfand ich für diesen Job eine Art Hassliebe.

Doch möglicherweise hatten Aris und ich es beide unbewusst hinausgeschoben oder intuitiv gewusst, dass es genügte, den Sommer und Weihnachten gemeinsam zu verbringen, und vielleicht war daran auch gar nichts verkehrt. Doch für die Cousinen meines Vaters war es weniger kompliziert. Für sie war ich einfach nicht elegant genug, nicht reinrassig genug, nicht griechisch genug; so, als hätte ich ihn jemandem weggenommen, der berechtigtere Ansprüche hatte. Ich war mit ihnen verwandt, aber ich war keine von ihnen.

Nun ja. Es würde tatsächlich eine Hochzeit geben. So viel dazu.

Aris rief wieder an, mehrmals, und schließlich nahm ich den Anruf entgegen.

»Und sie weiß von mir«, sagte ich.

»Ja, insofern, dass es dich gibt.«

Insofern, dass es mich gibt. Ich ließ ihn weiterreden. *Gibt es mich.* Ich stellte auf Lautsprecher und legte das Telefon auf den Tisch, um Abstand zu dieser körperlosen Stimme zu gewinnen.

»Dass wir eine Affäre hatten. Ich habe ihr erzählt, dass dein Vater ein langjähriger Freund war.«

Das stimmte. Ich war Aris dreimal begegnet, bevor wir wirklich etwas miteinander anfingen: einmal mit achtzehn auf der Insel, als ich mit Freunden aus der Uni umherstreifte; dann mit einundzwanzig, als ich den Sommer über in einer amerikanischen Bar auf der Insel arbeitete und er, meist allein, während meiner Schichten auftauchte; wenn ich gerade nichts zu tun hatte, unterhielten wir uns. Und zum dritten Mal während meines Aufbaustudiums, auf der Fähre. Damals hatte es gefunkt. Doch in meinem Kopf, meinem Herzen war er schon seit meiner Teenagerzeit präsent gewesen. Er spielte eine Rolle für meine Entwicklung und war für mich Teil dieses Ortes.

»Dass wir zusammen waren, Aris. Kannst du das nicht mal aussprechen?«

»Ach, waren wir das? Wirklich *zusammen*? Nicht, seit wir beide in Chicago gelebt haben. Nicht physisch, nicht tagein, tagaus.«

»Du revidierst unsere Geschichte.«

»Das ist das Wesen von Geschichte. Revision. Perspektive. Das müsstest du doch am besten wissen.«

Das war die grausamste Äußerung, die er mir gegenüber je von sich gegeben hatte.

»Mira?«, sagte er schließlich.

»Alles okay«, erwiderte ich. Aris wollte schon zum *Danach* übergehen und begriff nicht, dass ich erst darüber hinwegkommen musste. Außerdem waren sich er und mein Vater sehr nah gewesen. Mir war klar, dass es ihm schwerer gefallen wäre, mich zu verlassen, als meine Eltern noch lebten. Nach ihrem Tod konnte er sich davonmachen.

»Hättest du dir das überhaupt gewünscht?«, erkundigte er sich. »Heiraten, ein Kind.«

»Natürlich«, sagte ich, obwohl das wohl keiner von uns beiden so recht glaubte.

Er schwieg, und er wusste genauso gut wie ich, dass ich mich stets gegen alles gesträubt hatte, was von mir erwartet wurde. In meiner Vorstellung konnte eine Ehe zwar durchaus schön sein, doch gleichzeitig wurde ich das Gefühl nicht los, damit gehe etwas zu Ende. Paare deprimierten mich oft, nette kleine Familien noch mehr. Ich weiß auch nicht. Vielleicht hätte ich es mir jetzt gewünscht, hier, als das andere Selbst in diesem anderen Land.

*

Am nächsten Morgen rief ich Nefeli an und erzählte ihr, was mit Aris passiert war. Ich fürchtete mich davor, es auszusprechen, so, als würde es dadurch erst wahr werden. Aber es war ja schon wahr.

Eine halbe Stunde später stand sie vor meiner Tür und erklärte mir, ich sähe furchtbar aus. Sie trug ein schwarz-weiß gestreiftes T-Shirt, Jeans, Stiefel und einen roten, elegant um den Hals geschlungenen Schal. Überrascht wirkte sie nicht. Ich konnte sie nicht wegschicken und war auch nicht fähig, etwas vor ihr zu verbergen. Jedes Jahr, wenn ich nach Athen kam, wurde ich sofort wie selbstverständlich wieder Teil ihres Lebens, ihres Tagesablaufs. Wie sah der in all den anderen Monaten aus? Ich wusste es nicht. Von Zeit zu Zeit sprachen wir per Videoanruf miteinander, doch seit dem Tod meiner Eltern verschwamm alles ineinander.

Ich bot ihr einen Kaffee an, und sie folgte mir in die Küche. Ihr Blick erfasste die neuen Arbeitsplatten, die modernen Lampen, die leere Weinflasche auf dem Esszimmertisch, die

Papiertüte mit meinen leeren Bierflaschen und das Leergut meiner Mutter, das immer noch am Boden stand. »Was zum Teufel ...«, sagte sie.

Mein Kopf schmerzte.

Ich tat, als würde ich die Unordnung gar nicht sehen – wie oft in den nächsten paar Monaten sollte ich etwas ignorieren, das direkt vor meinen Augen lag –, und schenkte uns Kaffee ein. »Trink nicht so viel, Myrto«, sagte sie. »Erst recht nicht allein. Das macht alles nur noch schlimmer.«

Sie hielt sich die warme, blassblaue Tasse einen Moment lang an die Wange, bevor sie einen Schluck nahm. Dann schweifte ihr Blick über die sonnigen Farben. »Hat Haroula hier renoviert?«

»Meine Mutter«, sagte ich, und ihr Gesicht zeigte Erleichterung, dass es nicht Haroula gewesen war, um die Erinnerung an Nefeli loszuwerden. Als junges Mädchen hatte ich die Einzelheiten ihrer Beziehung nie hinterfragt; sie waren einfach Haroula und Nefeli gewesen. Erst nach meinem ersten Jahr als Studentin lernte ich sie bei meinem Besuch im Sommer als Liebespaar kennen. Meine Eltern hatten nie explizit über diese Beziehung gesprochen, sie aber auch nicht verleugnet. Wahrscheinlich waren sie in gesellschaftlicher Hinsicht fortschrittlicher, als ich es ihnen zugetraut hatte.

Während meines Aufbaustudiums las ich im Fach Ethnographie die Studie eines Anthropologen über Frauen in gleichgeschlechtlichen Beziehungen in einer unbenannten griechischen Stadt. Viele von ihnen waren mit Männern verheiratet, hatten Kinder und sprachen von sich selbst nicht als lesbisch. Das klingt vielleicht, als wären sie Opfer einer konservativen Gesellschaft gewesen, was sicher auch der Fall war, doch es beinhaltete auch eine wunderbar fortschrittliche Flexibilität: Man kann dem System die Stirn bieten, indem man sich weigert, sich von ihm bestimmen zu lassen. Die Freiheit zwischen den Zeilen berührte mich, ebenso die Art, wie die Frauen widersprüchliche Identitäten unter einen Hut brachten und Grenzen sprengten. Diese Frauen faszinierten mich zutiefst – ihre Lässigkeit, ihre strukturierte Freiheit. Ich mache nicht den Fehler vieler Heteros, lesbische Beziehungen für einfacher zu halten als heterosexuelle. Mich faszinierte speziell diese eine Gruppe, die sich weigerte, sich auf eine einzige Identität festzulegen. War das nun Unterdrückung oder Freiheit? Am meisten interessierte mich die Art, wie Beziehungen beendet wurden, das rituelle kollektive Trauern. Wie verabschiedet man sich von einer Beziehung? Ich bin nie gut darin gewesen, klare Schnitte zu machen. Alte Liebschaften verfolgten mich wie Schatten.

Als wir unseren Kaffee ausgetrunken hatten, schlug Nefeli vor, ans Meer zu gehen, das sich ihrer Meinung nach immer heilsam auswirkte. Zum Schwimmen fand ich es noch zu kalt, doch die Sonne schien warm, und wir könnten am Wasser zu Mittag essen. Sie hatte intensiv an den Vorbereitungen ihrer bisher größten Ausstellung gearbeitet und fand, es wäre gut, mal aus Athen herauszukommen.

Sie folgte mir ins Schlafzimmer, wo ich ein paar Sachen für den Strand zusammenpackte. »Leiden ist ein chronischer Zustand«, sagte sie, während ich einiges in eine kleine Tasche warf. »Ich bin mit dir in diesem Zimmer, weißt du, und ich habe eine Waffe. Und ich halte sie über dich, schwenke sie um deinen Kopf. Ich jage dich durchs Zimmer, und du fragst dich, ob und wann ich wohl schießen werde.«

Mir war nicht klar, ob sie Aris meinte oder Griechenland.

Erst später in diesem Sommer, nachdem sie verschwunden war, begriff ich, dass sie über sich selbst gesprochen hatte. Doch Nefeli redete oft wie eine Sibylle, und mir war es immer vorgekommen, als könnte sie Dinge sehen, die den meisten anderen verborgen bleiben. Auch kannte ich Momente unbändiger Freude mit ihr: Abende, an denen wir lachten, bis wir keine Luft mehr bekamen und uns die Bäuche schmerzten. Gerade an diesem Morgen war ein altes Foto von uns in den sozialen Medien aufgetaucht: Jahre früher lachen wir beide, betrunken, bei einem Fest auf der Insel, und ich sitze an einem überfüllten Tisch auf ihrem Schoß.

Sie ging aus dem Zimmer, und ich hörte, wie sich die Wohnungstür öffnete und sie ins Treppenhaus trat.

*

Als wir am Meer eintrafen, ließen wir unsere Sachen in den Sand fallen und zogen die Schuhe aus. Die Sonne wärmte angenehm. Normalerweise streifte Nefeli ihre alberne Badekappe über und schwamm viele Bahnen hin und her, auch wenn die Luft zu kühl schien. Heute krempelten wir beide unsere Jeans hoch und kreischten, als das Wasser unsere Zehen umspülte.

Der Tag war hell, der Himmel von einem wilden, sich ständig verändernden Blau. Am anderen Ende des Strandes stand eine schlanke Frau in Badeanzug und mit Schwimmflossen. Sie starrte auf den großen Felsen in der Ferne, als kreisten ihre Gedanken um die Frage, ob sie es wagen sollte zu schwimmen. Ein wenig weiter hinten, am Ende der Bucht, stand ein Liegestuhl im Sand, auf dem ein Buch lag. Davon abgesehen, waren wir allein. Wir spazierten durch das raue Strandgras hinauf zur Taverne mit Blick über das Meer. Durch die Olivenbäume schimmerte Licht wie eine Einladung in eine andere Welt. Wir wählten einen Tisch in der Sonne und bestellten Kaffee.

Hinter uns saß ein Mann alleine und las Zeitung. Der Mann sah nett aus, er trug verwaschene Jeans und ein blaues T-Shirt. Braunes, vom Strand zerzaustes Haar – noch so einer, der an kalten Morgen schwimmen geht.

Auf der anderen Seite der Terrasse trank eine blonde Frau einen Frappé, während ihre zwei Kinder, beide mit lockigem Haar, angeregt plauderten. Die Frau wirkte glücklich.

Mein Telefon blinkte – wieder zwei Nachrichten von Aris.

Nefeli blickte auf das Handy, das zwischen uns lag. »Diese Beziehung wird dich zerstören, glaub mir.«

»Es ist keine Beziehung mehr«, antwortete ich.

Sie schaute auf mein Telefon. »Ich kenne Aris«, sagte sie. »Er will bestimmt beides.«

Vielleicht. Aber galt es auch für mich? Nefeli drehte sich nach dem Mann hinter uns um, und einen Moment lang glaubte ich, sie wollte ihn nach seiner Meinung fragen. Stattdessen bat sie um eine Zigarette, und als er sich vorbeugte, um sie ihr anzuzünden, ruhten seine Augen auf mir. Ich lächelte mit geschlossenen Lippen. Er bot auch mir eine an, doch ich lehnte ab. All das spielte sich wortlos innerhalb weniger Sekunden ab, aber Nefeli bekam es mit und verdrehte die Augen. Er wandte sich wieder seiner Zeitung zu.

Ich blickte hinunter zum Strand. Die Frau mit den Flossen schwamm jetzt auf den Felsen zu. Nefelis Worte versetzten mir einen Stich: Sie waren eher Warnung als Anklage. Vielleicht hatte sie recht. Aber möglicherweise war auch *ich* es gewesen, die beides haben wollte, die sich damit wohlfühlte, in zwei Welten zu leben und dazwischen zu pendeln.

»Sei einfach vorsichtig«, sagte sie.

Um das Thema zu wechseln, fragte ich Nefeli nach ihrer bevorstehenden Ausstellung. Sie sagte, es bringe Unglück, darüber zu reden. Stattdessen erkundigte ich mich nach ihrem Liebesleben. Eine Frau, mit der sie sich getroffen habe, sei mit einem Mann verheiratet, das habe nicht gut funktioniert; in ihrem Tangokurs gebe es auch eine Frau, die ihr gefalle. »Man denkt, es geht vielleicht irgendwann weg, wenn der Körper sich verändert. Aber nein: Begehren bleibt Begehren.«

Wir gingen durch den kühlen Sand zurück und breiteten unsere Decken so aus, dass wir aufs Wasser blickten. Ich zog mein T-Shirt über den Kopf und legte mich auf den Bauch. Nefeli erzählte mir, dass sie immer mehr Zeit auf der Insel verbringe und sogar in dem großen Rathausgebäude auf dem Hügel am Hafen für die Gemeinde Kunstunterricht anbiete. »Die meisten Teilnehmer sind geschiedene britische Frauen«, sagte sie, »und Witwen.« Ihr leises Geplauder war tröstlich. Und ich war überrascht, dass mir Tränen in die Augen stiegen, während sie sprach. Nefeli hielt inne. Sie legte mir die Hand auf den unteren Rücken. »Es tut mir leid«, sagte sie. Ich schloss die Augen und spürte, wie heiße Tränen über meine Wangen rannen. So blieben wir eine Weile, ihre Hand bot mir gleichermaßen Trost und das Gefühl, es sei in Ordnung zu weinen. Wir redeten nicht. Ich lauschte den Wellen, die gegen den Strand schlugen und sich dann wieder zurückzogen, gleichmäßig und verlässlich.

Ich träumte vom Schwimmen, von meiner Mutter, die schwankend auf einem Boot stand und mir erklärte, wie ich atmen müsse. *Eins zwei drei vier fünf atmen.* Als ich eine Stunde später verwirrt erwachte, starrte Nefeli immer noch aufs Wasser. Ich blinzelte durch die halb geschlossenen Lider zu ihr hinüber, und einen Augenblick lang sah ich meine Mutter vor mir, jung, mit weicher Haut, in einem bestickten Kleid, mit einer Bierflasche in der Hand. *Es ist auf den Körper geschrieben*, sagte sie, oder vielleicht war es auch Nefeli.

Ich drehte mich auf die Seite, und Nefeli wandte sich mir zu, als sie merkte, dass ich wach war.

»Myrto, glaubst du, ich werde je wieder Sex haben?«

Ich hoffte, dass sie die mit Erleichterung gepaarte Überraschung in meinem Gesicht als Erheiterung interpretierte. »Natürlich. Warum denn nicht?«

»Ich weiß nicht. Bestimmt gibt es ein letztes Mal, oder?« Wieder schwieg sie. »Er hat dich angesehen, dieser Mann.«

Ich lachte. »Er hat meine Brüste angesehen.« Ich war mir nicht sicher, ob sie es mir erzählte, um mich abzulenken oder um mir ein schlechtes Gewissen zu machen.

Dann veränderte sich Nefelis Gesichtsausdruck, und ihre Augen blieben an meinem Brustkorb hängen. »Ja«, sagte sie. »Das habe ich ja gemeint.« Sie brach ab und blickte wieder aufs Meer hinaus. In der Ferne war ein Segelboot aufgetaucht. »Du solltest sie dir einfach abschneiden lassen. Es hinter dich bringen.«

Ihr Ton war sachlich, aber es lag noch etwas Anderes in ihren Worten, etwas, das mich die gleiche heiße Scham empfinden ließ, wie meine Mutter sie mir binnen Sekunden hatte einflößen können.

Ich wusste nicht, was ich dazu sagen sollte, also schwieg ich. Unsere Beziehung war durch etwas gefärbt, das ich nie habe benennen können, etwas, das sie mir gelegentlich ins Gesicht warf.

»Haroula wollte deiner Familie nicht von mir erzählen«, sagte sie schließlich. »Zwanzig Jahre unseres gemeinsamen Lebens haben wir uns versteckt. Weißt du, was es in einem auslöst, verleugnet zu werden?« Sie hob ihre Wasserflasche an die Lippen und trank. Dann wischte sie sich den Mund mit dem Handrücken ab.

»Ich kann es mir vorstellen«, sagte ich.

»Ich konnte mit ihrer Scham nicht umgehen. Als ich um die fünfzig war, gab es andere. Und dann wurde ich der Menschen einfach müde. All der Scheiße, die sie mit sich herumschleppen. Wenn ich jemanden kennenlernte, entdeckte ich zu schnell das Monster, das in ihm steckte.

In unserem Freundeskreis war es okay – Künstler. Aber immerhin sind Haroula und ich auch Hand in Hand durch London gelaufen oder durch New York. Ganz lässig, ganz entspannt. Ich kann immer noch nicht glauben, dass das ich war. In Athen niemals. Vielleicht war es nur die Freiheit, die man auf Reisen empfindet. Glaube ich aber nicht.«

Sie waren insgesamt achtzehn Jahre zusammen gewesen, mit mehrfachen Trennungsphasen dazwischen. Dann war Haroula nach London gezogen, ihre letzten Jahre allerdings hatte sie in Athen verbracht, in meiner Wohnung. Doch das war nur der Anfang vom Ende. Die Auflösung ihrer Beziehung zog sich quälend in die Länge.

»Die meisten meiner lesbischen Freundinnen und schwulen Freunde wussten es schon immer«, fuhr sie fort. »Aber nur bei der Hälfte von ihnen weiß die Familie Bescheid. Heute ist es vielleicht anders, bei den jungen Leuten, so kommt es mir jedenfalls vor. Aber Griechenland ist nach wie vor ein schrecklicher Ort für homosexuelle Menschen.« Sie erzählte mir, sie habe hier eine verschwiegene, aber sehr lebendige Gemeinschaft gehabt, sich aus dieser aber nach der Trennung von Haroula gelöst. Es sei zu schmerzhaft gewesen.

Ich nickte, den Blick weiter aufs glatte weite Meer gerichtet. Irgendwie hatten wir darüber nie gesprochen. »Und deine Eltern?«

»Wir stritten uns über Politik, nicht über Sex«, sagte sie.

Wie sollte man die beiden auseinanderhalten? Wie sollte man die Identität aus irgendetwas heraushalten, sei es nun aus der Politik, der Kunst, die wir machen, den Geschichten, die wir erzählen, dem, was wir fühlen? Aber ich schaffte es, da nicht tiefer einzusteigen.

Sie zog ihre Strandtasche auf den Schoß und begann, darin nach irgendetwas zu suchen. »Die Leute fühlen sich unbehaglich, wenn sie einen nicht festnageln können. Uneindeutigkeit macht sie nervös. Ich habe zwei große Lieben erlebt, die vollkommen unterschiedlich waren. Beim ersten Mal war ich noch sehr jung. Und wir hielten es ebenfalls geheim. Er war verheiratet.« Sie sah mich an, wartete auf eine Reaktion.

»Ich urteile nicht.«

»Wir waren während der Zeit der Militärjunta zusammen in einem Lager.« Nefeli zog eine kleine metallene Zigarettendose hervor, die ein gemaltes Bild des Eiffelturms schmückte. Darin befanden sich mehrere eng gerollte Joints sowie ein blassgrünes Feuerzeug. Sie zündete einen der Joints an, nahm einen langen Zug und fuhr dann fort. »Ich habe diesen Mann geliebt, er war auch Künstler. Allerdings war es hauptsächlich emotional. Platonisch. Damals war ich verwirrt. Ich verstand meine eigene Sexualität nicht. Aber es spielte keine Rolle: Er ging vom Boot direkt in die Arme seiner Frau, von der ich bis dahin nichts gewusst hatte. Ich erinnere mich noch an ihren Trenchcoat, an ihr offenes, glückliches Gesicht, und ich schwor mir, mich nie wieder lächerlich zu machen.«

Natürlich hatte ich Nefeli damals noch nicht gekannt, aber es fiel mir leicht, sie mir als Teenager vorzustellen: die großen, bernsteinfarbenen Augen, das Haar lang und glänzend schwarz. Sie fuhr fort: »Er liebte mich wie ein kleines Haustier, um das man sich kümmert. Du weißt, was Frauen in solchen Lagern zustoßen kann. Und als wir zurückkamen, als die Junta weg war, bat er Nikos« – sie hielt inne für den Fall, dass ich den Zusammenhang nicht erfasst hatte, doch ich hatte schon begriffen –, »den Vater des Kapitäns, sich um mich zu kümmern. Ich glaube, er hat jahrelang auf Anweisung dieses Mannes meine Bilder gekauft. Um sie dann wohl Haroula zu schenken.«

Nefeli drückte den Rest des Joints aus und steckte die Überreste zurück in die kleine Metalldose. »Körper und Seele sind eins«, sagte sie. Ich schlug vor, zu Mittag zu essen. Wir gingen zurück zur Taverne und wählten einen Tisch halb in der Sonne, für mich, und halb im Schatten, für Nefeli. Die blonde Frau mit den Kindern und der gutaussehende Mann waren verschwunden. Jetzt war ein Tisch von sonnenverbrannten Touristen belegt, die aus gefrorenen Krügen Bier tranken.

Wir saßen lange dort, bestellten einen Salat und dann ein paar gebratene Zucchini, die nur ich aß, und Bohnen. Nefeli aß kein Fleisch und weigerte sich, mit Menschen am Tisch zu sitzen, die es taten. Wir teilten uns erst ein Bier und dann noch eines. Schließlich stand sie auf, um auf die Toilette zu gehen, und erklärte anschließend, sie habe schon bezahlt, sei jetzt müde und wolle gehen.

Im Auto schlief Nefeli sofort ein, wachte aber nach zwanzig Minuten wieder auf. Wir näherten uns dem Zentrum. Der Verkehr war höllisch. Ein Streik, eine Demonstration, ein Fünf-Kilometer-Lauf – Nefeli wusste es auch nicht. »Weißt du, in welchen beiden Ländern das Stresslevel am höchsten ist?«, fragte sie und starrte aus dem Fenster. Ich signalisierte ihr mit einem kurzen Blick, sie solle fortfahren, und sie wandte mir das Gesicht zu. »In Griechenland und im Iran.« Sie atmete tief aus.

Die Straße fühlte sich an wie ein riesiger Parkplatz. Junge Männer liefen zwischen den stehenden Fahrzeugen herum und ließen alle möglichen Spielzeuge und Geräte vor den Windschutzscheiben der im Stau gefangenen Autofahrer baumeln. Überrascht sah ich, wie Nefeli einem Mann ein paar Euro für ein kleines Aufziehspielzeug gab.

Eine Stunde später kamen wir bei Nefeli an, und ich parkte das Auto in der Tiefgarage unter dem Gebäude. Wir stiegen aus und umarmten uns zum Abschied, aber sie zögerte, bevor sie den Aufzug nach oben nahm. »Das hier muss ich dir zeigen«, sagte sie und wischte auf ihrem Telefon herum. »Tut mir leid, dass ich so lange damit gewartet habe.«

Ich hoffte, es hätte mit ihrer Arbeit zu tun, mit ihrer Ausstellung. Doch es war eine Online-Zeitschrift, und zwar nicht einmal eine von den ganz schlimmen, in der die Vermutung geäußert wurde, Aris und Eva seien ein Paar. Eva war eine ziemlich bekannte Schauspielerin mit griechisch-französischen Wurzeln. In der Vergangenheit hatte sie meist in kleineren, eher künstlerischen Produktionen mitgespielt, die häufig in Frankreich gedreht waren, doch jetzt hatte ein neuer, international erfolgreicher Film eines griechischen Regisseurs sie ins Rampenlicht katapultiert. Aris wiederum war immerhin ein Politiker auf dem Weg nach oben. Beide waren sie attraktiv und intelligent, und für die griechische Presse war die Story ein gefundenes Fressen. Ich konnte es nicht ertragen, das zu lesen, und gab Nefeli ihr Handy zurück. »Das steht inzwischen wahrscheinlich in jedem Blättchen.«

»Scroll runter.«

Als ich es tat, blickte mir eine jüngere Ausgabe meiner selbst entgegen, die lächelnd wie eine Idiotin eine kleine Straße auf der Insel entlangging. Das Foto war mehr als zehn Jahre alt; wahrscheinlich war ich noch nicht einmal dreißig. Ich trug abgeschnittene Jeans und einen blauen Bikini und hielt eine Eiswaffel in der Hand – wo sie bloß diese Aufnahme ausgegraben hatten? Dem Bild war ein schrecklich unvorteilhaftes Foto von Eva gegenübergestellt, die mit ärgerlichem Gesichtsausdruck eine Zigarette rauchte. Ich hatte sie vor Jahren in Kinofilmen gesehen und wusste, dass sie schön war. Dieses Bild allerdings zeigte sie unfairerweise als müde, zu dünne Schauspielerin, die sich nicht gut gehalten hat. Natürlich nur, bis die Liebe eines Mannes das änderte. Das nächste Foto, das die beiden zusammen zeigte, erzählte eine andere Geschichte: Beide sahen unglaublich jung aus. Evas Augen verrieten große Klugheit. Aris lächelte breit, den Blick auf etwas außerhalb des Bildes gerichtet, und Eva sah zu ihm auf. Wann war das aufgenommen worden?

»Ich bin froh, dass du mir das gezeigt hast.« Natürlich war mir jetzt übel.

»Du lügst«, sagte sie. »Aber sonst hättest du es von jemand anderem erfahren.«

»Wer sonst sollte diesen Blödsinn lesen?«, fragte ich. Ich war wütend auf die bescheuerte Zeitschrift. Ebenso gut hätte da stehen können: *Aufstrebender Politiker verstößt wohlgenährte Amerikanerin und verwandelt alternde, unterernährte griechische Schauspielerin.*

Die zwei Wochen nach dem Tod meiner Eltern hatte Aris bei mir in Chicago verbracht und mir geholfen, ihre Dinge zu ordnen. Von dort aus erledigten wir auch die Bürokratie, die nötig war, um sie in Athen beisetzen zu können. Er warf Pappschachteln voller alter Zeitschriften in Recyclingcontainer, als würde er Basketball spielen, und wir wetteiferten darum, wer möglichst viel in möglichst wenig Zeit zu entsorgen schaffte. Ich rannte wie wild zwischen Haus und Abfall hin und her, doch als ich schließlich auf die alten Schallplatten meines Vaters stieß, sackte ich an Aris' Brust zusammen, und wir schafften an diesem Abend nichts weiter fort. Solche Momente der Zärtlichkeit mit der Tatsache zusammenzubringen, dass er zu diesem Zeitpunkt bereits mit Eva zusammen war, fällt mir nach wie vor schwer. Das Schlimmste am Betrogenwerden ist die mühsame Rekonstruktion der Ereignisse, die damit zusammenhängen: was man jetzt weiß und was man damals wusste. Aber ich muss glauben, dass seine Zärtlichkeit damals echt war und nicht nur Ausdruck eines Schuldgefühls wegen der zweiten Geschichte, die er parallel laufen hatte. Ich weiß, dass menschliche Beziehungen komplex, vielschichtig und fließend sind, dass es möglich ist, für mehr als einen Menschen Gefühle zu hegen, dass man ambivalente Wünsche verspüren kann. Irgendwann muss man dann wählen.

Das machte es mir aber nicht einfacher, damit umzugehen.

Doch abgesehen von der Schande, die Aris' andere Liebesgeschichte für mich bedeutete, hatte ich jetzt im Nachhinein das Gefühl, man hätte mir hinterherspioniert und mir ohne mein Wissen etwas genommen. Selbst in unserer Welt, wo alles ausgesprochen, alles zur Schau gestellt wird, nutze ich die sozialen Medien nur sporadisch. Die wenigen Fotos, die von mir in Umlauf sind, sind nicht von mir gepostet worden, sondern von Freunden. Vielleicht stört mich einfach die Unstimmigkeit, die Tatsache, dass einzelne Momentaufnahmen nie ein ganzes Bild ergeben: mal liege ich im Bikini am Strand, dann sitze ich mit breitem Grinsen vor einem Glas Wein, mal halte ich einen Vortrag, und dann wieder bin ich am Meer.

Ich sagte Nefeli, ich würde sie am Wochenende bei Fady und Dimitra sehen. Dann drehte ich mich um und machte mich auf den Weg nach Hause.

Zugegebenermaßen kann ich die Meinung vieler Menschen über Athen oft nicht teilen – es sei dreckig, es sei chaotisch. Manchmal ist mir noch nicht einmal klar, wovon sie sprechen. Klar, es ist eine Stadt. Es gibt Verkehr. Ansonsten – im Gegenteil: die Menschen sind ständig dabei, die Gehwege zu kehren und die Treppen zu putzen. Aber nach dem Ausflug ans Meer an diesem Tag, an dem die Trennung noch so frisch war und die Fotos mir einen solchen Stich versetzt hatten, empfand ich Athen als Zumutung. Es war, als hätte sich alles gegen mich verschworen, um meine Entscheidung, hier zu sein, in Frage zu stellen – überall Staus und in den Autos frustrierte, hupende Menschen. Außerdem zankten sich, so schien es mir, in allen Fahrzeugen Pärchen wegen der Route, die sie nicht genommen hatten; oder sie saßen schweigend da, der Beifahrer starrte auf das Smartphone und der Fahrer auf etwas vor ihnen, was sie nicht sehen konnten. Mir fielen all die mit Brettern zugenagelten Gebäude, all die geschlossenen Geschäfte auf. Ich tauchte ab in eine Seitenstraße und ging an einem jungen Mann in blauschwarzem Flanellhemd vorbei, der seinen Ärmel hochrollte, während ein Freund wartend zusah. Klar, man hätte um den Omonia-Platz, ganz in der Nähe des Archäologischen Nationalmuseums, auch schon lange Zeit vor dieser neuen Krise auf einen zugedröhnten Menschen stoßen können. Ich weiß noch genau, wie Haroula, als ich achtzehn war, zu mir sagte: *Watch out for junkies* – auf Englisch, so als brächte sie es auf Griechisch nicht über die Lippen. Doch wenn ich nicht gerade bei Nacht in einem bestimmten Viertel unterwegs war, merkte ich nie etwas davon, obgleich Nefeli, die die Scham der ganzen Nation zu tragen schien, behauptete, hier würden sich die Leute auf der Straße so entspannt Heroin spritzen, wie die Amerikaner mit ihren riesigen Kaffeebechern herumspazierten. Wenn meine amerikanischen Freunde dergleichen geäußert hätten, hätte ich ihnen den Kopf abgerissen.

Und war das nicht vielleicht in allen Städten so? Allerdings muss ich zugeben, dass es vor der Kulisse dieser riesigen, neoklassizistischen Gebäude, dieser architektonischen Trilogie, verstörend war. Ich gebe auch zu, dass ich im Hinblick auf diese Stadt, die von den einen orientalisiert, von den anderen romantisiert wird – zwei Facetten der gleichen Sünde –, meine blinden Flecken hatte. Obwohl oder gerade weil ich hier geboren war, machte ich mich sicher beider Verfehlungen schuldig. Den perfekten Blick gibt es nicht, das stimmt schon, aber wie macht man sich von Blindheit frei?

Auf dem Rest des Weges durch den Verkehr war ich froh,

allein zu sein. So konnte ich mich frei zwischen den Autos hindurchschlängeln, durch den Park und an einer Flanke des Lykabettus entlanggehen und so dem größten Chaos ausweichen.

*

Wieder daheim, zog es mich auf den Balkon. Ich glaube, ich hoffte, dort den Kapitän vorzufinden, aber in seiner Wohnung rührte sich nichts. Gegen zehn hörte ich den Schlüssel in seiner Tür und roch bald darauf Zigarettenrauch. Ich trat hinaus und wartete, bis er meine Gegenwart bemerkte. Er veränderte seine Sitzposition und der Rauch zog jetzt anders. *Kalispera*, Kapitän.

Er erwiderte meinen Gruß. Ich hörte das Eis in seinem Glas klirren.

In meiner Kindheit pflegte meine Mutter sich direkt nach ihren Vorlesungen den ersten Drink einzuschenken. Sie kochte für mich ein Abendessen, aß aber selbst fast nichts. Bei all meinen Freunden faszinierten mich die Abendessen im Kreis der Familie. Mütter, die mit am Tisch aßen! Oder die Mutter meiner besten Freundin, die immer Geschirr spülte, während ihr Mann und die vier Töchter aßen. Eine andere Freundin lebte mit Mutter und Bruder zusammen, und nach der Schule machte ihr Bruder für uns Pfannkuchen mit Schokostückchen zum Abendessen, während er aus einem Krug Bier trank. Er war siebzehn und trug gewöhnlich kein Hemd. Ich liebte ihn inbrünstig.

»Hatten Sie ein enges Verhältnis zu Ihrer Mutter?«, fragte ich.

»Ja, sehr«, sagte der Kapitän, als sei die Direktheit meiner

Frage nichts Besonderes, als würden wir uns immer so unterhalten.

»Die Mütter anderer Menschen faszinieren mich. Aber ich fühlte mich in den Familien am wohlsten, in denen sie unsichtbar zu sein schienen«, sagte ich. »Oder verrückt.« Als junges Mädchen hatte ich das Gefühl gehabt, es sei meine Verantwortung, für meine Mutter zu sorgen, und nicht umgekehrt.

Ich hörte, wie der Kapitän tief ausatmete. Und sich in seinem Stuhl bewegte.

Ich fuhr fort:

»Wenn mein Vater abends unterwegs war und in Greektown Bouzouki spielte, sah meine Mutter in ihrem Arbeitszimmer fern und trank. Manchmal konnte ich nicht auseinanderhalten, ob das Weinen von ihr kam oder aus dem Fernseher, wo eine Serie lief. Ich verließ dann mein Zimmer, wo ich mit meinem Spielzeugtelefon Freunde angerufen hatte, und stellte mich in die Tür wie ein Wachposten. Manchmal spürte sie meine Gegenwart und das Weinen verstummte, die schlechten Träume. Vielleicht vom Alkohol ausgelöste Halluzinationen. Ich weiß es nicht. Als meine Mutter schließlich auch zum Schlafen in dieses Zimmer umzog, sagte ich meinem kindlichen Selbst, sie liebe eben im Gegensatz zu meinem Vater das Fernsehen.«

Schon damals hatte ich die tröstliche Kraft einer guten, soliden Lüge gekannt.

»In jenen Nächten, wenn sie die bizarre Mischung von Selbstgespräch und todtraurigem Weinen unterbrach, war ich meine Verantwortung kurzzeitig los. Doch ich ging nie zurück in mein Zimmer. Ich schlief im Wohnzimmer mit der hohen Decke beim Fernsehen ein – *Saturday Night Live* oder ein Spielfilm oder eine jener lächerlichen Soaps im Nachtprogramm, die ich dummerweise liebte. In diesem großen Raum auf der Couch fühlte ich mich sicher, hatte aber Angst, mich zu rühren oder das Arbeitszimmer zu betreten, Angst, dass meine Mutter in ihrer Trunkenheit unverständliche oder gemeine Äußerungen von sich geben könnte. Also blieb ich auf dem Sofa, bis mein Vater aus dem Nachtclub zurückkam und mich in mein Zimmer hinauftrug.«

Der Geruch von Tabak, der seiner Hemdtasche entströmte, signalisierte mir, dass ich nun außer Dienst war, in mich zusammensinken und wieder Kind sein durfte.

»Meine Mutter kam nie darüber hinweg, dass sie Griechenland verlassen hatte«, sagte ich. »Sie war meines Vaters wegen ausgewandert.« Ich weiß heute, dass die scheinbare Vorfreude meiner Mutter auf ein neues Leben, die sie an den letzten Tagen in Athen zur Schau getragen hatte, eher ein manischer Zustand des Nicht-wahrhaben-Wollens gewesen war. »Jeder Besuch hier war eine Qual für sie, aber in der Ferne zu sein, war noch schlimmer.«

»Die Geißel des Exils«, sagte der Kapitän, »die Unfähigkeit zu vergessen.«

»Meine Mutter existierte an zwei Orten, lebte aber an keinem, während mein Vater an zwei Orten existierte und überall lebte.« Ich bin sicher, dass meine Mutter in Chicago glückliche Momente hatte, aber erinnern kann ich mich an keinen. Am ehesten kommt mir dazu das Bild, wie sie in ihrem kleinen Steingarten oder im Hof herumwerkelte oder in der Herbstsonne saß und las. Auf der Insel fühlte es sich ein bisschen besser an, aber ich glaube, sie dachte dauernd an den Augenblick der unvermeidlichen Abreise.

Der Kapitän sagte nichts, aber ich spürte, dass er mir zuhörte, als hörte er mir schon seit Jahren zu. Er stellte nicht viele Fragen, und ich war ihm dankbar dafür. Das war nicht Zurückhaltung oder Desinteresse. Es war etwas Anderes. Ein Gefühl von Raum, nicht von Distanz. Genau in diesem Moment wurde mir klar, dass für meine Mutter alles nur Pflichterfüllung gewesen sein muss. Und trotzdem so schmerzhaft.

Meine Eltern, und stellvertretend auch ich, waren sich zwar nicht immer der beiden Welten bewusst, wohl aber ihrer selbst aus der Perspektive der jeweils anderen Welt. Meine Persönlichkeitsmerkmale wurden stets als Produkt meines amerikanischen Umfelds gesehen, nicht als etwas, das einfach zu Mira gehörte. Beispielsweise war ich fast immer pünktlich. Das Zeitempfinden meiner Eltern, das ich nicht ihrem Griechentum, sondern anderen Gründen zuschreibe, brachte mich als Kind in Rage. Ich kam zu spät zu Schulaufführungen, zur Schule, zu Geburtstagsfesten; oft wurde ich als Letzte abgeholt. Mein Vater begann häufig um die Zeit, zu der sie zu einem Abendessen erwartet wurden, erst mit dem Rasieren.

»Wie viel Uhr ist es bei euch?«, pflegten meine Eltern Verwandte am Telefon zu fragen, so als wären die acht Stunden Zeitverschiebung etwas Willkürliches und so veränderlich wie die Stimmungen meiner Mutter. Die einzige Zeit, die ihnen heilig war, war der abendliche Wetterbericht; bevor er begann, brachte mein Vater ärgerlich alle Gespräche oder Geräusche zum Verstummen, als könnte unser stiller Gehorsam einen frühen Frühlingsbeginn bewirken. Das Gleiche galt für die Lottoziehungen im Fernsehen.

Allerdings waren ihre doppelten Identitäten unübersehbar. Hielten sie sich in Griechenland auf, sahen sie die Dinge durch amerikanische Augen, in Amerika durch griechische. Meinem Vater bekam das bestens. Er liebte es, nährte sich davon, wuchs über sich selbst hinaus. Meine Mutter hingegen brachte es nach und nach um. In Chicago fühlte sie sich entwurzelt, und zurück in Griechenland, verstärkte sich dieses traurige Gefühl nur noch. Weder hier noch dort existierte sie ganz und gar, und sie löste sich langsam auf.

Hatte ich das alles laut ausgesprochen oder nur gedacht? Plötzlich war ich schläfrig, doch als ich dem Kapitän eine gute Nacht gewünscht hatte und ins Bett fiel, wollte der Schlaf nicht kommen. Ich empfand das Bett als hart und wälzte mich mit weit offenen Augen herum. Schließlich muss ich aber doch eingeschlafen sein, denn ich erwachte von den Schreien einer Frau. Zunächst blieb ich liegen, unsicher, ob ich vielleicht träumte. Ganz gewiss bin ich mir auch jetzt noch nicht – es besteht eine geringe Wahrscheinlichkeit, dass es ein Traum war, und ich erwachte in dieser Wohnung in vielen aufeinanderfolgenden Nächten vollkommen verwirrt. Trotzdem fühle ich mich nach wie vor schuldig: Den Jetlag konnte ich nicht mehr verantwortlich machen, nicht einmal die neue Umgebung. Und darum werde ich die Scham nicht los, die dieses Geständnis begleitet: Ich lag im Bett, unfähig, den Arm nach dem Telefon auszustrecken, während die Hilfeschreie einer Frau mich mit Entsetzen erfüllten. Ich hätte sofort die Polizei benachrichtigen können. Ich hätte auf den Balkon gehen und nach ihr rufen können. Vielleicht wäre der Angreifer davongelaufen, wenn ich mich bemerkbar gemacht hätte. Vielleicht war sie mit einem Liebhaber zusammen und Opfer häuslicher Gewalt.

Ihre Hilfeschreie waren überdeutlich. *Voítheia.* Hilfe. Und sie klangen immer verzweifelter, entsetzter, erstickter. Sie kamen aus dem Mund eines lebendigen Wesens, das war keine Einbildung, aber ich war unfähig, mich zu rühren.

Schließlich trat Stille ein und befreite meine Glieder. Nun schaffte ich es, das Bett zu verlassen und auf den Balkon zu gehen. Ich informierte die Polizei und erklärte ihnen, wo ich war. Ich rief nach der Frau.

Aber es war zu spät. Die Nacht hatte sie verschluckt.

Am folgenden Abend erzählte ich dem Kapitän von den Schreien. Obwohl er immer mit offener Balkontür schlief, sagte er, er habe nichts gehört. Von Berufs wegen habe er einen leichten Schlaf, fügte er hinzu. Er sei stets auf einen Notfall gefasst.

»Sie haben wirklich nichts gehört?«, fragte ich.

»Nicht mal die Katzen«, entgegnete er.

Ich war nicht sicher, wo die Schreie hergekommen waren. Vom Lykabettus? Aus der Umgebung des Stadions? Manchmal kam die Musik, die scheinbar auf einer Party im Nebenhaus gespielt wurde, tatsächlich aus dem fünfzehn Gehminuten entfernten Park. Aber mir ist klar, dass das Ausreden waren, derer ich mich bediente, weil ich mich angesichts der Scham so hilflos fühlte.

»Geht es Ihnen gut?«, fragte er schließlich. »Mira?«

Ich merkte, dass mich im Stuhl der Schlaf übermannt und ich geträumt hatte, ich führe im Auto herum und versuchte, mich mit großen, grün-türkisen Seekarten zu orientieren, die ich nicht lesen konnte. Im Traum versuchte ich, sie in meinem Auge zu installieren wie eine riesige Kontaktlinse. Das erzählte ich ihm.

Er lachte, ein tiefes, freundliches Lachen. »Sie erinnern mich daran, dass ich auf meine Träume kaum achte. Ganz selten träume ich auch, aber mein Schlaf fühlt sich leer an.«

»Das klingt herrlich. Ich unterrichte oft im Traum, über irgendein Thema, von dem ich nichts verstehe.«

Er schwieg. Ich war es nicht gewohnt, mit jemandem zu sprechen, der mich nicht dauernd unterbrach. Ich fuhr fort. »Und dann wieder arbeite ich plötzlich als Barkeeperin, und meine Chefin beschwert sich über einen falschen Drink. Die Worte sprudeln aus ihrem Glas heraus über Fernsehbildschirme, während ich mit einem kleinen Kofferschloss herumfummele oder eine Nummer zu wählen versuche.«

»Ich träume davon, mit einem Auto ins Wasser zu fahren und zu versinken; oder, schlimmer noch, zuzusehen, wie meine Kinder ertrinken, und ihnen nicht helfen zu können. Von Wasser, von Blindheit, von Felsen.«

Ich schwieg und versuchte, mir seine Kinder vorzustellen. Zwillinge.

»Das habe ich noch nie jemandem erzählt«, sagte er.

»Schrecklich.« Die Frau und ihre Schreie fielen mir wieder ein. »So schwer zu erklären.« Ich hielt inne. »Der Traum geschieht nicht im Wort.«

»Ist das ...«

»Aus *Maria Nepheli*«, sagte ich.

»Elytis.« Er wirkte enttäuscht. Elytis langweile ihn, erklärte er. Die Sonne, das Meer, schon verstanden. Er sprach noch weiter, aber ich fühlte mich plötzlich schläfrig.

Später erwachte ich zugedeckt mit einer weißen Decke, die nicht mir gehörte, und erinnerte mich vage daran, dass er mir die Decke gebracht und ich einen kurzen Blick auf sein Gesicht erhascht hatte. Ich erhob mich aus meinem Stuhl, ging nach drinnen und fiel ins Bett. Eine seltsame Euphorie durchflutete mich.

4

MIRA

Tags darauf ging ich zu Fady und Dimitra zum Abendessen. Fady rief mir schon aufgeregt im Treppenhaus entgegen, und kaum hatte ich den Treppenabsatz erreicht, warf er die Arme in die Luft. Er trug eine mit blauen Fischen bedruckte Schürze und hielt einen hölzernen Kochlöffel in der Hand.

»Hübsches Outfit«, sagte ich, während Dimitra und er mich küssten und fest umarmten.

»Ich konnte ihn sowieso nie leiden«, flüsterte Fady. Ich lachte, denn ich wusste, dass er Aris sehr wohl gemocht hatte; sie waren Freunde. Aber sein Kommentar hatte etwas Liebevolles. Dimitra hatte Aris nie so recht getraut. Sie fand ihn unglaubwürdig – einer von diesen neoliberalen Lederjackenträgern, die auf fortschrittlich machen –, und ich hatte nicht über etwas streiten mögen, was ich selbst nicht mehr recht glauben konnte. Aris, so postulierte Dimitra, sei darauf aus, von Menschen, die er nicht kannte, verehrt zu werden. Nefeli hingegen hatte ihn einfach geduldet, immerhin kannte sie ihn, seit er ein bockiges Kind gewesen war. Aris und Nefeli waren einander immer mit einer etwas versteckten Arroganz begegnet, und ich hatte es schon vor langer Zeit aufgegeben, sie zu Freunden machen zu wollen.

Ich reichte Dimitra eine Flasche Wein und einen Blumenstrauß. Sie stellte beides ab, ergriff meine Hände und sah mir lange in die Augen, als versuchte sie, mir etwas zu sagen. Sie hatte honigfarbene Locken, die einen Gegensatz zu ihrem eher kühlen Auftreten bildeten; sie liebte Wein und war in der Lage, zu jedem Thema ein geistreiches Gespräch zu führen. Als sie mich in die Wohnung baten, ging ich an den Kartons vorbei, die sich im Flur stapelten. Dimitra erzählte, es seien Bücher in arabischer Sprache für die Flüchtlingslager und die Flüchtlinge in den besetzten Gebäuden in Athen.

Während ich durch meine Eltern mit einem nostalgischen und durch Aris mit einem idealen Athen verbunden war, so stellten Nefeli, Fady und Dimitra meine Verbindung zur Gegenwart dar. Sie zeigten mir die Realität dieser Stadt, die, wie der amerikanische Journalist Kevin Andrews Jahrzehnte zuvor geschrieben hatte, gleichzeitig höchst intensiv und kaum wahrnehmbar war. Ich kannte die drei seit Jahren. Fady war Geigenbauer von Beruf, arbeitete aber auch als Dolmetscher und hatte Kontakt zu Menschen, deren Muttersprache Arabisch oder Dari war. Fady war schon mit Anfang zwanzig nach Athen gekommen. Seine kleine Werkstatt, in der er früher gewohnt und gearbeitet hatte, befindet sich am Mavili-Platz. Wenn wir wollten, scherzte Dimitra oft, könnten wir vom Balkon der Werkstatt Molotowcocktails auf die US-Botschaft werfen.

Kürzlich hatte Dimitra mir erzählt, Fady sei gerade mit einer syrischen Familie unterwegs zum Asylamt, und mir geschildert, was für ein absurdes bürokratisches Verfahren notwendig gewesen war, um dort einen Termin zu bekommen. Sie sprach von unbegleiteten Minderjährigen, Flüchtlingskindern, die im Park ihren Körper verkauften. Von einem Vater mit Kleinkindern, dessen Frau es mit dem jüngsten Mädchen nach Deutschland geschafft hatte. Zwei verschiedene Boote, eines war von den Behörden aufgehalten worden, das andere nicht. Die unscharfen Linien: Freiwilligenorganisationen täten mehr als NGOs, Journalisten würden zu Freiwilligen, die Flüchtlinge organisierten sich besser selbst, als irgendeine Regierungsbehörde das schaffe – zumindest diejenigen in Athen, nicht aber jene, die in überfüllten, seuchengeplagten Lagern an der Peripherie lebten.

Während die meisten Bewohner Athens finanziell zu kämpfen hatten, kamen Fady und Dimitra gerade so zurecht. Natürlich hatten sie es Jahre zuvor noch besser gehabt, aber sie waren immer noch liquide. Für griechische Verhältnisse jedenfalls. Fadys Hypothese lautete: Wenn Menschen Geld hatten, investierten sie in teure Dinge wie Instrumente, und seine Einnahmen kamen zum Großteil aus den bessergestellten Ländern Europas. Sie wohnten in einer großen Wohnung zwischen Neapoli und Exarchia, die erstaunlich wenig Miete kostete und nur etwa zehn Gehminuten von meiner Wohnung entfernt lag. Dimitra besaß außerdem noch eine kleine, aber schicke Wohnung im Zentrum, für die sie über Airbnb dreimal so viel Miete einstrich, wie sie selber bezahlten. Ein notwendiges Übel, sagte sie, wusste sie doch, dass das die Mietpreise in die Höhe trieb. Außerdem seien die Steuern darauf schrecklich hoch.

Fady hasste Untätigkeit: Entweder baute er ein Cello, oder er zog neue Saiten auf eine Geige auf oder er dolmetschte. Er war unglaublich gut im Schneiden von Videos und hatte mit Freunden an einem Dokumentarfilm gearbeitet; er war mit dem balinesischen Graffiti-Künstler ebenso befreundet wie mit dem griechisch-argentinischen Sänger und dem alternden, leicht verwirrten linken Komponisten. Er kannte jeden. Sein Klangkunst-Hobby weitete sich zum zweiten beruflichen Standbein aus. Er und Nefeli arbeiteten zusammen an ihrer neuen Installation, Teil der bevorstehenden Ausstellung, wobei ich darüber bisher keine Einzelheiten erfahren hatte. Worauf ich hinauswill: Wenn man bei Fady anrief, erwischte man ihn niemals dabei, wie er eine Fernsehserie konsumierte oder sich in den sozialen Medien verlor. Dimitra war freischaffende Journalistin und eine begnadete Sängerin. Ab und zu, je nach Lust, sang sie in ein paar kleinen, über die Stadt verteilten Bars.

Oft kamen Menschen, die gerade eine schwere Zeit durchmachten, zu Dimitra und Fady – gerade im letzten Monat hatten sie zwei Freunde, Journalisten aus Ankara, die sich dort nicht mehr sicher fühlten, in ihrem Gästezimmer beherbergt. Sie halfen ihnen, in Athen Fuß zu fassen, und als Dimitra mir die Geschichte erzählte und uns einander vorstellte, erinnerte ich mich daran, wie sie und Fady und die kleine Leila mich als Studentin zu dem neuen IKEA gefahren hatten, damit ich einen richtigen Schreibtisch bekam und es in der kleinen Wohnung, die ich in Pangrati gemietet hatte, gemütlich hatte. Leila besaß die Plüsch-Giraffe, die ich ihr damals mitgebracht hatte, immer noch, sie saß auf ihrer Kommode. Tage später, nachdem ich versucht hatte, den Schreibtisch aufzubauen, und wutschnaubend die vollkommen unverständliche Zeichnung anstarrte, kam Dimitra herüber, und wir schafften es gemeinsam in einer Stunde. Mit ihnen zusammen zu sein, empfand ich immer als beruhigend.

»Ist Nefeli nicht mit dir gekommen?«, fragte Dimitra, während sie wieder zur Tür ging, die immer noch offen stand, und ins Treppenhaus linste, als wollte sie mir gleich ein Geheimnis erzählen. Auch ich wollte ihr von dem seltsamen Nachmittag am Meer berichten, doch schon klingelte es, und sie drückte auf den Türöffner. Als Nefeli lächelnd auf dem

Treppenabsatz auftauchte und frisch und ausgeruht aussah, entspannte ich mich.

Die Unruhe, die durch unsere Ankunft entstand, rief Leila auf den Plan. Ich hatte sie zwei Jahre lang nicht gesehen und hätte den Teenager, der da vor mir stand, fast nicht erkannt: das dunkle, glänzende Haar trug sie wirr auf dem Kopf zusammengesteckt, dazu schwarze Leggings, ein schwarzes T-Shirt, eine Brille mit schwarzem Rahmen ähnlich wie Fadys und schwarze UGG-Stiefel. Früher war sie immer um die Ecke gerannt gekommen und hatte stürmisch die Arme um meine Taille geschlungen. Nun hatte sie ihre kindliche Geselligkeit abgelegt und kam in ihrem Verhalten eher nach Dimitra, was bei einem so jungen Mädchen ziemlich entwaffnend wirkte.

Aber ich bestand auf einer Umarmung, und sie akzeptierte es. Als ich sie an mich zog, entdeckte ich dort, wo sie gerade noch gestanden hatte, einen Jungen, dessen Alter schwer abzuschätzen war. Das musste Rami sein. Rami war letzten Herbst gekommen, allein, aus Damaskus; sein Vater und Fady waren in der Kindheit befreundet gewesen, und er hatte es nach Athen geschafft und Dimitra und Fady dort ausfindig gemacht. Eigentlich hätte er inzwischen schon eine griechische Schule besuchen müssen, aber irgendein Durcheinander beim Papierkram hatte seine Einschreibung verzögert. Dimitra hatte mir erzählt, dass er Schriftsteller werden wollte, und am Telefon gefragt, ob ich mir vorstellen könnte, ihn privat zu unterrichten, was ich erfreut bejahte. Rami hatte Verwandte in Deutschland, einen Onkel, eine Tante und Cousins, die er schmerzlich vermisste, außerdem einen älteren Bruder, der es auf sich genommen hatte, als Erster die Reise zu wagen. Als die beiden aus Damaskus weggegangen waren, hatten Ramis Eltern noch gelebt. Soweit ich wusste, konnten unbegleitete Minderjährige die Wiedervereinigung mit Familienmitgliedern in anderen Ländern beantragen. Diese lange und mühselige Prozedur einzuleiten, war allerdings eine andere Sache, und es schien, als würden sich die Regelungen ständig ändern. Also wartete er. Ich wusste, dass Dimitra und Fady ihn von Herzen liebten, ihn auch gern für immer bei sich behalten hätten, doch das war kompliziert: Ramis Tante – die Cousine seines Vaters – und sein Bruder warteten in Berlin schon auf ihn.

Inzwischen war Rami zwei Monate lang mit Leila auf die amerikanische Schule gegangen; die Lehrerin war mit Dimitra befreundet und hatte ein Auge zugedrückt. Doch als einige der Schülereltern herausbekamen, dass er nicht offiziell angemeldet war, gab es einen Aufstand.

Wie kann man einem Kind nur mit derart aggressiver Ablehnung begegnen?

Ich ließ Leila los, und unsere Blicke begegneten sich.

»Mein Cousin«, sagte Leila liebevoll und deutete auf den Jungen, obwohl ich ja Bescheid wusste. Rami lächelte schüchtern und nickte, dann verschwanden die beiden ins Arbeitszimmer, wo sie ihr Spiel fortsetzten und wieder zu Kindern wurden. Fady rief ihnen auf Arabisch hinterher, Dimitra auf Griechisch, und Leila antwortete auf Englisch: »Ich weiß, ich weiß.«

Das war die sprachliche Landschaft des Viertels meiner Kindheit in Chicago gewesen: dreisprachige Haushalte der ersten und zweiten Generation in den wahrscheinlichsten und unwahrscheinlichsten Kombinationen, Kinder, die ohne Zögern zwischen Sprachen hin- und herwechselten. Leila würde einer dieser internationalen, kosmopolitischen jungen Menschen werden, die ich an der Uni kennengelernt hatte – Weltbürger mehr als alles andere. Bei mir hatte es sich anders verhalten; ich war bloß eine Immigrantin gewesen, meine Erfahrungen hatten nichts Kosmopolitisches, und wenn doch, dann aus purem Zufall.

Dimitra erwähnte einen Freund, den ich flüchtig kannte und der mich im Käseladen meines Viertels gesehen hatte. Er war sich nicht sicher gewesen, ob ich es war, und hatte mich deshalb nicht begrüßt, das brachte mich durcheinander. Aus irgendeinem Grund hatte ich mich in Athen mit dem Gefühl bewegt, unsichtbar zu sein und ohne Aris, ohne meine Eltern die Definition meines physischen Selbst verloren zu haben. Mich irgendwie gleichzeitig zu zersetzen und neu zusammenzufügen.

Nie hätte ich geglaubt, dass ich einem Mann oder irgendeinem Beziehungspartner erlauben würde, mich zu definieren, und doch hatte ich es zugelassen. Als ich das Fady gegenüber einmal erwähnte, hatte er schulterzuckend gesagt: »Aber wieso denn nicht? Was ist verkehrt daran, sich durch die Liebe bestimmen zu lassen?«

Nach dem Abendessen verzichteten wir auf das Dessert – ein paar kleine Käsekuchen, die Nefeli beim Süßwarenladen erstanden hatte – und beschlossen, in die Bar zu gehen, in der Dimitra auftreten würde. Wir räumten den Tisch ab, dann holten wir unsere Jacken und Schuhe. Ich sah Fady eine Daunenjacke überstreifen, als wären wir in Chicago. »Na und?«, fragte er lachend. Wir gingen hinaus, meine *parea* für Schnee ausgerüstet und ich für den Strand. Doch ich zog meine Strickjacke enger um mich. Nefeli erwischte mich dabei. »Siehst du?«, sagte sie lachend und zauberte noch einen Schal für mich aus ihrer Tasche.

Die Sängerin war zwar Dimitra, doch es war Nefeli, die draußen auf der Straße Kazantzidis zu schmettern begann. »Das Leben hat zwei Türen«, sang sie, und das versetzte uns alle – kombiniert mit dem vielen Wein, den wir schon getrunken hatten, und obwohl es so traurig ist – in eine offene Stimmung, einen höher schwingenden emotionalen Zustand. Rami und Leila, die sich gleich nach dem Essen zurückgezogen hatten, spähten vom Balkon herab und beobachteten uns amüsiert, als wären wir eine Art Volksbelustigung. Nefeli tanzte mit ausgebreiteten Armen im Kreis herum, und Leila und Rami begannen, ironisch feixend zu applaudieren. Bei mir allerdings kamen so viele unverarbeitete Emotionen, Schmerz und Traurigkeit hoch, dass es mich fast zerriss. Später, als Nefeli nicht mehr da war, versuchte ich, mich an diesen Moment zu erinnern. Als ich sie dieses Lied hatte singen hören, als hänge ihr Leben davon ab, hätte ich mir am liebsten das Herz aus der Brust gerissen und zu Boden geworfen wie einen Teller.

*

Die Bar war klein und gemütlich, die Wände in Orange und Rot gestrichen, Theke und Hocker in dunklem Goldgelb gehalten. Kleine schwarze Tische und Stühle und eine eklektische Mischung von Gläsern und Tellern, so als hätten alle Barbesucher die Porzellanschränke ihrer Großmütter ausgeräumt, um das Geschirr zusammenzutragen. Zur Straßenseite hin waren bodentiefe Fenster, die offen standen; die Freifläche davor war mit Wärmestrahlern bestückt. Wir saßen drinnen, in der Nähe der Fenster und der Musiker. Dimitras Stimme, beim Sprechen eher leise, hatte, wenn sie sang, einen eindrucksvollen Umfang: klar und feminin und sonor, mit einer auffallenden Note von Schmerz. Eine weibliche Kazantzidis, sagte Fady immer. Genau wie Kazantzidis war er der Meinung, die westliche Musik habe keine Wurzeln. »Und was ist mit Jazz?«, fragte Dimitra. »Blues?« Er ließ sich nicht überzeugen. »Du baust Geigen, Fady«, sagte sie dann. Doch die wahre Puristin war Dimitra selbst, und Fady hatte sich in die griechische Musik verliebt – in das ganze Spektrum und besonders in Kazantzidis mit seinem Fokus auf *xenitia* und Exil, Verlust –, als er sich vor vielen Jahren an der Universität in Dimitra verliebte.

Vielleicht ein seltsames Gleichnis, das aber verständlich wurde, sobald Dimitra die ersten Töne sang. Eine klare, gefühlvolle Tiefe, wie ein Wasser, in dem man beim Herabblicken seine Füße sehen kann und die Seeigel darunter, die kleinen Details an vorbeischwimmenden Fischen.

Ich beobachtete den Bouzoukispieler, der nur halb so alt war wie mein Vater, aber genauso spielte, mit der Zigarette zwischen kleinem und Ringfinger. Heiße, sehr vertraute Beklommenheit stieg in meiner Brust auf. Dimitra hatte wenig Geduld für irgendetwas, das auch nur ansatzweise neu war. In dieser Hinsicht ähnelte sie meinem Vater. Doch den Menschen hinter seinen Abneigungen und Vorlieben – griechischer Kaffee, Spaziergänge am frühen Morgen, elegante Wollschals, alter Rembetiko – hatte ich kaum gekannt. Ich wusste, dass ein großer Schmerz in ihm war. Der Schmerz des Exils belastete ihn so stark, dass er ihn vollkommen verdrängte. Deshalb berührte ihn griechische Musik emotional so sehr, brachte ihn zum Weinen.

Aber ich will, was ihn angeht, nicht sentimental werden. Wir urteilen über unsere Mütter härter als über die Väter, die nur ab und zu aufzutauchen und uns ein Ei zu kochen brauchen. Mein Vater pflegte mich, als ich studierte, frühmorgens anzurufen, immer auf dem Festnetz – wie seltsam sich das heute anhört, Festnetz, wobei es hier in der Wohnung tatsächlich eines gab –, um sicher zu sein, dass ich wach war und zu Hause geschlafen hatte. Er erwischte immer genau den richtigen Moment: so früh, dass ich noch nicht unterwegs zur Vorlesung war, aber spät genug, um zu wissen, dass ich nicht verschlief. Um sieben Uhr dreißig, auf seinem Weg zur Arbeit. Es war egal, ob ich bis zwei Uhr nachts gelernt oder gefeiert hatte, oder ob ich nach der Arbeit in einer Bar erst um vier oder fünf Uhr morgens zurückgekommen war. Er glaubte an das, was er »normale« Zeiten nannte, und alles andere war ein Zeichen von Schwäche, Faulheit oder Versagen.

Und er war streng mit mir. Bei 97 Prozent verlangte er noch die übrigen drei Prozent, und wenn er wütend war, strafte er mich mit abgrundtiefem Schweigen. Aber er war auch, wie man sagt, ein *hazobabas*. Er verwöhnte mich.

Fady fragte etwas. Ich hörte es nicht. Er war ein guter Mann, warmherzig und verlässlich und großzügig; die Beziehung von Dimitra und Fady hatte mich immer beeindruckt. Sie glichen einander aus; Dimitra immer kühl, aber unbändig spontan, und Fady eher herzlich und offen, aber in seinem Verhalten sehr gemessen und genau. Trotz zweier gemeinsamer Jahrzehnte wirkte ihre Beziehung frisch, energiegeladen, unbelastet von vorstädtischer Lethargie oder der Malaise des mittleren Lebensalters. Leila wurde Teil ihres Lebens, fügte sich darin ein, wurde aber nicht dessen Mittelpunkt. Wobei ich klarstellen muss, dass Fady ganz vernarrt in sein kleines Mädchen war und jetzt auch in Rami.

Die drei spielten abends im nahe gelegenen Park Basketball oder gingen samstags gemeinsam auf den Markt und überlegten, was sie kochen sollten. Sie waren immer offen für Neues.

Obwohl sie für mich ein Idealbild abgaben, schaffte ich es nicht, ihnen nachzueifern: Ich fühle mich als Gast, der außerhalb des Familienverbunds steht, wohler, als wenn ich dazugehöre. Vielleicht sehnte ich mich auch bloß nach einem weiter gefassten Familienbegriff. Fady sprach mich erneut an, diesmal mit Namen.

Am Nebentisch sangen betrunkene, schöne junge Schauspieler vom Nationaltheater bei Dimitras Version von *Trele Tsigane*, einem meiner Lieblingslieder, mit. Nefeli lauschte aufmerksam und berührte Fadys Hand.

Dann wandte ich den Blick zur Straße, und da sah ich Aris. Er ging in einer Gruppe an uns vorbei. Was tat er hier in diesem Stadtviertel? Früher waren wir gemeinsam in diese Bar gekommen, um Dimitra singen zu hören, oder hatten die Taverne nebenan besucht, aber in letzter Zeit bevorzugte er schickere Gegenden, in denen weniger politische Unruhe herrschte. Ich trank aus und griff nach dem kleinen Krug mit Raki.

Am liebsten wäre ich aufgestanden – einerseits, um mich zu vergewissern, dass es wirklich er war, und andererseits, um dieses Revier als meines zu markieren, nachdem ich nun endlich so weit war, mir das überhaupt vorstellen zu können –, aber ich zwang mich, sitzen zu bleiben und mir das Lied zu Ende anzuhören. Als die Musiker dann Pause machten, entschuldigte ich mich, gab vor, auf die Toilette zu gehen, und ließ Fady, Nefeli und Dimitra im Gespräch mit anderen Leuten zurück. Vom Alkohol befeuert, fand ich den

Mut, meiner Neugier nachzugeben, und so lief ich törichterweise hinüber in die Taverne. Sam, unser gewohnter Kellner – ein hochgewachsener, netter Eritreer – lächelte und deutete auf den Tisch ganz hinten, wo ich gewöhnlich mit meinen Freunden gesessen hatte und wo nun Aris mit seiner Gruppe saß.

In diesem Moment blickte Aris auf. Natürlich versuchte ich einen Blick auf Eva zu erhaschen, die aussah, wie ich sie aus Filmen in Erinnerung hatte. Langes, gewelltes Haar mit blonden Strähnen, große Kreolen an den Ohren, roter Lippenstift. Dann begegnete mein Blick dem einer ihrer Freundinnen – blaue Bluse, hochgesteckte Haare, dramatisch dunkle Brauen, die sich wachsam über den Augen wölbten. Eine ganze Reihe von Frauen defilierte vor meinem geistigen Auge vorbei, Frauen, die bei dieser oder jener Gelegenheit schamlos mit Aris geflirtet hatten, obwohl ich bei ihm war. War eine von ihnen Eva gewesen?

Dann hob ein Mann die Hand zu einem fast bewegungslosen Winken. Der Kapitän. All das machte die Situation noch verstörender, und vermutlich las Aris das in meinem Gesicht. In dem Entsetzen geschrieben stand. Aris bedeutete mir mit einer Geste, zu warten, während ich mich umdrehte und wieder hinausging auf die Straße, wo er mich bald einholte. Ich steuerte eine kleine Gasse hinter der Taverne an. Aris nahm meine beiden Hände, was zunächst wie eine liebevolle Geste wirkte, mich aber eigentlich nur bremsen sollte, wie mir rasch klar wurde.

Wenn ich auf den ersten Blick glaubte, etwas wie schmerzliche Berührtheit entdeckt zu haben, so hatte ich mich geirrt; die Angst in seinem Gesicht, ich könnte eine Szene machen, löste eine Welle von Wut und Scham in mir aus. War ich jemals der Typ Frau gewesen, der Szenen macht? Meine Mutter hatte Szenen gemacht, mitten im Supermarkt oder beim Autofahren war es völlig unvermittelt aus ihr herausgebrochen. Auch Fehler in der Telefonrechnung oder einem Kontoauszug hatten zu irrationalen Wutausbrüchen geführt; auf Partys oder auf unserer Veranda war sie in betrunkenem Zustand oft ausfällig geworden.

Er ließ meine Hände los. Einst hatte ich seine Art, mich anzusehen, geliebt, doch seit ein paar Jahren lag in seinem Blick eher Wertung als Wertschätzung: dass er registrierte, was ich anhatte, wie ich frisiert war, ob mein Kleid richtig saß, lenkte auch meine eigene Aufmerksamkeit darauf. Nicht, dass er kritisch gewesen wäre, aber ganz sicher betrachtete er mich prüfend. Vielleicht hatte sich auch nur meine Wahrnehmung seines Blicks verändert. Unsere Trennung hatte mich in ein Athen katapultiert, in dem ich Jeans, Stiefel und Pullover trug. Ich musste niemandem mehr gefallen und hatte das Schminken ebenso aufgegeben wie alles andere Unechte, was ich davor zur Schau getragen hatte. Die Trennung, die Fotos im Netz: das alles kam mir abstrakt vor. Doch jetzt zu erleben, wie sie – er und Eva – mit Freunden ausgingen, machte es real.

Der Lärm, der aus der Taverne drang, kam mir lauter, ausgelassener vor. Inzwischen liefen viele Leute rauchend auf der Straße herum, manche auch vor der Bar, in der Dimitra sang. Ich hörte, wie sie ein weiteres meiner Lieblingslieder anstimmte. Mitten auf der Straße ging eine Gruppe Teenager in zerrissener schwarzer Kleidung vorbei, gefolgt von einer Schar deutscher Touristen, meist Frauen um die sechzig in bunten T-Shirts, die die Jugendlichen von hinten fotografierten.

Ich versuchte, an ihm vorbeizugehen, aber er ergriff meinen Arm. Ich wollte nicht reden und erst recht nicht streiten. Was wollte ich dann? Wieder überlief mich beim Gedanken, wie er Hand in Hand mit seiner Verlobten durch dieses Viertel spazierte, eine Welle von Scham. Ich wollte Zeugin sein, wollte zurückgehen in die Taverne und mir die beiden zusammen genau ansehen. Ich wollte, dass es weh tat. Verflucht, ich wollte Eva in seinem Haus sehen, wie sie duschte, wie sie mit Aris in seinem Bett schlief, wie sie auf der Küchentheke einen Orgasmus hatte und ihre teuren High Heels zu Boden fielen, weil sie die Zehen einrollte. Ich wollte sehen, wie er ihren Körper berührte. Ich wollte es sehen. Was sie hatte, was sie war. Was mir fehlte.

Mir war schlecht; ich verlor die Orientierung, aber genau das wünschte ich mir gerade.

»Mira«, sagte er.

»Du hasst dieses Viertel«, sagte ich.

Irgendwann würden wir uns wiederbegegnen. Ich war immer noch mit seinem Vater befreundet; beide fuhren wir regelmäßig auf die Insel. Doch falls Aris daran dachte, war er jedenfalls nicht grausam genug, es auszusprechen.

»Ich wollte nicht …«, fing er an, ohne den Satz zu beenden. »Das alles ist nicht einfach für mich«, erklärte er.

Es ist unmöglich, im Nachhinein herauszufinden, wo etwas schiefgelaufen ist, wenn alles, was uns bleibt, Erinnerungen sind, und Erinnerungen an Erinnerungen. Auch wenn man sie alle aneinanderreiht, jeden einzelnen Moment, ergeben sie zusammen niemals ein ganzes Leben. Was ein Leben ausmacht, sind die weißen Flecken, der Klebstoff, der alles zusammenhält. Zu wissen, zu verstehen ist unmöglich. Ich hatte geglaubt, alles läge im Ungesagten.

Ich konnte ihn nicht ansehen. »Was genau willst du von mir hören? Willst du etwa meinen *Segen*, verdammt nochmal?«

»Du hast keine Ahnung, wie viel du mir bedeutest«, sagte er. »Immer noch.«

»Aber du liebst sie«, erwiderte ich. Jahrelang hatte ich angenommen, dass er das unsichtbare Band, das uns meinem Gefühl nach verband, egal was geschah, ebenso spürte. Mir war schwindelig. Zuneigung und Liebe sind nicht das Gleiche.

»Es geht nicht nur um Liebe«, entgegnete er. »Du vereinfachst zu sehr.«

»Ich weiß nicht. Ich glaube schon«, sagte ich.

Ich hatte das Gefühl, aus einem unruhigen, verwirrten Schlaf zu erwachen und nun Mühe zu haben, Traum und Realität auseinanderzuhalten.

»Wir können immer noch was zusammen machen.«

Ich sah ihm einen Augenblick lang in die Augen und versuchte, darin zu lesen, was er meinte, was er mir anbot oder um was er bat. Waren das Schuldgefühle oder war es Wahrhaftigkeit oder irgendetwas dazwischen? Ich war zu einer Verlängerung von Aris' Selbst geworden, und manchmal glaube ich, er bemerkte nicht einmal, dass ich ein eigenständiges Wesen war, mehr als etwas, das sowohl in ihm als auch sehr weit weg lebte.

So oder so, es spielte keine Rolle. »Sind wir hier fertig?«, fragte ich, wobei mir schmerzhaft bewusst war, dass ich ihm in die Taverne gefolgt war, ihm in die Augen gesehen und ihn in die Gasse geführt hatte. »Ich muss jetzt zurück.«

»War das alles?«, fragte er. Und wartete. Ich rührte mich nicht. Sagte kein Wort.

Schließlich schüttelte er den Kopf, und ich sah ihn wieder in den Garten der Taverne treten. Nicht in seinem gewohnten selbstbewussten Schritt, entspannt und frei von Eigenwahrnehmung. Jetzt war da eine Schwere. Ich kehrte zurück in die Bar. Nefeli blickte mich an. Fady schaute über die Schulter. »Tja«, sagte er und wandte sich wieder zum Tisch. »Das war's dann wohl mit diesem Viertel.«

»Alles in Ordnung«, versicherte ich den beiden. Ich trank einen Schluck. Doch ich war nicht darauf vorbereitet gewesen, Aris mit ihr in der Öffentlichkeit zu sehen. Ich hatte nicht damit gerechnet, dass es sich so real anfühlen würde, so endgültig. Man kann sagen, was man will, unsere emotionale Abhängigkeit voneinander war groß gewesen. Wenn wir getrennt waren, hatten wir uns stundenlang am Telefon oder online unterhalten. Er rief mich mitten in der Nacht an, um mir irgendetwas Lustiges zu erzählen, was gerade passiert war. Manchmal auch ganz ohne Grund. Vielleicht war es von Anfang an nichts als eine sehr enge Freundschaft. Alle Bestandteile waren vorhanden – Zuneigung, Zwiesprache, Begehren, Nähe –, aber es fehlte an Nährboden dafür. Ich hatte geglaubt, es sei eine Frage der Zeit, der Logistik. Doch vielleicht war es gar nicht so kompliziert. Liebe ist mehr als eine Ansammlung von Merkmalen.

Ich hatte Aris nie so traurig gesehen wie an jenem Morgen Anfang Februar, als er mich nach der Beisetzung meiner Eltern in Athen zum Flughafen brachte. Wir hatten kaum geschlafen. Ich war überzeugt gewesen, dass etwas nicht stimmte, dass er krank war, denn wenn man etwas verliert, das einem wichtig ist, erwartet man, dass gleich der nächste Schlag folgt. Der Flug war furchtbar. Flüge sind immer furchtbar.

Jetzt, wo die Musiker weiterspielten und Dimitra sang, verlor ich den Überblick über die Getränkerunden, die an unseren Tisch gebracht wurden, die kleinen Krüge, das Eis und den Raki. Irgendwann legte Nefeli die Hand auf meinen Unterarm, als wollte sie mich bremsen. Hinter ihr tanzte meine Mutter in einem gelben Kleid einen Zeibekiko, aber das Licht war schummrig und ich war alkoholisiert, und als ich mich später umsah, entdeckte ich keine Frau in Gelb.

Auf dem Heimweg begann es zu regnen, aber ich war so betrunken, dass es mir egal war. Und doch zögerte ich an der Eingangstür meines Hauses. Ich begriff, dass mein Unbehagen in den letzten beiden Tagen auch damit zu tun hatte, dass ich hier wohnte und nicht bei Aris. Damit, dass ich mir diesen Ort nun zu eigen machte. Obwohl ich die Wohnung in Chicago noch nicht hatte verkaufen können. Ich war noch nicht bereit dazu. Auch Aris hatte mir abgeraten, was ich einfach auf die Tatsache geschoben hatte, dass er Grieche war; hier gab niemand Familieneigentum auf. Nur so, schien es, konnten die Menschen überleben. Und das Zuhause einer Familie zu verkaufen hieße, eine Geschichte auszuschlagen. Es wäre ein Schritt, bei dem es kein Zurück gab. In jenen ersten paar Tagen in Athen hatte ich die Wohnung noch herrichten wollen, um sie dann zu vermieten. Aus irgendeinem Grund war noch nicht tiefer gesickert, dass ich jetzt selbst da wohnen würde. Trotz des Schmerzes, den die Begegnung mit Aris ausgelöst hatte, war es ein erfüllter Abend gewesen – die Musik, der Alkohol, das Tanzen –, und ich verspürte jene glühende, befreiende Freude, die ich nirgendwo sonst auf der Welt empfand.

Ich sperrte mit meinem neuen Schlüssel die Haustür auf, schaltete ein paar Lampen ein. Die Wohnung war gemütlich und einladend. Ich duschte, föhnte mir die Haare und trank eine Tasse Pfefferminztee, um anschließend auf der Bettdecke einzuschlafen.

5

DER KAPITÄN

Als ich am nächsten Morgen erwachte, spülte ich das Geschirr, den Topf, aus dem wir mitten in der Nacht die Carbonara gegessen hatten, und fühlte mich sehr traurig. Für den Abend waren wir in Athen mit Eva und Aris und ein paar anderen verabredet, aber ich freute mich nicht darauf. Normalerweise gingen Katerina und ich eher in der Nähe unseres Hauses in Kifisia aus; irgendwie war es verwirrend, nun in Athen mit ihr auszugehen, so als wollten sich meine beiden Ichs – der Mann, der mit seiner Familie in den nördlichen Vorstädten wohnte, und der Mann, der in Athen lebte – nicht begegnen.

Doch als wir dann zu dem Abendessen ins Zentrum fuhren, übten all die Lichter, der Verkehr, die Geräusche der Stadt eine beruhigende Wirkung auf mich aus. Während ich gerade den violetten Himmel bewunderte, stöhnte Katerina: »Mein Gott, ist Athen hässlich! Wie halten die Leute das bloß aus?«

Zugegeben, die Diskrepanz zwischen unserer kühlen, grünen Straße und der steinigen städtischen Welt war gewaltig, aber ich mochte den Verkehr und die Straßenkunst, und die bunt gemischten Grüppchen junger Leute, die überall herumlungerten, gehörten einfach zu der Stadt. Athen ist in meinen Augen eine wunderbare Stadt. Ich habe die ganze Welt bereist, und Athen ist immer noch eine meiner Lieblingsstädte. Wenn Katerina sie hässlich oder eine Betonwüste nannte, und das tat sie öfter, so ging das am Wesentlichen und an ihrer Schönheit vorbei. Katerina mochte auch New York City nicht. Katerina hasste Verkehr, sie hasste Chaos, und am liebsten hätte sie in einer ruhigen Ecke auf einer Insel gewohnt und basta. Wenn sie in Griechenland war, klagte sie darüber, merkte aber, dass sie sich auch nicht fernhalten konnte. So empfanden viele unserer Freunde: Die Ratten verlassen das sinkende Schiff. Der Braindrain war in vollem Gange: Viele waren nach Westeuropa, Kanada oder in die Vereinigten Staaten gegangen, doch im Gegensatz zu früheren Generationen schien niemand damit wirklich glücklich zu sein, alle betrachteten es als vorübergehend. Sie versuchten nicht, sich ein neues Leben aufzubauen, sondern eher, das alte lebendig zu halten.

Wir stellten das Auto ab und gingen die Kallidromiou-Straße hinunter. Ich wusste, dass das von Eva vorgeschlagene Restaurant im Zentrum lag, hatte es aber nicht genau in dem Viertel vermutet, in dem ich immer meine langen Spaziergänge machte. Plötzlich merkte ich, dass Katerina ihre Handtasche fest umklammerte. Allein wäre ich hier nicht aufgefallen, glaube ich, aber mit Katerina in ihrer blauen Seidenbluse, perfekt schminkt und mit frisch frisierten Haaren, war ich auf unzüchtige Blicke gefasst. Ich fragte mich, warum sie diesen Ort gewählt hatten, und mir wurde klar, dass Aris, der politische Aufsteiger, sich unter seinen Leuten zeigen wollte: dem Volk, den Rebellen, den Intellektuellen, den Anarchisten.

Ich hatte Aris seit Jahren nicht gesehen. Die Verabredung heute war zustande gekommen, weil seine neue Verlobte Eva eine langjährige enge Freundin von Katerina war. So hatte ich auch nur eine vage Erinnerung an ihn. Von seiner Geschichte mit Mira wusste ich noch nichts. Er war fast ein

Jahrzehnt jünger als ich, und als ich neben ihm stand, fiel mir auf, dass seine Körperkontur sich fast mit der meinen deckte. Die gleiche Gestalt, nur um 7 Prozent geschrumpft. Seine Schultern waren schmaler, seine Hüften schlanker, und als wir uns begrüßten und anschließend Platz nahmen, begegneten sich unsere Blicke, die Blicke von Außenseitern, von Männern, die durch die Ehe dazustießen. Ich sah die anderen Leute an, die sich alle angeregt unterhielten; falls mein Unbehagen irgendjemandem auffiel, ging jedenfalls niemand darauf ein.

Wir sprachen über belanglose Sommerthemen, er fragte nach unseren Kindern. Obwohl das, was uns eindeutig verband, die Politik war, ließen wir dieses Thema beiseite; allerdings machte er nette Bemerkungen über meinen Vater, den er sehr bewunderte. Unsere beiden Väter, gleichermaßen bekannt und verehrt, wenn nicht gar angesehen, hatten sich auf der Insel niedergelassen. Sein Vater hatte sich durch seine gesellschaftskritischen, bissigen Romane einen Namen gemacht, und wenn er dazu aufgefordert wurde, fand er immer noch starke Worte. »Werden doch wenige Söhne dem Vater ähnlich«, sagt Athene in der *Odyssee.*

Ich trank viel Tsipouro. Alle unterhielten sich über eine Reality-Fernsehserie, die auf einer amerikanischen Show basierte, die auf einer schwedischen Show basierte, in der eine Gruppe gutaussehender Fremder auf einer Insel abgesetzt wird und mittels seltsamer Spiele um Ressourcen konkurriert. Ich hatte die Show nicht gesehen, aber in dieser Welt, in diesem Land, in diesem Moment kam sie mir geschmacklos vor. Doch als ich das aussprach, verdrehte Katerina die Augen, und alle lachten. »Komm schon«, sagte jemand anderes. »*Genau* das brauchen wir im Moment.«

Ein paar Leute kamen vorbei, machten fast unverhohlen Fotos mit ihren Handys. Man war wieder auf Eva aufmerksam geworden. Fünfzehn Jahre zuvor war sie in einigen griechischen Filmen und einem französischen zu sehen gewesen, in ihren Dreißigern jedoch von der Bildfläche verschwunden. Depression, Beinahe-Unfälle und eine Reihe von unglücklichen Liebesaffären hatten über lange Zeit ihre Kräfte geraubt und sie hatte sich nicht auf ihre Arbeit konzentrieren können. Mit ihrem kürzlichen Comeback allerdings war sie plötzlich zur politischen Figur geworden, als verkörperte sie die Melina Mercouri einer neuen Generation. Ihre großen, dunkelbraunen Augen besaßen eine verstörende Tiefe, und ihr Blick gab mir das Gefühl, sie wüsste etwas, was ich selbst nicht wusste. Ich musste zugeben, dass sie und Aris gut zusammenzupassen schienen.

Inzwischen glaube ich, dass ich ein bisschen eifersüchtig war auf all das Neue, was vor ihnen lag. Katerina fand Eva so schön wie eh und je, aber so sprach sie oft von ihren Freundinnen. Männer geben derartige Statements selten ab. Wenn ein Mann gut aussieht, brauchen wir das nicht sämtlichen Frauen am Tisch zu erzählen. Oder wir bemerken es nicht einmal. Andererseits will frau, wenn sie in Griechenland aufgewachsen ist, wo Männer in Talkshows Frauen auf den Hintern klopfen und erwachsene Frauen »Mädchen« nennen, bis sie fünfzig sind, vielleicht auch den Männern zuvorkommen und ihnen damit etwas von ihrer Macht nehmen. Später überraschte mich Mira mit der Äußerung, »Mädchen« genannt zu werden, vermittle ein gewisses Gefühl von Unabhängigkeit. Trotzdem hat es für mich etwas Aggressives, Demoralisierendes, sich in Gegenwart von Frauen so dreist über eine andere Frau zu äußern. Aber mit den griechischen Männlichkeitsidealen stand ich schon immer auf Kriegsfuß.

Katerina schien den Abend zu genießen, und das stimmte mich einigermaßen zufrieden. Doch die Gespräche am Tisch, belangloses, als politisch verkleidetes Geplauder, das Geschnatter meiner Kindheit, langweilten mich, darum ließ ich den Blick durch die Taverne schweifen. Und da entdeckte ich Mira, die durch den Garten hereinkam. Ihr Gang war so souverän, als wäre sie schon oft hier gewesen – und dann bemerkte sie mich. Oder besser gesagt, sie sah wohl Aris, uns beide zusammen. Der verwirrte Ausdruck in ihrem Gesicht – fast, als fühlte sie sich verraten – hat sich mir eingebrannt, vor allem, weil ich keine Ahnung hatte, wodurch er ausgelöst wurde, oder vielleicht auch, weil ich es jetzt weiß. Ich verspürte den Impuls, aufzustehen und ihr zu folgen, sie zu begrüßen. Vorzugeben, ich müsse kurz zum Bankautomaten oder Zigaretten kaufen, oder einfach zur Toilette zu gehen und mich dann aus der Bar hinauszustehlen auf die schmale Gasse. Ich machte sogar schon Anstalten aufzustehen. All das spielte sich ab, ohne dass die Übrigen am Tisch etwas davon mitbekamen, und doch hatte ich das Gefühl, aller Augen ruhten in diesem Moment auf mir, auf uns.

Aris' Stuhl kippte, als er aufsprang, aber er fing ihn auf. Sein Aufstehen bremste mich in meinem Vorhaben, und schließlich ging er Mira hinterher, nicht ich.

Zunächst hielt ich es für Zufall. Das war ja auch wahrscheinlich. Aber Zufall ist Geschichte, nicht wahr? Seine Aufmerksamkeit war auf Mira gerichtet; er folgte ihr. Ich sah mich an unserem Tisch um, doch alle waren ins Gespräch vertieft und keiner bemerkte, dass Aris sich davongemacht hatte. Mira ging jetzt schneller vor ihm her. Als sie sich an der Ecke umdrehte und sich umsah, begegneten sich unsere Blicke. Ich winkte, doch in diesem Moment wurde sie von ein paar mit Tabletts beladenen Kellnern und einer Gruppe von neuen Gästen, die ihre Plätze einnahmen, verdeckt. Dann waren sie und Aris aus meinem Blickfeld verschwunden.

»Siehst du jemanden, den du kennst?«, fragte Katerina. Sie lächelte und sah sich neugierig um, obwohl sie gerade mit jemand anderem gesprochen hatte.

»Ein Freund meines Vaters«, log ich und winkte in Richtung mehrerer anderer Tische.

Eva, die auf Katerinas anderer Seite saß, wandte sich uns zu. »Wo ist Aris hingegangen?«, fragte sie.

Irgendwie fühlte ich mich auf unerklärliche Weise schuldig. Ich dachte mir eine Ausrede für ihn aus: zum Geldautomaten vielleicht oder Zigaretten holen. Katerina sah mich merkwürdig an, dann wandten sich Eva und sie wieder dem Thema zu, über das am Tisch gesprochen wurde.

Aber wo waren sie tatsächlich hingegangen, Aris und Mira?

Wieder ließ ich den Blick durch die Taverne schweifen. Wenn ich später an diesen Abend dachte, schienen diese Minuten die ganze Nacht zu umfassen. Miras Gesichtsausdruck. Mein Winken, das zu spät kam. Ihre gemeinsame Abwesenheit.

Schallendes Gelächter stieg von unserem Tisch auf: Der Mann von einer von Katerinas Freundinnen hatte einen Witz erzählt. Auch ich lachte. Ein Lachen kann andere Emotionen immer verschleiern, ob es sich nun um Schmerz, um Begehren oder um Scham handelt.

Eine ehemalige Partnerin hat einmal gesagt, ich würde

nur Frauen lieben, die mich nicht wirklich verletzen könnten. Sie behauptete, meine Angst, mich einzulassen, mein Zögern, seien Produkt einer jugendlichen Sehnsucht nach einem perfekten Phantasiebild und ein Weg, Schmerz zu vermeiden. Ich gab zu, dass sie recht hatte. Zugeben und akzeptieren entstammen der gleichen Wurzel, doch mit Letzterem hatte ich meine Schwierigkeiten. Vielleicht suche ich in anderen Beziehungen immer schnell die Schwachstellen und betrachte sie mit Skepsis, weil mir klar ist, dass in meinen eigenen etwas fehlt. Aber was. Das ist die Frage. Aber was.

Als Aris schließlich durch den Vordereingang der Taverne zurückkam und ich seinen verstörten Blick sah, spürte ich eine Welle von Rachedurst, Wut – unklaren Ursprungs – und Erleichterung in mir aufsteigen. Als Eva ihn fragte, wo er gewesen sei, warf er ein Päckchen Zigaretten auf den Tisch. Ich könnte schwören, dass er dabei mich ansah, mit einem Blick, der aggressive Arroganz verriet. Ich ließ erneut den Blick schweifen. Mira war verschwunden.

Kennen Sie diese silbrigen fliegenden Fische, die über der Wasseroberfläche glitzern? Erst wenn sie wieder untergetaucht sind, wird einem bewusst, was man da gesehen hat, und man fragt sich, ob das Kielwasser des Schiffes sie in die Luft geschleudert hat oder ob sie aus eigenem Antrieb emporschnellen, springen. Man will sie in die Hand nehmen, ihre Flügel untersuchen.

*

Am nächsten Nachmittag, am Flughafen, umarmte mich Ifigenia fest und band ein paar Armbändchen, die sie geflochten hatte, um mein Handgelenk. Nikos wirkte unbewegt. »Bis bald, Dad«, sagte er auf Englisch. Sie hatten in Athen eine amerikanische Schule besucht und taten das nun auch in Brüssel, und das Englisch mit dem amerikanischen Akzent, der mir so vertraut war, kam mir aus dem Mund meiner Kinder seltsam vor. Katerina umarmte mich fest; in diesem Moment hätte ich sie am liebsten nicht mehr losgelassen. Obwohl sie diejenige war, die vehementer auf die Trennung bestanden hatte, weiß ich, dass sie manchmal ins Wanken geriet. Und ich ebenfalls.

Vielleicht war das der Grund, warum ich jetzt zurückfuhr in unser Haus in Kifisia. Aber bald fand ich die Stille verstörend, mir fehlten die Kinder, der Fernseher, Katerinas leise Stimme. Ich öffnete alle Fenster, um die Vögel zu hören und den wenigen Verkehr auf der ruhigen Straße. Wie laut es in meinem Athener Viertel war, merkte ich erst, wenn ich die Stille der Vororte erlebte.

Um Mitternacht war ich schon wieder in meiner Straße: Armatolon kai Klefton. Ich trat auf den Balkon und blickte über den mondbeschienenen Garten.

Minuten später öffnete sich Miras Tür. Ob sie wohl nach der Taverne fragen würde oder nach Aris, was ich mit ihm zu tun hätte? Ich merkte, dass es an mir war zu sprechen.

»*Kalispera*, Mira.« Ich stellte sie mir so vor, wie ich sie in der Taverne gesehen hatte: in einem weiten, um die Taille zusammengebundenen Kleid und Stiefeln. Als sie davonging, konnte ich ihre Körperkontur erahnen. Ihr langes Haar war zu einem Pferdeschwanz zusammengebunden und peitschte wie eine Fahne vor und zurück.

»Hallo«, sagte sie.

Sie nach Aris zu fragen, wäre mir aggressiv und anklagend vorgekommen. Ich wartete ab, ob sie das Thema selbst anschneiden würde, doch sie tat es nicht. Stattdessen redete sie über Nefeli, und ihre Stimme – leise und ein bisschen rau – beruhigte mich.

Ich dachte nicht an Sex, nein. Nicht direkt. Aber an diesem Abend war mir beim Einschlafen bewusst, dass sie auf der anderen Seite der Wand lag.

*

Am nächsten Tag rief mein Bruder an. Er wohnt in Detroit, denn er war mir nach Michigan gefolgt, als ich ans College zurückkehrte, und dortgeblieben. Er hat Wirtschaft studiert und arbeitet im Finanzsektor, und ehrlich gesagt weiß ich nicht wirklich, was er da macht, nur, dass er es gut macht. Er wählt die Republikaner und beurteilt die griechische Situation sehr hart. Seiner Meinung nach müsste Griechenland, allen Elends zum Trotz, jeden Cent seiner Schulden zurückzahlen. Er sieht die Lage nicht unter dem Aspekt der geopolitischen Komplexität. Er sieht sie nicht unter dem Aspekt von Mitgefühl. Das Geld war geliehen; es muss zurückgezahlt werden. So einfach ist das. Vielleicht spielt seine eigene verinnerlichte Scham dabei eine Rolle.

In Augenblicken wie diesem spüre ich Wut in mir aufsteigen.

Ehrlich gesagt rief er wohl gar nicht meinetwegen an, sondern um sich nach unserem Vater zu erkundigen, zu dem er eine ebenso belastete Beziehung hatte wie ich. Die linke Einstellung meines Vaters zur Zeit der Junta hatte meinen Bruder beunruhigt, der damals gerade erwachsen wurde. Doch sein schroffer Rechtsschwenk war für meine Eltern ein Schock gewesen. Mit der Tatsache, dass er in den USA lebte, konnte sich mein Vater noch anfreunden – schließlich war meine Mutter eine griechische Amerikanerin aus Detroit, und wir hatten in meiner Kindheit während der Militärdiktatur mehrere Jahre dort gelebt –, aber diese Verfehlung war unverzeihlicher als die Weigerung meines Bruders, seinen Erstgeborenen nach meinem Vater Nikos zu nennen.

Inzwischen kam mein Bruder nur noch selten nach Griechenland. Als jüngerer Mann hatte er behauptet, er könne es sich einfach nicht leisten und habe keine Zeit dazu, und jetzt war es schon normal, dass er fernblieb. Er hatte stets gegen meinen Vater rebelliert, obwohl er damals unbedingt von ihm anerkannt werden wollte. Vergangenes Jahr tauchten meine Neffen, seine zwei Söhne aus erster Ehe, mit ihrer Mutter hier auf. Die Exfrau meines Bruders hatte kurz zuvor erneut geheiratet: wieder einen Griechen, aus Kreta. Diese Tatsache erbost meinen Bruder. Meine Neffen sagen, sie sei glücklich. Die Sprache hatte sie schon vor langer Zeit gelernt, als sie meinen Bruder heiratete, und spricht fließend Griechisch mit jenen flachen, runden Vokalen, den harten Ls und der gedehnten Sprechweise. Sie ist eine nette, intelligente, liebe Frau, und es überrascht mich sowieso, dass sie sich damals in meinen Bruder verliebt hat.

Mein Bruder erzählte, er habe eine Woche zuvor mit unserem Vater gesprochen. Er habe Wahlen erwähnt, was mein Bruder zunächst als Kampfansage verstanden hatte. Doch dann war klargeworden, dass er sich nicht auf kürzlich erfolgte oder bald bevorstehende Wahlen in Griechenland oder den Vereinigten Staaten bezog, und mein Bruder war nicht darauf eingegangen. Mein Vater hatte außerdem erwähnt, er unterstütze Nefeli bei einem Projekt, und mein

Bruder wusste nicht, was er damit meinte. »Ich auch nicht«, sagte ich. Doch was meinen Bruder am meisten beunruhigte, war, dass mein Vater nach den Zwillingen gefragt hatte und auf die Entgegnung: »Nein, die Zwillinge sind Alexis' Kinder«, zurückgegeben hatte: »Ach ja, natürlich. Die Babys.«

»Es sind keine Babys, *Baba*«, hatte mein Bruder gesagt. »Die Zwillinge sind neun, und meine Söhne besuchen die Uni.«

Unser Vater hatte gelacht. »Na klar«, sagte er. »Für mich bleiben sie immer kleine Kinder.«

»Jedenfalls«, sagte mein Bruder, »war das alles irgendwie komisch.«

»Ja«, sagte ich. »Und wie geht es nun den Jungs?«

Er atmete laut aus, ein Relikt aus seiner Raucherzeit und inzwischen ein Zeichen für Stress. »Es geht ihnen gut«, sagte er. »Sie haben beide eine Freundin.« Ich wusste, dass er darin eine Art Zeichen für Normalität sah.

Mein Bruder schien sich oft über seine Kinder zu ärgern, was mich immer erstaunte. Im vergangenen August, als sie mit mehreren Freunden nach Kreta gereist waren, hatte ich sie eingeladen, mit dem Schiff mitzufahren. Stattdessen waren sie geflogen, doch als wir dort anlegten, traf ich sie in Chania zum Mittagessen. Nachdem ich seine Söhne mehrere Jahre lang nicht gesehen hatte, erwartete ich eingebildete junge Männer mit typisch amerikanischer Arroganz. Doch meine Neffen waren entspannt und sehr offen. Wir tranken im alten Hafen zusammen Bier, saßen in weichen, weißen Stühlen, die beiden mit Blick auf das Wasser. Sie fragten nach den Zwillingen, nach Katerina. Sie machten sich Gedanken über die gegenwärtige Situation, fragten, ob ich auf Schmuggler oder Flüchtlinge in Not gestoßen sei, ob ich auf

See etwas dergleichen ganz real erlebt habe. Ich dachte an das dichte Netzwerk von Schiffstransporten und Lagerhäusern, an Lederjacken aus China, Stangen voller billiger Kleidung, die am Ende auf einem Straßenmarkt in Skopje, Tirana oder Plovdiv landen. Illegales Zeug: Heroin, Hasch, Kokain. Waffen über Waffen. Geschmuggelte oder nachgemachte Zigaretten. Und natürlich Menschenhändler, die Körper über die Ägäis transportierten, über die Adria, nach Italien und darüber hinaus. Oder sie am Südufer von Kreta absetzten und behaupteten, das sei Italien. Mein einziger Wunsch war gewesen, da gegenzusteuern, dem unvermeidlichen Migrationsprozess etwas menschlichere Züge zu verleihen.

Doch ich log und verneinte, fragte nach ihrem Vater.

Sie sahen mich über die großen Bierkrüge hinweg an. Ich erkannte in beiden meinen Bruder – dichte Augenbrauen, weit auseinanderstehende, fast schwarze Augen wie die meiner Mutter –, doch wie er derart höfliche, weltoffene Söhne hatte großziehen können, war mir ein Rätsel. Der eine studierte an der Universität Michigan Politik und, man höre und staune, im Nebenfach Neugriechisch. Mein Bruder hatte mir das am Telefon erzählt, mir höhnisch die Listen der Fakultätsmitglieder und deren Spezialgebiete vorgelesen. »Und den ganzen Quatsch bezahlen wir mit unseren Steuergeldern«, hatte er gesagt. Ich konnte den Bruder, den ich kannte und der alles Ungebildete verachtete, nicht mit dieser Einstellung übereinbringen. Was mein Neffe hingegen lernte, was er über die jüngere griechische Geschichte wusste, beeindruckte mich. Und er war entzückt und ziemlich verdutzt, dass ich Jahrzehnte zuvor beim selben Professor Shakespeare studiert hatte. Sein Griechisch war korrekt und elegant mit kaum wahrnehmbarem Akzent.

Mein anderer Neffe studierte in Ohio State Medizin. Als ich ihn fragte, auf welchem Gebiet er sich spezialisieren wolle, antwortete er, sein *Vater* wünsche sich, dass er Chirurg werde. Sein Bruder lachte. Sie gingen vollkommen entspannt miteinander um, die größte Kluft zwischen ihnen war ihre Uni-Rivalität, und mich überraschte vor allem, wie nett sie waren. Eigentlich will er Personal Trainer werden. Das jedenfalls erzählte er mir. Und dass mein Bruder ihn umbringen würde, wenn er das wüsste. »Für ihn ist es nie genug«, sagte der Jüngere. »Und wird es auch nie sein«, ergänzte der ältere Bruder. »Genau wie bei eurem Großvater«, fügte ich hinzu, und sie zuckten die Achseln, eine Geste, die besagte: *Da kann man nichts machen.* Sie machten ein Selfie von uns dreien und schickten es jeder an seine Freundin. Sie luden mich ein, am folgenden Abend mit ihnen auszugehen und ihre Freunde kennenzulernen, doch mein Schiff lief am nächsten Tag aus. Ich bezahlte unsere Rechnung, sie bedankten sich mehrmals, und ich ging wieder an die Arbeit.

Einige Tage später wurde ich vom diensthabenden Offizier der Schifffahrtsgesellschaft, einem Mann, den ich seit Jahren kannte und schätzte, aufgefordert, meine Stelle zu räumen. Ich wurde vom Dienst suspendiert. Und ich reagierte nicht gut. Ich geriet außer mir, packte ihn am Hemd, fasste mich dann aber und ließ wieder los. Ich war schon sehr lange nicht mehr handgreiflich geworden, zuletzt in meinen Zwanzigern. Damals, in den Jahren nach dem Tod meiner Mutter, konnte der kleinste Windstoß mich in Rage versetzen. Beim Gedanken an die Überraschung und die Angst in seiner Miene erfüllt mich Scham. Er hätte Anzeige erstatten können, den Sicherheitsdienst rufen, den Vorfall der Internationalen Schifffahrtsorganisation melden, doch stattdessen wies er mich ganz ruhig an, meine Sachen zusammenzupacken und meine Kabine auszuräumen. Ich fand es entsetzlich, ihn mit meiner Wut so erschreckt zu haben. Später rief ich ihn an, um mich für meinen Ausbruch zu entschuldigen. »Es ist eine schwierige Zeit für uns alle«, sagte er darauf.

Aber es gibt Protokolle. Mein Fall, so kompliziert er auch sein mag, wird nochmals geprüft, und obwohl ich noch nicht in der Lage bin, darüber zu sprechen, werde ich ein paar Dinge dazu sagen. Vielleicht kann ich in Frührente gehen. Anstatt mich entsprechend dem Seerecht zu verhalten, hatte ich die Dinge selbst in die Hand genommen. Wahrscheinlich wollte ich ein Held sein. Die Schifffahrtsgesellschaft ist wohlwollend, aber ich hätte anders handeln können, das ist mir klar. Kapitän zu sein bringt Verpflichtungen mit sich, die alle Bereiche des Lebens betreffen. Ich möchte nicht behaupten, dass ich diesen stets nachgekommen bin. Aber sie existieren, und sie sind mir stets bewusst. Vielleicht habe ich deshalb so große Schwierigkeiten damit, Katerinas Trennungswunsch zu akzeptieren.

Mein Bruder wusste von alledem nichts, und ich werde es ihm wahrscheinlich auch nie erzählen. Es regt mich auf, über diese Dinge zu sprechen. Man kann nur vorwärtsgehen oder es zumindest versuchen.

Trotz der Sorge um unseren Vater war er guter Laune. Ich fragte ihn, ob er diesen Sommer zu Besuch kommen werde. Daraufhin wurde er still, sagte, er habe keine Zeit, wolle aber versuchen, es bald einzuplanen. Ich wusste, dass das nicht der Fall sein würde. Während seine erste Frau, die Mutter der Jungen, sich in den Ort samt der Sprache verliebt hatte, mangelte es seiner zweiten Frau an Begeisterung. Griechenland durch ihre Augen zu sehen, hat dem Abscheu meines Bruders neue Nahrung gegeben. Ihr erster und einziger Besuch war ein Desaster gewesen. Sie bestellte zum Abendessen Eistee und empfand die Tatsache, dass es in den Tavernen keinen gab, als persönlichen Affront. Sie betrachtete alles in Athen als potenziell verseucht, hatte Angst, das Wasser zu trinken, eine Frucht zu essen, mit dem Zug zu fahren. Jede Oberfläche wischte sie mit kleinen Feuchttüchern ab, die sie in ihrer Handtasche aufbewahrte. Ich wollte ihm sagen, dass sie inzwischen jede Sorte Eistee bestellen könne, dass es Bars mit Bio-Säften gab und Teestuben und vegane Restaurants, wusste aber, dass das nicht genügen würde.

»Fahr du auf die Insel, schau nach, ob mit ihm alles okay ist«, sagte mein Bruder. Das überraschte mich. Er hatte für unseren Vater immer nur Verachtung übriggehabt, aber wahrscheinlich kompensierte er mit dieser Feindseligkeit nur sein Schuldgefühl. Bei mir war es umgekehrt – ich kaschierte Feindseligkeit mit Schuldgefühlen.

Ich sagte ihm, dass ich bald wegen einer Taufe hinfahren würde, und wir beendeten das Gespräch.

Während mein Bruder meinem Vater gegenüber stets in der Offensive gewesen war, befand ich mich immer in der Defensive. Am meisten hatte mich der Abscheu überrascht, mit dem mein Vater, als ich noch jünger war, auf meine Entscheidung reagiert hatte, auf See zu bleiben. *Du fliehst, du läufst davon,* und das war für ihn inakzeptabel. *Besorg dir einen Job mehr in der Nähe von zu Hause. Besorg dir einen Job an Land.* Unsere Beziehung war immer schwierig gewesen – als Teenager hatte ich ihn mit seiner Untreue konfrontiert –, und ihn nun in die Rolle eines rechtschaffenen Familienvaters schlüpfen zu sehen, erfüllte mich mit einer Mischung aus Traurigkeit und Wut.

Doch Fakt ist, dass er selbst sich sehr wohl als guten Familienvater sah, als einen, der seine Frau und seine Kinder nie im Stich gelassen hat. Nicht für die Liebe einer anderen Frau, nicht aus Unabhängigkeitsstreben. So gesehen sah er sich als loyal, schließlich gab er andere Leben für das auf, für das er sich einmal entschieden hatte. Für ihn war das der Lauf der Welt, der Welt der Männer, und er beharrte zwar unerschütterlich darauf, dass keiner ihm zu sagen habe, was er tun sollte, war aber gleichzeitig von tiefem Pflichtgefühl durchdrungen.

Trotz unserer Differenzen verbindet uns eine Sehnsucht nach der Zukunft – eine gefährliche, optimistische Sehnsucht nach dem, was sein könnte. Ihretwegen blieb er in der Politik und ich auf See.

6

MIRA

In meinen ersten Wochen in Athen verhielt sich Nefeli, die hart für ihre Ausstellungseröffnung arbeitete, manchmal so wie an dem Abend mit Fady und Dimitra – unaufgeregt, voller Wärme. Dann wieder benahm sie sich seltsam, wie an jenem Tag am Meer, und bewegte sich beim Reden im Kreis, argumentierte unlogisch. War aufbrausend oder ungewohnt still. Manchmal blieb sie die ganze Nacht wach in ihrem Atelier, aber erst nach der Ausstellungseröffnung begann ich, mir ernsthaft Sorgen um sie zu machen.

Bis zur Vernissage trafen wir uns, wenn sie eine Pause brauchte, in dem neuen Café ein paar Straßen von ihrem Atelier entfernt. Mich beruhigte der minimalistisch und unverhohlen trendy gestaltete Raum, und wenn ich mit Nefeli eintrat, überzog ein Lächeln das Gesicht des Baristas. Ich hatte Nefelis Atelier in einem alten Gebäude, das sie gemeinsam mit ein paar anderen Künstlern nutzte, nie gesehen. Es sei zu privat, erklärte sie. Nur Fady war dort gewesen, hatte aber versprechen müssen, kein Sterbenswort über ihr Projekt zu verlieren. Ihre Zurückhaltung gründete nicht auf Selbstgefälligkeit, sondern eher auf Aberglauben.

Aber an diesem Morgen hatte Nefeli mich in ihr Atelier gebeten. Sie hatte ein paar Sachen zu transportieren und brauchte dabei Hilfe. Ich war spät aufgewacht, also zog ich mich eilig an und holte mir in der Bäckerei an der Ecke bloß einen Kaffee, um ihn auf dem Weg zu trinken. Mit einem Getränk in der Hand durch die Stadt zu laufen, war eine meiner typisch amerikanischen Angewohnheiten, und Nefeli brachte das auf die Palme. Ich liebte diese Morgenstunden, wenn die Straßen Athens in warmes Licht getaucht waren, wenn es aus den Bäckereien nach Butter und Zucker duftete und aus überfüllten Cafés lebhaftes Geplauder und Zigarettenrauch drangen.

Nefelis Atelier lag nicht weit von dem kleinen experimentellen Theater an der Mavromichali-Straße, hinter dem alten Kino und ihrer Lieblingstaverne und in der Nähe ihrer Wohnung. Die meisten Häuser hier waren betagte Schmuckstücke, einige strahlend und gut gepflegt, andere in unterschiedlichen Stadien von Verfall. Eines sah aus, als hätte es dort gebrannt, das nächste hätte in einem Hochglanzmagazin abgebildet sein können. Das Haus, in dem sich das Atelier befand, war groß, ein dreistöckiges, graues Eckgebäude, an dem ich schon oft vorbeigegangen war. Aufgefallen war es mir hauptsächlich wegen der interessanten Graffiti: Schwarzweißbilder im Sowjetstil. Auf eine andere Wand war mit Schablone gesprüht: LIEBER KAPITALISMUS, ES LIEGT NICHT AN DIR, ES LIEGT AN MIR. SPASS BEISEITE, ES LIEGT AN DIR. ES IST VORBEI. Die Eingangstür war riesig, ähnlich der Türen von Industriegebäuden mit Laderampen. Ich klingelte zweimal. Dann ging ich um die Ecke, um einen weiteren Eingang zu suchen. Auf eine Seitenwand des Gebäudes hatte jemand auf Griechisch gesprayt: KEINE HOFFNUNG. Und darunter in Englisch: ZUM TEUFEL MIT MEINER SEHNSUCHT.

Aus dem offenen Fenster im obersten Stock hörte ich Musik, und schließlich trat Nefeli auf den kleinen Balkon und kündigte an, sie werde jetzt auf den Türöffner drücken. Sie strahlte; etwas zu schaffen war für sie das Mittel gegen die

Verzweiflung, und egal was sonst noch los war, wenn sie arbeitete, leuchtete sie. Im Erdgeschoss gab es zwei Türen: die eine führte in das Tanzstudio, an der anderen war kein Schild. Am Treppenabsatz im dritten Stock erwartete mich Nefeli vor ihrer Tür. Sie trug schlabberige Jeans und ein weißes T-Shirt, die Haare hatte sie mit einem blauen Schal zusammengebunden.

»Nicht gucken«, sagte sie, ließ aber dennoch die Tür einen Spalt offen, so dass ich einen Blick erhaschen konnte. Sie war bester Laune. Die Decken waren hoch, der Raum war riesig. Hinter ihr stand ein großer Tisch, auf dem Dutzende von kleinen blauen Keramik-Skorpionen mit verzerrten Gliedern lagen. Ich empfand sie als beunruhigend. Sie verschwand hinter einer Trennwand, wo sie die Bestandteile der Installation zusammensetzte, und tauchte in einem sauberen Hemd wieder auf; in der Hand hielt sie randvolle Tragetaschen. Sie reichte mir eine, die mit Schulmaterialien gefüllt war, und eine andere mit Flip-Flops in verschiedenen Größen und Farben.

Das besetzte Haus, wie Nefeli, Fady und Dimitra es ebenso wie all seine Bewohner nannten, lag nicht weit vom Atelier entfernt. Es handelte sich um eine aufgegebene Schule, die als Wohnmöglichkeit für Zugezogene genutzt wurde. Dabei arbeiteten die Flüchtlinge selbst – hauptsächlich Afghanen, Syrer und Iraker – mit ortsansässigen Anarchisten und Aktivisten zusammen, je nachdem, wen man fragte. Nefeli war stolz auf die dort geleistete Arbeit und wollte sie mir zeigen. Sie meinte, das könnte für mein künftiges, zugegebenermaßen noch nicht begonnenes Projekt über Graswurzel-Organisationen in den Achtzigern und heute nützlich sein.

Wenn man die Schule von außen sah, die hohen Betonmauern, die emporführenden Stufen, hörte man im Geist Kinderstimmen und tatsächlich war das Gebäude davon erfüllt. Nefeli führte mich in den Hof, wo ich eine lebhafte junge Frau kennenlernte. Ihre Kleidung war in Malven- und Pflaumentönen gehalten, die Augenbrauen waren perfekt nachgezogen. In diesem Sommer kam es mir vor, als hätte jeder dichte und lebendige Augenbrauen.

Sie klatschte freudig in die Hände angesichts der Tasche mit den Heften, den Packungen voller blauer Kugelschreiber, den Buntstiften und den Filzstiften für das Whiteboard. Nefeli stellte uns kurz vor und verschwand dann mit einigen der Materialien hinter einer Tür, die in den Raum führte, wo sie Zeichenunterricht für Teenager und Erwachsene gab. In einem anderen Raum, der ebenfalls auf den Hof hinausging, fand gerade eine Besprechung statt: Männer und Frauen diskutierten auf Englisch die Arbeitsrechte von Immigranten und Geflüchteten, und ein Mann stand vorn und dolmetschte. Am Abend, erzählte Nadine, werde der Raum für Tanzunterricht genutzt. Durch das Fenster eines anderen Zimmers sah ich elf- oder zwölfjährige Kinder, die gerade hinter ihren Pulten Platz nahmen: Die meisten von ihnen waren noch nicht lange genug da, um in griechischen Schulen angemeldet zu sein. Nadine erklärte, dass die erste Unterrichtsstunde bald begann: Mathematik. Ein Mädchen thronte auf einer Bank und las, während ein anderes seine Haare flocht, ein drittes radierte heftig in seinem Heft herum.

In der Nähe saßen auf Decken einige Frauen mit Kleinkindern auf dem Schoß. Eine jüngere Frau lackierte einer anderen die Fingernägel, und auf einer Bank daneben las eine ältere Frau einen Roman, wobei sie das Buch auf Armeslänge von sich weghielt.

Von der anderen Seite des Hofes kam ein schlaksiger älterer Junge auf uns zu. Das Kind auf seinem Arm, höchstens ein Jahr alt, war mit einem gebügelten weißen Hemd, kleinen blauen Schuhen und hellblauen Socken bekleidet, und seine Wimpern sahen aus wie riesige Fächer. In dieser anderen Umgebung brauchte ich einen Moment, um zu erkennen, dass der Junge Rami war. Er zeigte in einem breiten Lächeln die Zähne, als er mich erkannte. Weil er nicht in der Schule war, hatte Dimitra diverse Homeschooling-Optionen für ihn organisiert. In seiner Freizeit kam er mit Fady oder Dimitra hierher und sprang ein, wo Hilfe benötigt wurde: als Babysitter, sogar als Dolmetscher für die kleineren Kinder. Manchmal verschwand er auch mit den älteren Jungen in den Fluren, was Fady nervös machte, doch Dimitra beharrte darauf, das sei in Ordnung. Ramis gesprochenes Englisch war ausgezeichnet, und ab der kommenden Woche würde er es auf Dimitras Bitte hin bei mir auch schreiben lernen.

Männer waren in dem besetzten Haus kaum zu sehen, aber die älteren Jungen, manche schon fast Männer, versammelten sich hinten im Hof, mit Abstand zu den Frauen und Kindern. Rami sah zwar für sein Alter jung aus, zumindest in meinen Augen, doch ich merkte, dass er eher zu ihnen gehörte als zu den Kindern, die über Decken krabbelten, Bilder malten und bastelten oder mit bunter Kreide schrieben, während sie auf den Unterrichtsbeginn warteten. Vielleicht waren diese Kinder es gewohnt, dass Fremde hier auftauchten, und sie beäugten mich schüchtern.

Auch Rami blickte mich an und hielt dabei das Baby so, dass es mich ebenfalls sehen konnte. Es trat mit seinen stämmigen Beinchen in die Luft und schaute neugierig um sich;

es war, als wäre es eines Morgens für eine Familienhochzeit ausstaffiert worden und durch irgendeine Panne in Raum und Zeit dann hier gelandet. Was auch in etwa zutraf. »Willst du ihn mal nehmen?«, fragte Rami und streckte mir das Kind entgegen.

Der kleine Junge lachte, als ich ihn auf den Arm nahm, und sah mit einem ruhigen Gesichtsausdruck Rami an. Rami stemmte stolz die Arme in die Hüften. »Er guckt sich gern um«, erklärte er.

»Du bist ein Naturtalent«, sagte ich zu ihm, während ich den Jungen umdrehte. Rami sagte ein paar Worte auf Arabisch zu ihm, und der Kleine lächelte; dann begann ich ihm einen kleinen griechischen Reim ins Ohr zu flüstern. Er war fasziniert. »Ich gehe jetzt zu meinen Freunden«, erklärte Rami höflich. »Aber vielleicht sehen wir uns bald?« Ich nickte, und er verschwand mit den anderen. Für die erste Klasse waren sie allesamt zu alt, vermutete ich.

Der kleine Junge blieb auf meiner Hüfte und sah sich fröhlich um, doch plötzlich kam ich mir lächerlich vor. Was machte ich da bloß gerade? Wessen Kind war das überhaupt? Wenn ich als Ethnographin an Orte gekommen war, wo ich nicht hingehörte, hatte ich mich immer irgendwie berechtigt gefühlt, auch wenn das vielleicht unangebracht oder falsch war. Ich hatte mir erlaubt, auf jene spezielle Weise anwesend zu sein, die meine Arbeit mit sich brachte. Aber einfach nur als ich selbst, als Nefelis Anhängsel, fühlte ich mich wie ein Eindringling. Da kam eine junge Frau in schicken, dunklen Jeans und blauer Bluse mit einem bunten Tuch im Haar auf mich zugeeilt, nahm mir den Jungen ab und bedankte sich auf Griechisch. Erst in diesem Moment, als er die Aufregung seiner Mutter bemerkte, die kurzzeitig nicht gewusst hatte, wo er war, brach er in Tränen aus. Aber schon bald darauf lachte er wieder, kreischte vor Freude. Sie küsste ihn auf die Nase und verschwand zusammen mit zwei anderen Frauen und einem kleinen Mädchen mit rosafarbenem Rucksack durch die Eingangstür.

Nachdem Nadine die Tür des Klassenzimmers geöffnet und die Kinder hineingerufen hatte, war es ziemlich ruhig im Hof. Ich machte mich auf die Suche nach Nefeli, spähte in ihren Unterrichtsraum, doch dort war sie nicht. Ich öffnete die Tür und sah die Tragetaschen. Ein junger Mann mit dunklem, lockigem Haar saß allein an einem Tisch und schrieb in ein kleines schwarzes Notizbuch. »Entschuldigen Sie die Störung«, sagte ich auf Englisch und fragte, wo Nefeli sei. Er zuckte die Schultern und antwortete, er wisse es nicht.

Ich hätte mich nicht wohl dabei gefühlt, durch diese Flure zu gehen – hier lebten Familien in Klassenzimmern. Also ging ich vors Haus, um zu sehen, ob Nefeli dort steckte, und stieß auf Dimitra, die gerade hereinstürmte, um Rami abzuholen. Sie war überrascht, mich zu sehen, und begrüßte mich herzlich. »Aber wo ist Nefeli?«, erkundigte sie sich. »Ich habe versucht, sie anzurufen, aber sie ist nicht rangegangen.«

Auf dem Heimweg hielten wir bei ihrem Atelier an und läuteten. Eine Frau in farbverschmierten Jeans sagte, sie habe sie nicht gesehen. Als wir unseren Weg fortsetzten, drehte ich mich um und entdeckte Nefeli auf dem Balkon ihres Ateliers. Sie beschirmte die Augen mit der Hand gegen die Sonne und blickte uns nach. Ein paar Minuten später schrieb sie eine SMS: *Tut mir leid, M. Unterricht erst morgen. Hatte vergessen, dass du mitgekommen warst.*

Vorher hatte ich mich nach ihrer Ausstellung erkundigt: ein gewaltiges Unterfangen, sowohl ganz neue Installationen, die noch niemand zu Gesicht bekommen hatte – bei diesen hatte Fady sie als Toningenieur unterstützt –, als auch eine Retrospektive ihrer Gemälde. Über Letztere sprach sie wie über eine alte, abgestreifte Haut. Zwar hatten ihre Leinwandarbeiten die Basis für ihre Karriere bereitet, doch momentan widmete sie sich hauptsächlich ihren neuen, dreidimensionalen Projekten. Dennoch gab sie bei diesem Übergang nicht ein Medium für ein anderes auf. Das war der Grund für die gemischte Ausstellung. Sie wolle der Zeit Gelegenheit geben, sich auf sich selbst zu beziehen, sagte sie selbst.

Rami ging mit riesigen Kopfhörern voraus, und ich erzählte das alles Dimitra. Dass Nefeli mich in dem besetzten Haus vergessen hatte und wie sie über ihre Arbeit sprach. »Es ist, als würde sie in einer leicht veränderten Realität leben, in die wir eintreten und die wir wieder verlassen.«

»Wie seltsam«, sagte Dimitra seufzend.

7

MIRA

Das Wetter wurde wärmer. Die Müllabfuhr streikte. Bunte Mülltüten stapelten sich auf Randsteinen und in Gassen, und wir stiegen über den herausquellenden Inhalt und mieden Viertel, die unbegehbar geworden waren. Wir sprachen darüber, welche Gegenden besonders betroffen waren – ein Streifen um den Mavili-Platz oder der gesamte obere Teil des Monastiraki-Viertels. Die Athena-Straße glich fast schon einem Meer von Müll, und am Omonia-Platz war es noch schlimmer, den mieden wir gänzlich. Ich war erleichtert, dass mein Balkon zum Hof und nicht zur Straße hinausging. Aber wir gingen trotzdem noch raus. Ein Athener lässt sich von fast nichts ans Haus fesseln.

Meine abendlichen Gespräche mit dem Kapitän setzten sich fort, sie bildeten nun einen selbstverständlichen Teil meiner Tage. Wenn jeder aus seinem Leben erzählte, verflochten sich unsere Geschichten zu einer Art Doppelhelix. Er sprach auf Englisch und Griechisch mit mir, als müsste er erst noch entscheiden, welches seiner beiden Ichs er mir gegenüber präsentieren sollte, als würde ich dieses Ich irgendwie definieren. Dann, als hätte die Weite des Meeres ihn verschluckt, verfiel er für ein paar Tage in Schweigen, um anschließend an ein Gespräch anzuknüpfen, das ich schon fast vergessen hatte. Ihn kennenzulernen fühlte sich gleichzeitig aufregend und seltsam an, und ich wurde mir seiner bewusst, wie ich mir der Sonne in meinem Gesicht bewusst bin: besonders spürbar ist sie, wenn eine Wolke sie verdunkelt.

Wir blieben jeder auf seinem Balkon, aber manchmal reichte er mir eine Zigarette herüber; an einem Abend tranken wir zusammen ein paar Flaschen Bier, ein anderes Mal hatte ich gefüllte Tomaten und Paprika vorbereitet. Ich bot ihm auf einem kleinen Teller etwas davon an. Nur bei diesen Gelegenheiten sah ich sein Gesicht.

Bei unseren Abendgesprächen hatte ich das Gefühl, in einem Beichtstuhl zu sitzen: Der Priester weiß wahrscheinlich, wer hinter der Wand sitzt, würde das aber in der Öffentlichkeit niemals zugeben. Und wie nach einer Beichte fühlte ich mich anschließend gleichzeitig erleichtert und ein bisschen unsicher. Dabei hatte ich seit meinem dreizehnten Lebensjahr, meinem letzten Jahr an der katholischen Schule, die ich besuchte, wenngleich wir nicht katholisch waren, nie wieder in einem Beichtstuhl gesessen.

Obwohl ich ihm von meinen Eltern erzählt hatte, fragte der Kapitän kaum einmal nach meiner Vergangenheit, nach Aris, nach den zwei ernsthaften Beziehungen, die ich davor gehabt hatte, oder nach den vielen, weniger ernsthaften dazwischen, und ich hielt es genauso. Solche Fragen wären mir aufdringlich vorgekommen. Stattdessen erzählte ich ihm von meiner Gegenwart: von Rami – seiner Liebe zu Kunst und Comics; seinem Wunsch, Schriftsteller zu werden; dass er vor kurzem gefragt hatte, woher man weiß, wie man eine Geschichte beginnen lassen soll; dass ich ihn umarmt hatte, bevor ich versuchte zu antworten. Ich erzählte von Dimitra und Fady und auch von Nefeli, die an ihrer Ausstellung arbeitete.

Eines Abends, als ich Nefelis Namen erwähnte, wurde der Kapitän still. Es war schon nach elf, und wir unterhielten uns leise. Ich weiß, dass sie ein enges Verhältnis zu seinem Vater hatte, der, wie er sagte, offenbar von der Bildfläche verschwunden war. Er sagte das auf eine lässige Weise, so als wäre sein Vater öfter mal verschwunden. *Offenbar verschwunden.* Ich dachte über die Formulierung nach. Er habe mit dem Arzt und den Freunden seines Vaters gesprochen, ergänzte er. Ich fragte, ob er sich Sorgen mache, und er erwiderte, er werde bald auf die Insel fahren. Zur Taufe der Tochter eines Freundes. Dann würde er nach ihm sehen. Er hatte sich im Laufe der Jahre daran gewöhnt, dass sein Vater verschwand – spontane Reisen nach Kreta oder Rom, allerdings nie außerhalb von Südeuropa –, und war weniger beunruhigt über sein Schweigen als über die Randbedingungen. Der Kapitän hatte die Inselpolizei informiert, doch sie hatten bloß gelacht und ihm gesagt, er solle sich entspannen.

Ich merkte aber, dass er sich zu erinnern versuchte, wann er das letzte Mal mit ihm gesprochen hatte. Als ich Nefeli auf die seltsamen, konfusen Kommentare des Vaters auf Nefelis Social Media Post ansprach, deutete sie an, er leide an beginnender Demenz. Ich wusste, dass der Kapitän diese Posts nicht kannte, weil er überhaupt nicht im Internet unterwegs war. Ich zögerte. »Ich habe Ihren Vater getroffen«, sagte ich und nahm an, er wüsste, wo.

Das war nicht die erste Gelegenheit, bei der ich eine unverhüllte Nähe zwischen uns wahrnahm, obwohl eine solche unmöglich schien, eine Nähe, die weniger tröstlich als destabilisierend war – so, als wäre die Zeit durcheinandergeraten und wir würden sowohl im gegenwärtigen als auch einem viel späteren, zukünftigen Moment existieren, mit einer gemeinsamen Geschichte und der Fähigkeit, einander ohne Worte zu verstehen.

»Ich habe Lust auf ein Bier«, sagte er plötzlich. »Sie auch?«

Ich verriet nicht, dass ich schon zwei getrunken hatte. Einen Moment lang dachte ich, er meinte, dass wir irgendwo draußen etwas trinken gehen sollten, aber ich war nicht sicher. Also sagte ich einfach nur okay, danke, und wartete.

»Ich bin gleich zurück«, sagte er.

Ich stand auf und ging hinein, um ein paar Pistazien für uns zu holen, und lehnte mich kurz über die Trennwand, um seinen Balkon zu inspizieren. Zwei Stühle, ein kleiner Tisch, ein Aschenbecher, eine große Vielfalt an Pflanzen und Kräutern. Ich erkannte Oregano und Thymian. Aus dieser Perspektive hätte ich auch direkt in seine Wohnung blicken können, aber es brannte kein Licht. Als er mit zwei Gläsern in der Tür auftauchte und mich dort sah, lächelte er.

»Hi«, sagte ich. Ich fühlte mich so ertappt, als hätte ich ihm beim Duschen zugesehen.

Aber er schien es mir nicht übelzunehmen. Er reichte mir ein Glas Bier, und ich spürte, wie er meinen ganzen Körper musterte: Gesicht Schultern Brust Taille Beine. Unter dem Ärmel seines T-Shirts konnte ich ein Tattoo erahnen. Straffer Bizeps, wohlgeformte Schultern. Ich griff hinüber, berührte seinen Arm und bedankte mich für das Bier. Dann setzten wir uns beide wieder hin, verborgen vor dem Blick des jeweils anderen, und ich empfand gleichzeitig Sehnsucht, Melancholie, Scham und Freude.

»Das Tattoo habe ich schon seit Jahren«, sagte er.

Ich lachte. Er hatte gemerkt, dass es mir aufgefallen war. Hatte ich es angestarrt? Ich nippte an dem kleinen Glas. Und jetzt? Ich änderte meine Sitzposition.

»Nur das eine?«, fragte ich.

Er erzählte, es bedecke seinen linken Arm bis hinauf zur Schulter und zur Brust.

»Vielleicht zeigen Sie es mir irgendwann«, sagte ich.

Er lachte. »Ja?«

»Dieses Bier ist klasse«, entgegnete ich.

»Ein Pils, aus Kreta. Schmeckt es Ihnen?« An seiner Stimme hörte ich, dass er lächelte, und war froh, dass er mich nicht mehr sehen konnte. Mein Grinsen sah sicher dümmlich aus. Ich sagte: »Ja, sehr gut.«

*

Den Schlüssel zur Eingangstür entdeckte ich schließlich in der hölzernen Zigarrenkiste mit Schlüsseln, Notizen und Münzen, die meine Eltern auf dem obersten Regalbrett aufbewahrt hatten – oder war es Haroula gewesen? Außer dem Holzkästchen fand ich dort noch ein paar einzelne Drachmen und einen Briefumschlag mit dreihundert Euro, die offenbar meiner Mutter gehört hatten, denn sie hortete überall im Haus Bargeld. Des Weiteren gab es einen Ersatzschlüssel zum Haus auf der Insel, das ich seit dem Tod meiner Eltern nicht mehr besucht hatte – ich würde bald hinfahren, aber irgendwie machte es mir Angst, Athen zu verlassen, als könnten bei meiner Rückkehr diese Wohnung, dieser Balkon und der Kapitän verschwunden sein.

Offenbar verschwunden.

Aris rief inzwischen nicht mehr an, und ich empfand Erleichterung über sein Schweigen; seine Abwesenheit war leichter zu ertragen, wenn nicht ständig der Schorf von der Wunde gekratzt wurde. Ich hatte mich an die Entfernung zwischen uns gewöhnt, und gleichzeitig hatten sich die Emotionen beruhigt. Es war einfach unerträglich, permanent Sehnsucht und Verlustgefühle zu hegen. Aber wenn ich in der Zeitung über seinen Namen stolperte und las, dass er die Streikenden unterstützte oder über Wirtschaftsthemen sprach, erfasste mich erneut heiße Scham angesichts seiner Zurückweisung.

Mittlerweile unterhielt ich mich mit Rami über Geschichten und Comicromane; er schreibe gerade an etwas, sagte er, sei aber noch nicht so weit, es mir zu zeigen. Er hatte kaum das Teenageralter erreicht und verfolgte sein Ziel dennoch mit erstaunlicher Ernsthaftigkeit. Ich verbrachte viel Zeit in dem besetzten Haus, aber oft ging es nur um Erledigungen. So brachte ich zum Beispiel an einem Nachmittag mehrere Kinder zu einer Augenuntersuchung, und Rami kam mit. Er trug selbst seine neue Brille und führte eines der kleinen Mädchen an der Hand. Zwei amerikanische College-Studenten, die als Freiwillige gearbeitet und Englisch unterrichtet hatten, waren unvermittelt abgereist – der Freiwilligeneinsatz war gleichzeitig ihr Urlaub, und nun hatte die Lust auf Urlaub gesiegt –, woraufhin Dimitra vorgeschlagen hatte, ich könnte sie ersetzen. Also kam ich nun an zwei Nachmittagen pro Woche. Anschließend erteilte ich Rami Privatunterricht; es war weniger Sprachunterricht als unser eigener kleiner Literaturzirkel. Mir gefiel seine schnelle Auffassungsgabe – so selten in einer zweiten oder dritten Sprache, die man lernt; daran gemessen, hätte man ihn viel älter geschätzt. Allerdings war Rami in meiner Vorstellung auch oft jünger als in Wirklichkeit.

Angesichts mancher meiner Vorschläge verdrehte Rami die Augen: *Das ist was für Kinder.* Er wollte mehr Substanz: Er *schrieb ja auch ein Buch.* Doch Dimitra hatte mir empfohlen, es einfach zu halten. Wir lasen zusammen, meist auf Englisch, obwohl er gerade auch die Grundlagen des Griechischen lernte – so, wie Kinder Sprachen einfach durch die Haut aufnehmen. Englisch werde ihm mehr nützen, sagte er, denn er werde nicht bleiben. *American Born Chinese* und *The Encyclopedia of Early Earth* hatten wir schon durch, jetzt begannen wir mit *Ms. Marvel* und *Anya's Ghost.* Ich hatte im Internet eine größere Menge Comicromane bestellt. Die reihte ich vor ihm auf, und er suchte den nächsten aus. Oft erwähnte er seinen Bruder in Deutschland, mit dem er per Videochat in Kontakt stand; seine Familie wurde immer unruhiger, war frustriert über die Trägheit des Systems, das Scheitern des Verfahrens zur Familienzusammenführung. Aber er sprach nie konkret über seinen Aufbruch. Außerdem war das System so chaotisch, so fehlgeordnet, dass eigentlich sowieso alles egal war. Er hatte seine Heimat verlassen, allein, mitten im Krieg. Er hatte es hierher geschafft; wahrscheinlich machte er sich über rechtliche Aspekte wenig Gedanken. Doch er wirkte zerrissen. »Ich liebe meinen Bruder«, sagte er. »Ich vermisse ihn. Aber.«

»Aber?«, fragte ich nach.

Er zuckte die Achseln.

Eines Nachmittags nach meinem Unterricht im besetzten Haus wartete ich auf Rami. Dass er zu spät kam, war untypisch für ihn. Ich spürte, wie mein Puls sich beschleunigte, während ich mich im Haus umsah. Ich fragte Nadine, die die kleineren Kinder unterrichtete. Keiner hatte ihn gesehen. Als ich Dimitra anrief, antwortete niemand, also wählte ich Fadys Nummer.

Er nahm ab und entschuldigte sich sofort. »Sorry, wir haben die Zeit vergessen.« Rami war bei ihm. »Komm in die Werkstatt.«

Als ich eintraf, lief laute kretische Musik, und die beiden

saßen auf ergonomischen Arbeitshockern. Fady zeigte Rami gerade, wie man eine Richtmaschine bedient. »Was ist das?«, fragte ich, woraufhin Rami mir vorführte, wie das Werkzeug eingesetzt wird, und mir die Arbeit damit erklärte, als hätte er es auswendig gelernt.

»Er ist ein Naturtalent«, grinste Fady, und Rami zuckte schüchtern die Schultern.

Natürlich war das besser, als müßig in der Stadt herumzustreifen oder mit Kindern aller Altersstufen im überfüllten Klassenzimmer des besetzten Hauses zu sitzen. Fady schenkte ihm Aufmerksamkeit, unterhielt sich mit ihm auf Arabisch, Englisch und Griechisch, und er lernte etwas. »Als ich mit meiner Lehre anfing, war ich auch nicht viel älter«, sagte Fady.

»Ich habe nichts gesagt.«

Aber später begriff ich, dass Fady ihn nicht nur mit in die Werkstatt genommen hatte, um ein Auge auf ihn zu haben, sondern auch, um die Beziehung weiter zu vertiefen; dass Fady hoffte, Ramis Interesse für den Instrumentenbau könnte ihn noch stärker an ihr gemeinsames Leben binden.

»Ich habe diesen Tisch leergeräumt«, sagte Fady, dessen Ton nun geschäftsmäßig klang. »Ich muss für ein, zwei Stunden weg, meine Schicht im besetzten Haus. Ihr könnt hier arbeiten.«

Während Leila immer eine Schnute zog, wenn Pläne plötzlich geändert wurden, war Rami spontan und fand sich schnell in neue Situationen ein. Aus seinem kleinen Rucksack zog er einen Radiergummi und ein paar Graphitstifte. Er schlug seinen Zeichenblock auf und zeigte mir, von Fady dazu ermuntert, einige seiner Skizzen der Werkstatt: an einen beigen Futon gelehnt standen zwei Cellos in unterschiedlichen

Arbeitsstadien – das eine war nagelneu und noch ohne Saiten, am anderen musste der Steg repariert werden.

Ich sagte ihm, die Zeichnungen seien sehr gut, und er lächelte. Dann jedoch lenkte ihn sein Handy ab, er tauschte mit seinem Bruder in Berlin Nachrichten aus. Plötzlich blickte er auf und sah mich an, als wollte er mir etwas erzählen, was er auf dem Display gelesen hatte, und fragte, wann ich in die Staaten zurückkehre. Ich sagte, ich wisse es nicht. Das schien ihn zu überraschen, und ich war selbst überrascht, als ich es aussprach, denn früher war ich immer Mitte August abgereist. Auch wenn darüber nie gesprochen wurde, fühlte ich mich zu Lebzeiten meiner Eltern auf eine bedrückende Weise verpflichtet, in ihrer Nähe zu wohnen: maximal zwei Flugstunden entfernt. Immer war ich in der Elternrolle gewesen, hatte für sie die Funktion übernommen, die sie mir gegenüber hätten einnehmen müssen. Vielleicht ist das der Grund, warum ich nie den Drang verspürte, Kinder zu bekommen. Jedenfalls nicht wirklich.

Bisher hatte ich die Rückkehr in die Staaten immer als selbstverständlichen, bittersüßen Teil meines Lebens empfunden, des Kreislaufs von Schuljahr und Sommer. Jetzt hingegen deprimierte mich der Gedanke. Einfach war mir der Abschied nie gefallen, denn ich musste nicht nur Aris und all meinen Freunden hier den Rücken kehren, sondern ich kehrte auch zurück zum Unterrichtsalltag, den unzähligen E-Mails, der Universitätspolitik, dem akademischen Leben, in dem nur zählte, wer am meisten arbeitete. Produktivität galt dort nicht als Wert, sondern als Tugend, und die Kommunikation an meiner Fakultät war hauptsächlich von passiv-aggressivem Mobbing geprägt. Und für dieses Leben hatte ich so viel Einsatz gebracht. Sechs Jahre Graduate School, ein Post-Doktorat und schließlich eine befristete akademische Stelle, die mir immer wie ein Traum vorkam, wie er eigentlich nur anderen Leuten zuteilwird. Die ganze Zeit über blieb meine Verbindung zu Griechenland ein paralleles Gleis, das sich manchmal mit dem amerikanischen überschnitt: Das Buch, das Grundlage meiner Doktorarbeit gewesen war, behandelte die Erlebnisse von Frauen während der Militärdiktatur. Irgendwie war es tröstlich gewesen, Aris hier in Athen zu wissen und dort meine Eltern als stabiles Bindeglied zu haben. Jetzt schien mir der Gedanke, Griechenland zu verlassen, unerträglich, unfassbar, so, als könnte mir alles entgleiten. Es kam mir vor, als wäre mein Leben in den USA gar nicht mein eigenes. Ich sah zu, wie Rami in seinem Skizzenblock blätterte. Und wenn ich nun einfach gar nicht zurückging? Hier blieb, in Athen, oder zumindest in Europa? Auch hier gab es Universitäten, Institute, Think-Tanks. Vielleicht fand ich ja eine Stelle.

Mehr denn je fühlte ich mich tief verbunden mit der Härte und der Schönheit Athens, die sich mit der Geisterwelt meiner Erinnerungen und Phantasien verwob. Man kann darüber sagen, was man will – in der Gefühlsstruktur dieses Landes kam Isolation nicht vor. Amerika hingegen war von Einsamkeit geprägt.

Rami zeigte mir eine Reihe von Zeichnungen, Miniaturen. Auf den meisten war sein Stadtviertel in Damaskus zu sehen, das er jetzt zum ersten Mal erwähnte. Fadys und Dimitras große Wohnung sei seinem Zuhause in Damaskus sehr ähnlich, erzählte er, die Orangenbäume in den Straßen, die Gerüche, der Balkon, der sich um das ganze Gebäude zog. Ich fragte, ob er es vermisse, und er sagte schulterzuckend ja, er vermisse seine Freunde, seine Klasse und seine Lehrer, auch den Ort, wo er nach der Schule immer eine Kleinigkeit aß. »Kommt das in deinem Roman vor?«, fragte ich.

»Vielleicht«, sagte er und lächelte. Ich machte mir Sorgen, es könnte ihn aufgewühlt haben, über seine Heimat zu sprechen, aber wahrscheinlich war der Gedanke, dass auch sein Leben hier zeitlich begrenzt war, ähnlich verstörend. Es schmerzte mich, dass diese Welt, seine emotionale Landschaft, so jenseits meines Wissens lag, und ich fühlte mich zerrissen zwischen dem Gefühl, ich könnte nicht mehr für ihn tun, wir könnten nicht mehr für ihn tun, und dem quälenden Eindruck, dass wir alles und so viel mehr tun könnten.

Ich arbeitete an meinem Laptop, und Rami las einen Comicroman, den ich ihm mitgebracht hatte. Ab und zu fragte er mich nach der Bedeutung eines Wortes. Ich beobachtete sein Gesicht, wartete darauf, dass er unser Gespräch fortsetzte, doch er schien ganz in das Buch vertieft, und wir verbrachten den Nachmittag in der sonnigen Werkstatt, bis um drei Uhr Dimitra Rami abholen kam und mich zum Mittagessen einlud.

Auf dem Weg zu ihrer Wohnung machten wir Bögen um die Abfallsäcke auf den Bordsteinen. Dimitra erzählte mir von den Schülern, die sie im Nebenjob betreute. Die meisten von ihnen besuchten zur Vorbereitung auf das College dieselbe Privatschule, an der auch Aris gewesen war. Im Grunde, so erzählte Dimitra, verfasse sie selbst die Aufsätze, mit denen sie sich fürs College bewarben. Insbesondere ein Schüler, dessen Eltern eine Papierfabrik besaßen oder dick im Transportgeschäft waren, das wusste sie nicht mehr genau – »Spielt es denn eine Rolle?«, fragte sie –, hatte ihr erklärt, für Cornell und Berkeley bewerbe er sich nur »prophylaktisch«, so sicher war er, in Princeton oder Yale genommen zu werden. »Tja«, sagte Dimitra.

Wir hielten bei der Apotheke an, weil sowohl Leila als auch Rami an Allergien litten. Rami versuchte, auf Englisch zu beschreiben, was ihn zum Niesen brachte, und schaltete auf Arabisch um, wenn er mit Dimitra sprach, die es zwar nicht flüssig beherrschte, aber einigermaßen zurechtkam, und in diesem Moment spürte ich, dass zwei Männer uns anstarrten. Ich drehte mich um und sah einem von ihnen in die Augen – provozierend, ich weiß. Aber ich wollte, dass sie den Abscheu in meinem Gesicht sahen.

Als wir die Apotheke verließen, veränderten die beiden Männer – schwarze T-Shirts, schwarze Jeans, rasierte Köpfe – ihre Position und stellten sich mitten auf den Gehweg, der ohnehin schon schmal war, weil die Wurzeln eines Baumes mehrere Pflastersteine angehoben hatten, die nun wie Zähne hervorstanden. Rami bemerkte die Männer und ihre Blicke gar nicht, oder er war so etwas schon gewohnt; er trat achtsam auf die Straße, um ihnen auszuweichen, und schaltete bewusst wieder auf Englisch um.

Dimitra tat es Rami nach und trat vom Gehsteig auf die Straße. Ich weigerte mich und sah dem größeren Mann in die Augen, während ich mich ihm näherte, es darauf ankommen ließ, darauf wartete, dass sie mir Platz machten. Doch als ich vorbeiging, stieß mich einer der beiden so heftig mit der Schulter, dass ich den Halt verlor und auf den kaputten Pflastersteinen ins Stolpern geriet, um dann mit dem Kopf voraus auf den Baum zuzuschlittern. Ich versuchte, mit den Armen rudernd mein Gleichgewicht wiederzufinden, und es gelang mir, einen direkten Aufprall zu vermeiden, aber ich spürte die raue Rinde des Baumes an meiner Wange, und als ich zusammenzuckte und den Kopf wegdrehte, siegte die Schwerkraft und ich kam auf dem Bürgersteig zu Fall.

Zunächst war ich so verblüfft, dass ich nur zu Boden starren konnte. Ich versuchte, mich aufzusetzen, meine Knie und Hände waren noch taub und kribbelten von dem Sturz, begannen aber schon zu bluten. »Verdammt nochmal«, rief ich.

Ich berührte meine Wange mit der Hand – es fühlte sich an, als sei ich ins Gesicht geschlagen worden – und spürte die zackige Schramme, die die Baumrinde hinterlassen hatte. Reines Glück, dass ich nicht ohnmächtig geworden war. Als ich die Finger wegzog, klebte helles Blut daran. Ich dachte, Rami würde gleich in Tränen ausbrechen, während Dimitra sich hinkniete, um mir zu helfen. Die Männer sahen zu, als wollten sie mich herausfordern. Dann wandten sie sich ab und gingen langsam davon.

Die Apothekerin, die meinen Aufschrei und das, was Dimitra den Männern hinterherrief, gehört hatte, kam aus dem Laden. Sie begann, meine Wunden zu untersuchen, drehte meine Hände in ihren, beugte sich herunter, um meine Knie zu inspizieren und ein paar größere Steinchen wegzuwischen.

Ich sah Dimitra an.

»Wenn du glaubst, die Polizei würde irgendwas unternehmen, irrst du dich gewaltig«, sagte sie auf Englisch zu mir, als könnte sie meine Gedanken lesen. »Die sind auf *deren* Seite.«

Die Apothekerin nahm uns wieder mit hinein und setzte mich auf einen Plastikstuhl. Sorgfältig säuberte sie meine Hände und Knie, holte mit einer Pinzette ein paar kleine Glasscherben und Steinchen heraus. Nachdem sie die Schürfwunden desinfiziert hatte, legte sie mir Verbände an. Dann begann sie, mein Gesicht zu reinigen. Ich roch den stechend scharfen Geruch von Wundbenzin, noch bevor ich das Brennen spürte. Die Apothekerin sprach mit Dimitra, erklärte ihr, ich müsse genäht werden, als wäre ich gar nicht da. Ich fragte mich, ob ich ein Krankenhaus würde aufsuchen müssen, doch die Apothekerin, obgleich ein wenig grob, machte einen sehr kompetenten Eindruck. Ich zuckte zusammen, als sie meine Wange betäubte und die Nadel vorbereitete. Rami erschauderte, er konnte nicht zusehen und wartete in der entgegengesetzten Ecke der Apotheke, wo er nervös seine Zeichnungen durchblätterte.

»Sie haben keine Ahnung, wie das hier in diesem Viertel ist mit all den Ausländern«, sagte die Apothekerin. Ich fragte mich, ob das eine Erklärung oder eine Rüge sein sollte, ob sie das Geschehene als unglücklichen Zufall ansah oder mich selbst dafür verantwortlich machte.

Ich versuchte, den Kopf zu wenden, um zu protestieren, ihr zu erzählen, wie sie uns auf die Straße zu zwingen versucht hatten.

Die Apothekerin reagierte nicht, sagte bloß, ich solle stillhalten.

»Sind Sie Griechinnen?«, fragte sie schließlich.

»Was denn sonst«, fauchte Dimitra. Instinktiv legte sie einen Arm um Rami, der aus Neugier oder Unbehagen wieder zu uns in den vorderen Ladenteil gekommen war.

Die Apothekerin sah den Jungen nicht an. »Sie sollten anderen Griechen helfen«, sagte sie. Sie hatte das Arabisch gehört, das Englisch.

»Haben Sie Kinder?«, fragte ich.

»Drei Jungs«, erwiderte die Apothekerin ziemlich stolz.

Mein Blick blieb an ihrer dicken Wimperntusche hängen. Doch dann wurde ihr klar, warum ich das fragte, und sie nähte ohne ein weiteres Wort zu Ende. Eigentlich hasse ich diese Art, eine Beziehung herzustellen, wie sie Männer mit Vergewaltigungsopfern mitfühlen lässt, weil sie Töchter haben. Als sei das der einzig mögliche Weg. Aber Scham kann dazu führen, dass Menschen den Mund halten, und in diesem Moment wollte ich, dass sie den Mund hielt. Ich starrte ihre langen, baumelnden Ohrringe an und hätte sie ihr am liebsten aus den Ohrläppchen gerissen, obwohl sie mich genäht hatte.

Auf dem Weg nach Hause kochte ich vor Wut. Dimitra hatte mich erneut zum Mittagessen eingeladen, aber nicht insistiert, als ich höflich ablehnte. Rami hatte sich uns gegenüber verschlossen, und ich merkte, dass Dimitra mit ihm einfach nur nach Hause wollte. Sich in die Familie zurückziehen.

Ich hantierte gerade mit dem Hausschlüssel, als ich hörte, wie eine Autotür zugeworfen wurde. Und da stieg Aris aus einem neuen schwarzen Auto, das auf der anderen Straßenseite parkte. Aus irgendeinem Grund war es frei von dem roten Saharastaub, der die ganze Stadt überzog.

Er rief mir zu.

Ich drehte mich zu ihm um. Er trug Jeans und ein graues T-Shirt, sein Haar war glatt zurückgekämmt. »Nettes Auto«, sagte ich. Ich stand im Hausflur, er draußen unter dem Vordach, zwischen uns die offene Tür.

»Mein Gott, Mira. Was um Himmels willen ...?« Ich sah auf meine verbundenen Knie und Handgelenke hinunter, hob die Fingerspitzen an die Wange, heuchelte Nonchalance. »Was machst du denn hier?«

»Alexis und ich haben zusammen Basketball gespielt.« Rami und Fady spielten ebenfalls Basketball. Spielten hier eigentlich alle Basketball? Warum war mir das nie zuvor aufgefallen? Das geheime Netzwerk dieser Stadt. »Normalerweise gehen wir anschließend ein Bier trinken. Ich wollte gerade aufbrechen, da sah ich dich.«

Ich hob die Hand zwischen meine Augen und blinzelte. Es schmerzte im Gesicht. Ich fragte mich, wie lange er tatsächlich in seinem Auto gesessen hatte, war aber zu verunsichert, um kaltschnäuzig zu sein. »Ich gehe rauf«, sagte ich. »Mir geht es nicht gut.«

Er berührte meine Wange. Ich zuckte zusammen. Die Apothekerin hatte mir zwar Schmerztabletten mitgegeben, aber ich hatte nur eine halbe genommen und fühlte mich jetzt benebelt und duselig und hatte gleichzeitig Schmerzen – so, als hätte die kleinere Dosis Schmerz und Benommenheit einfach nur verquirlt.

Er folgte mir ins Haus, und ich war zu erschöpft, um Einwände zu machen. Wir warteten auf den Aufzug. Ich wollte nicht, dass der Kapitän (Alexis? Hatte er mir überhaupt schon seinen Namen gesagt?) Aris' Stimme hörte, insbesondere nach dem, was am Vorabend zwischen uns vorgefallen war. Was auch immer das war.

Aris erwähnte den Abend in der Taverne nicht, sprach nicht darüber, wie er mich beschuldigt hatte, Streit zu suchen, Ärger zu machen. In all den gemeinsamen Jahren hatten wir nie bewusst gestritten, sondern waren immer einfach wieder zur Tagesordnung übergegangen. Nie wurde irgendetwas geklärt, aber ich glaube auch nicht daran, dass Probleme sich wirklich lösen lassen. Allenfalls lösen sie sich vielleicht auf, ja. Schon als Kind verstand ich nicht, was die

Leute meinten, wenn sie von einem Happy End sprachen. Und jetzt? Was geschieht nach dem Buch? Das *Danach* hat mich immer schon am meisten interessiert. Was passiert mit den Menschen in dem Buch, wenn ich nicht gerade über sie lese? Es war immer verwirrend.

Das Ende ist sowieso nie glaubhaft. Nur Anfänge klingen wahr.

Darin lag natürlich ein Problem. Wir setzten uns nie wirklich auseinander, abgesehen von jenen ersten Jahren, die wir gemeinsam in Chicago verbrachten. Wir hatten Meinungsverschiedenheiten; manchmal gab es Missverständnisse. Aber wir befanden uns stets in einer Art Besuchs- oder Urlaubsmodus. Die wirklich schwierigen Diskussionen führten wir nie.

Es war kein guter Zeitpunkt für das Gespräch, das wir nun führen sollten, aber gutes Timing hat Aris und mir nie gelegen. Ich drückte auf den Aufzugknopf, wurde dann aber zu ungeduldig, um auf ihn zu warten. Aris sagte etwas, als ich in Richtung Treppe ging. Doch ich wollte jetzt nicht über unsere gescheiterte Beziehung sprechen und hob die Hand, um ihn zum Schweigen zu bringen. Meine Wange pochte, und die drei Stiche fühlten sich so riesig an, als würden sie mein gesamtes Gesicht überziehen. Ich spürte, wie blaue Flecken sich ausbreiteten, unter meiner Haut anschwollen.

An meiner Wohnungstür angekommen, schaffte ich es kaum, den Schlüssel ins Schloss zu stecken. Meine Hände waren zerschrammt und bandagiert, und im Knie spürte ich ein dumpfes Pochen.

»Verflucht, hilf mir doch bitte«, sagte ich. Er konnte es nicht leiden, wenn ich auf Englisch fluchte, obwohl er das ständig auf Griechisch tat. Einmal sagte ich ihm, das sei ein

Zeichen für Intelligenz, doch er hatte nur mit den Schultern gezuckt. Aris drehte den Schlüssel um, und wir gingen hinein.

»Wer hat dir das angetan?«, wollte er wissen.

»Eine Kneipen-Prügelei. Fußballspiel.«

»Was für ein Spiel? Na komm schon.«

»Auseinandersetzung mit Nazi-Schlägern.«

»Ich weiß jetzt nicht, ob du mich auf den Arm nimmst.«

»Es ist alles okay.«

Benommen ging ich hinaus auf den Balkon, setzte mich an den kleinen Tisch. Ich brauchte frische Luft. Aris schwieg. Er legte seine Hand auf meine. Ich kämpfte mit den Tränen. Das war mir alles zu viel. Ich zog meine Hand nicht weg, sah Aris aber auch nicht an.

»Mira«, sagte er. »Ich will dich nicht verlieren. Ich hätte nie gedacht, dass es so kommen würde.« Als Eva schwanger wurde, habe er sich zunächst selbst gefragt, ob er richtig handelte. »Aber ich habe durchaus Gefühle für sie.«

»Und warum willst du dann *das hier* nicht einfach loslassen?«, fragte ich.

»Weil du meine beste Freundin bist«, entgegnete er.

Ich sagte ihm, er sei verrückt, zog meine Hand weg und stand auf. Er seufzte tief. »Es ist nicht einfach für mich.«

»Aris, ich muss mich jetzt hinlegen.«

Ich ging hinein und legte mich aufs Bett. Er setzte sich auf einen Stuhl, den er aus dem Esszimmer mitgebracht hatte, und stützte den Kopf in die Hände, als werde er sich der Grenzen zwischen uns zum ersten Mal bewusst. »Es ging einfach alles so schnell«, sagte er. »Ich konnte mit niemandem darüber reden.«

Weil ich diejenige war, mit der er redete.

Ich stand wackelig vom Bett auf und schob mich an ihm vorbei ins Bad, wo ich einen Waschlappen nass machte und an mein geschundenes Gesicht drückte. Ich hörte ihn hinter der Tür, während ich ganz nah an den Spiegel trat und die schwarzen Stiche auf meiner Wange untersuchte.

»Mira.«

Er öffnete die Tür, und ich sah im Spiegel, wie er hinter mich trat. Ich wandte mich ihm zu und lehnte mich dabei gegen den Waschtisch. Er berührte sanft mein Knie, meine Wange.

Etwas überkam mich, dunkel und abwegig.

Er sah es in meinem Gesicht, und ich glaube, das machte ihn an. Ich öffnete ein wenig die Beine, und er lehnte sich dazwischen. Dann legte er beide Hände auf meine Oberschenkel.

Ja, er stand kurz vor der Hochzeit. Wohlgemerkt, ich wusste genau, was ich da tat, und es war weder ein Akt der Zärtlichkeit, noch stand ein Bedürfnis nach Trost dahinter. Es hatte etwas beinahe Gewalttätiges. Ich wollte Anspruch erheben auf einen Teil von ihm, wollte Kratzer auf seinem Rücken hinterlassen und das Blut von meiner Wange auf seinem Hemd. Ich wollte, dass er sich dreckig und treulos fühlte, wenn er dahin zurückging, wo er jetzt wohnte, dass mein Geruch noch an ihm haftete – so, als könnte ich mich dadurch für meine eigene Trauer rächen.

Und er wollte es auch.

Anschließend ging Aris hinaus auf den Schlafzimmerbalkon – nicht den, der vom Wohnzimmer ausging und an den Balkon des Kapitäns grenzte – und zündete sich eine Zigarette an. Ich ging zurück ins Bad. Wenn ich den Kopf wandte, würde ich, da war ich mir sicher, meine Mutter neben den zerwühlten Laken stehen sehen. Ich konnte ihren starren Blick in meinem Nacken fast spüren.

Ich musste hier raus und wusste, dass es mir so leichter fallen würde, auch Aris hinauszubewegen. Da ich das Mittagessen bei Dimitra und Fady verpasst hatte, war ich jetzt fast am Verhungern. »Ich muss unbedingt was essen«, sagte ich zu ihm.

»Aber ich muss los«, erklärte er.

»Das macht nichts.«

Draußen standen wir neben seinem Auto. Er umarmte mich lange und gab mir einen lustlosen Kuss auf die Wange. Als ich davonging, hallte der Kommentar in meinen Ohren nach, den er an jenem Abend in der Taverne von sich gegeben hatte. *Wir können immer noch was zusammen machen.* Natürlich wusste ich, was er damit meinte. Ich hätte nie geglaubt, dass jenes Reine zwischen uns, jenes Frische, das ich für unverdorbene, unkomplizierte Liebe hielt, sich verändern könnte. Aber was ich auf keinen Fall konnte, war *immer noch was zusammen machen*, trotz dem, was gerade geschehen war.

Ein paar Straßenecken weiter gab es ein neues Trendlokal: aus einem Wohnwagen heraus, der in einer Kunstgalerie stand, wurden winzig kleine Burger verkauft. Lammfleisch mit Feigen-Tapanade und Ziegenkäse; Rind mit Cheddar und Schinken; griechische Art mit Minze und Oregano und einem Feta-Topping. Ich kam manchmal auf ein Getränk oder eine Portion Pommes frites hierher. Der Inhaber lächelte mich immer an, plauderte und flirtete ein wenig. Heute setzte ich mich hin, bestellte ein Bier und aß fünf kleine Burger. Die Gegenwart meiner Mutter war deutlich spürbar. Plötzlich erinnerte ich mich an ihre Verachtung, als ich eines Abends mit einem Freund und einer kleinen Tüte voller

Hamburger nach Hause kam. Es war Fastenzeit, und meine Mutter hielt sich nach wie vor an die orthodoxe Fastenregel, obwohl sie schon lange nicht mehr in die Kirche ging. Nun war Ostern vorbei, und doch konnte ich ihre Missbilligung so stark spüren, dass ich mich nicht umzudrehen wagte. Vielleicht stand sie ja wirklich dort und beobachtete mich. Stattdessen leckte ich mir die Finger ab und ließ die Soße von meinem Kinn tropfen wie ein sattes wildes Tier.

*

Am nächsten Morgen erwachte ich mit einer Erinnerung an das Dach des Hauses. Ich erinnerte mich mit solcher Kraft und Klarheit daran, dass ich mich nicht einmal fertig anzog, bevor ich, die Kaffeetasse in der Hand, aus der Wohnung huschte. Der Kapitän kam gerade vom Joggen zurück und begegnete mir auf der Treppe. Bei meinem Anblick – in Pyjama und Hausschuhen und mit einer Tasse, aus der Kaffee auf den Boden schwappte – zuckte er nicht mit der Wimper.

Er streckte den Arm aus, als wollte er meine Wange berühren, tat es aber nicht, und wir erstarrten einen Moment lang im Konjunktiv, im Was-wäre-wenn. Ich schaute auf seine Hand, weil ich ihm nicht in die Augen blicken konnte. Ob er wohl wusste, dass Aris im Auto auf mich gewartet hatte, dass er heraufgekommen war? Ob er ihn auf dem Balkon gehört hatte? Ob sie über solche Sachen schon mal gesprochen hatten?

»Ich gehe aufs Dach«, sagte ich.

»Ich war noch nie da oben«, sagte er. »Nur bis zu den Speicherabteilen.«

Er folgte mir die Treppe hinauf, und bis zur übernächsten

Etage sagte keiner ein Wort. Vielmehr war es, als würden wir beide den Atem anhalten.

Auf dem letzten Treppenabschnitt blieb er stehen, und ich wandte mich kurz zu ihm um. Auch wenn er unter mir stand, war er noch größer als ich. Ein Hauch von Grapefruit-Rose erinnerte mich an etwas, das ich vergessen hatte. Bei unserer ersten Begegnung im Treppenhaus hatte mich eine Ahnung durchzuckt, wir könnten ein Liebespaar werden. Oder ein stillschweigendes beidseitiges Anerkenntnis, dass zwischen uns ein Universum pulsierte. Es war nur der Bruchteil einer Sekunde, wie in jenen Kino-Werbefilmen, die dafür sorgen, dass das Publikum Schlange steht, um gekühlte Getränke und fettes Popcorn zu kaufen. Neue Geliebte leuchten wie Neon, weil sie die Lebensgeister in einem wecken.

»Aris hat mich gefragt, wie gut ich Sie kenne«, sagte er. »Gestern Abend.«

»Was haben Sie geantwortet?«

»Ich habe ihm die Wahrheit gesagt.«

Die Wahrheit. Ich fragte mich, was wohl die Wahrheit war.

»Er hat mich abgepasst«, sagte ich.

»Ja, ich weiß.«

Obwohl wir uns schon öfter unterhalten und ein bisschen geflirtet hatten, kam es mir vor, als würde unsere Freundschaft gerade erst beginnen, in diesem Moment, in dem wir am oberen Treppenabsatz die Tür öffneten und die Sonne hereinflutete. Wir standen zusammen mitten auf dem Dach, und als ich zu ihm hochblickte, merkte ich, dass er erneut meine Wange betrachtete.

Schließlich fragte er geradeheraus: »Hat Aris dir das angetan? Ich darf doch du sagen?« Seine Direktheit schockierte mich. Gern hätte ich Aris für alles verantwortlich gemacht, aber ich musste lachen, so verdutzt war ich über diesen Gedanken. Nein, antwortete ich. Nachdem ich geschildert hatte, was in der Apotheke vorgefallen war, wurde die Stimme des Kapitäns tief und schwer. »Manchmal ist es wirklich zu viel.«

Ich wandte mich von ihm ab. Jemand hatte zwei kleine, rote Liegestühle auf dem Dach platziert, mit Blick auf den Lykabettus. Dazwischen stand, vermutlich als Aschenbecher, eine Lavazza-Espressodose.

Und plötzlich war alles wieder da.

Wie ich auf diesem Dach mit meiner Mutter getanzt hatte. Ihre Wange an meiner, die sengende Sonne. Es ist Juni. Wie jung sie ist! Wir tanzen, und sie singt mir ein Lied vor, dessen Text ich nur noch teilweise im Kopf habe, während die Melodie vollkommen präsent ist. Ich bin fünf. Ich merke nicht, dass sie betrunken ist. Unten stehen große offene Koffer auf dem Bett, überall liegt Kleidung verstreut, und mein Vater packt. Wir ziehen in die Vereinigten Staaten.

»Ich hatte dieses Dach vergessen«, sagte ich jetzt zu dem Kapitän. Im Sonnenlicht war sein Haar nicht fast schwarz wie meins oder Aris', sondern hell genug, um in Griechenland als blond durchzugehen. Seine Augen hatten ohne Brille eine Tarnfarbe, zwischen braun, grün und grau.

»Ehrlich gesagt ist mir nie eingefallen, hier raufzugehen«, sagte er.

»Entschuldige noch mal, dass ich gefragt habe«, ergänzte er, auf meine Wange bezogen.

»Macht nichts«, erwiderte ich.

Mein Vater kommt durch die Tür aufs Dach gerauscht. Er ist wütend. Zwar neigte er durchaus zu heftigen Reaktionen, war aber im Allgemeinen ein sanfter Mensch und hat meiner

Mutter, soweit ich weiß, niemals weh getan. Mich versohlte er nur selten, und wenn er es getan hatte, weinte er anschließend. Meine Mutter und ich schauen Richtung Lykabettus, wenden uns aber nun ihm zu. Ich blicke plötzlich erschreckt drein, als hätte ich gerade gemerkt, dass er wütend ist, meine Mutter wirft den Kopf mit den langen Haaren zurück. Sie trägt das goldgelbe Kleid mit den bestickten Ärmeln. Mein Vater greift nach mir und nimmt mich ihr ab. Dann lässt er meine Mutter auf dem Dach weitertanzen.

Inzwischen ist das Dach von einem Geländer umschlossen, das ich von früher nicht in Erinnerung hatte. Ich weiß noch, dass ich fürchtete, sie könnte herunterfallen. *Wie viel trinkt sie am Tag*?

Ich ging zu den Stühlen, dann aber an ihnen vorbei zum Rand des Daches. Auch der Kapitän setzte sich nicht. Er sprach auch nicht. »Ich habe viele Erinnerungen an hier oben«, sagte ich und wandte mich wieder ihm zu.

Meine Mutter ist mit uns auf diesem Dach, in jenem gelben Kleid: betrunken, singend. Ein anderes Lied, zu dem wir tanzten: *Ich schnapp mir einen Kapitän.* Sie lacht, wirft den Kopf zurück und sieht mich dann an und brabbelt: »Er ist auch verheiratet, *koukla.*« Sie wendet sich ab und lässt das Eis in ihrem Glas klirren. Es ist fast leer.

Der Kapitän roch nach frischem Schweiß und Salz, vermischt mit der würzigen Note seines Deodorants. Er näherte sich ebenfalls dem Rand des Daches, spähte über die Brüstung. Dabei stand er wie ein entspannter Fußballspieler: die Hand in die ausgestellte Hüfte gestützt. Zusammen betrachteten wir den Lykabettus und die unter uns liegende Stadt, die in der frühmorgendlichen Sonne langsam erwachte. Der Bauernmarkt, der immer mittwochs stattfand, war bereits in vollem Gange, und die Verkäufer riefen ihre Waren aus: Kirschen, Aprikosen, Salat.

Er wusste, dass ich mich für die Geschichte dieser Athener Stadtviertel interessierte. Als Kind, so erzählte er mir, habe er oft seinen Onkel in der Wohnung besucht, die er jetzt bewohnte. Damals sei das Viertel noch ganz anders gewesen. Er deutete auf die schmale, ansteigende Straße, die zum Lykabettus hinauf breiter wurde: Ein Nachbar habe Ziegen gehabt. Und Hähne, die schon vor Sonnenaufgang zu krähen begannen.

Einige wenige Wohnhäuser hätten damals an dieser Straße gestanden, fuhr er fort. »Natürlich bevor du zur Welt kamst«, fügte er hinzu. Damals habe man nur ein, zwei Straßen entfernt in Richtung Mavili-Platz das Gefühl gehabt, durch ein kleines Dorf zu gehen. »Wenn du willst, zeige ich dir das später«, sagte er.

Klar, das wäre nett, glaubte ich zu sagen. Tat es aber wohl nicht.

»Möchtest du vielleicht allein sein?«

»Nein«, sagte ich und lachte leise. *Allein?* »Nicht allein. Danke, ich bin fertig.« Ich wandte mich zur Tür. Wir waren jetzt tatsächlich allein, meine Mutter war verschwunden.

Er zog an der Tür, und sie schabte beim Öffnen über den Betonboden. Ich ging vor ihm die Treppe hinunter und spürte ihn dicht hinter mir, spürte seinen Blick auf meinem Rücken. Meine Schulterblätter kribbelten. An unseren Wohnungstüren verabschiedeten wir uns.

»Ist wirklich alles in Ordnung mit dir?«, erkundigte er sich.

Ich nickte. »Habe nicht viel geschlafen heute Nacht.«

*

Ich möchte noch einmal auf meine Erinnerungen an meine Eltern zurückkommen. Auf die Zeit direkt vor unserem Umzug vor fast fünfunddreißig Jahren. Ich bin fünf, und mein Vater findet meine Mutter und mich auf dem Dach und nimmt mich ihr unvermittelt ab, lässt sie mit ihrem kleinen grünen Trinkglas allein. Eine Viertelstunde später kommt meine Mutter mit abweisender Miene zurück in die Küche, wo ich am Tisch zeichne. Ich habe das Gefühl, etwas falsch gemacht zu haben, und weine den ganzen Abend lang. Das Schweigen meines Vaters erfüllt das Haus. »Sie muss besser aufpassen«, ist alles, was er zu mir sagt.

So sehe ich es heute noch vor mir. Wie eine Filmszene.

Oder vielleicht ist es so, dass die wahrsten, entscheidendsten Momente immer nur in meinem Kopf eingefangen wurden, nie auf Film oder als digitales Bild. Jetzt halten wir alles fest, sind uns unserer selbst so bewusst, dass es schon fast ins Gegenteil umschlägt. *Schau mich an schau mich an schau mich an schau mich an.*

Vor lauter Festhalten bleibt von uns *selbst* nichts übrig.

*

Es heißt, dass Kinder, die als Babys einer Sprache ausgesetzt sind, diese für immer abspeichern. Dass ihr Gehirn anders darauf reagiert als bei Nicht-Muttersprachlern, selbst wenn sie die Sprache als Erwachsene gar nicht mehr verstehen oder sprechen. Ich denke an Leila und daran, wie leicht sie sich mit drei Sprachen – sogar vier, wenn man das Französisch, das sie in der Schule lernt, dazurechnet – tut. Doch Arabisch und Griechisch werden sich für immer eingeprägt haben, so wie bei mir wahrscheinlich das Griechische.

Vielleicht verhält es sich bei Orten ebenso. Ich kann mich kaum an diese Wohnung erinnern und frage mich, ob ich mir das wenige, was ich noch weiß, damals gemerkt oder es nur auf Fotos gesehen habe. Und doch gibt es ein paar nüchterne, lebendige Bilder, die in meinem Kopf fest verankert sind. Als ich an diesem Morgen mit meinem kalten Kaffee in der Hand die Tür hinter mir schloss, fühlte ich mich trotz der unangenehmen Erinnerung, die zuvor hochgekommen war, seltsam gleichgültig.

Ein paar Tage nach dem Vorfall auf dem Dach – nicht dem mit dem Kapitän, sondern dem Kindheitserlebnis mit meinen Eltern – schrubbte meine Großmutter wie eine Wilde die Küche. Meine Eltern waren mit Packen beschäftigt. Ich war mit meinem Großvater im Garten, und aus irgendeinem Grund – vielleicht musste ich auf die Toilette oder wollte etwas zu essen – kamen wir wieder ins Haus. Warum auch immer, ich erinnere mich, dass es eine plötzliche Entscheidung war.

Meine Mutter lag auf dem Treppenabsatz: blaues Kleid, braune Clogs, von denen ihr einer vom Fuß gerutscht und ein paar Stufen hinuntergefallen war. Auf dem kalten Marmor hielt mein Vater ihren Kopf, während meine Großmutter ihr das Gesicht abwischte. Da war so viel Blut. Und man stelle sich vor: Meine Mutter lachte.

Mein Großvater hielt mich zurück. Bleib hier, sagte er.

Es ist erstaunlich, dass sie sich nichts gebrochen hat, sagte der Arzt.

Ich weiß noch, wie mein Vater dies meiner Großmutter weitergab. Nur die tiefe Wunde auf ihrer Stirn, eine kleinere an der Wange. Eine Narbe, die für immer blieb. Ein paar Stiche, ein paar Untersuchungen, das war alles.

Warum lacht sie? fragte ich. Ich wusste nicht, dass sie betrunken war. Woher auch.

Wieder. Warum lacht sie?

Warum?

Um deinem Vater zu zeigen, dass alles in Ordnung ist, sagte meine Großmutter zu mir. Das ist alles. Damit wir wissen, dass alles okay ist.

Ist alles okay?

Es ist alles okay, *loulouthi mou.* Es geht ihr gut.

Nur ein Unfall, meine kleine Maus, sagte meine Mutter, als sie vom Krankenhaus zurückkam. Mama geht es gut.

Wie eine Stoffpuppe, sagte mein Vater.

Es ist der allererste Augenblick schrecklicher Angst, an den ich mich erinnere, und noch Jahre später hatte ich Albträume von verletzten Gliedern, Wunden, blutenden Körpern, dem schreckenserfüllten Gesicht meines Vaters. Es war das gleiche Gesicht, das ich im Sommer zuvor gesehen hatte, als meine Mutter beim Schwimmen von einem Skorpionfisch gestochen wurde. *Wie viel trinkt sie?* Ich verfiel in Panik, und mein Vater zählte wieder einmal bis fünf, während ich einatmete, und erneut bis fünf, während ich ausatmete, so lange, bis ich mich beruhigte. Mit meiner Mutter machte er es ebenso, wenn sie bei einer Panikattacke unsere Hintertür aufriss, um nach Luft zu schnappen.

In unserer Erinnerung sind Eltern selten die jungen Erwachsenen, die uns in die Welt gesetzt haben, oder die verletzlichen, alt gewordenen, die uns zurückgelassen haben. Für uns bleiben sie mittleren Alters, und das erklärt vielleicht, warum es so schwer zu akzeptieren ist, dass wir selbst mittleren Alters sind. Wir sind im Alter unserer Eltern, der Schmerz der Jugend kristallisiert sich zu etwas Hartem und

Physischem. Körperlich. Aber soweit ich weiß, habe ich das Kleid – das leuchtend gelbe mit der komplizierten roten Stickerei – nur erfunden, ebenso wie das blaue.

Nicht aber den Moment. Der Moment war real, und die Musik ist sogar noch realer: Ich kann mich ganz klar an zwei Lieder erinnern, beides Popsongs aus den 70ern oder vielleicht den 80ern, von derselben Sängerin, der schlanken Blonden, die meine Mutter mir viele Jahre später auf der Insel zeigte und die kurz mit Kazantzidis verheiratet gewesen war. Sie trug ein auffallendes grünes Kleid, und die Menge machte Platz und ließ sie mit ihrem Gefolge vorbeidefilieren.

Jenes Gefühl, unverletzlich zu sein, verschwand rasch, und den Rest des Tages war ich irgendwie aufgewühlt. Ich wusch mehrere Maschinen Wäsche, das Geräusch der Waschmaschine und die stille Arbeit des Aufhängens in der Sonne beruhigten mich ein wenig. Später rief ich Nefeli an, um sie zum Abendessen einzuladen, aber sie ging nicht ans Telefon.

8

DER KAPITÄN

Es ist nicht so, dass ich Aris und Mira an jenem Tag nachspioniert hätte. Ich wusste, dass Aris auf Mira gewartet hatte, merkte aber nicht, dass er noch da war. Nachdem ich geduscht und mir Pasta mit Salat gemacht hatte, ging ich hinaus auf den vorderen Balkon, auf den die Abendsonne schien, und sah, wie sie sich auf der Straße verabschiedeten. Sie redeten nicht, sondern sahen einander nur an. Dann drehte Mira sich um und ging davon. Aris stieg in sein Auto. Dort saß er noch lange, nachdem sie verschwunden war, und dieses Bild wurde ich nicht mehr los. Ich hatte kein Recht, eifersüchtig oder wütend zu sein. Wenn ich mir, was uns betraf, irgendetwas vorgestellt hatte, so war diese Vorstellung entweder falsch oder nicht ratsam gewesen.

Aris war ein recht netter Kerl, und seinen Vater hatte ich immer bewundert. Als ich Katerina fragte, ob sie wisse, mit wem Aris vorher zusammen gewesen war, sagte sie, Eva habe für Aris einen anderen Mann verlassen und Aris, soviel sie wisse, eine andere Frau. »Aber hör mal, er ist nicht wie andere Politiker.« Ich weiß nicht, worauf sie diese Aussage stützte. Ich bin im Dunstkreis solcher Männer aufgewachsen und weiß das Eine sicher: Kein Politiker ist ganz sauber, und alles ist ein politischer Akt.

An diesem Abend rief ich Minas an, einen Freund meines Vaters. Verhielt er sich untypisch? Mein Vater war ein leidenschaftlicher Mann, und tatsächlich wirkte er von Zeit zu Zeit ein wenig verwirrt. Das war kein Geheimnis.

»Alt werden ist schrecklich«, erwiderte Minas. Dann sagte er, ich solle mir keine Sorgen machen, mein Vater sei vielleicht bei Nefeli, die unweit von seinem Dorf ein kleines Häuschen in den Hügeln besaß. Nefeli arbeitete oft da oben, und mein Vater hielt dort ein paar Bienen.

Das beruhigte mich, und ich dankte ihm. Ich erzählte, dass ich am Wochenende zu einer Taufe auf die Insel kommen würde – das erste Kind meines Freundes Dimo, der schon zweiundfünfzig war. Zu meiner Erleichterung fragte er nicht, ob Katerina und die Kinder dabei sein würden. Würden sie nicht.

»Dann bis dann«, sagte Minas.

Ich machte einen Spaziergang. Gerade war ein Fußballspiel zu Ende, und ich nahm einen anderen Weg, Richtung Exarchia. Am Abend zuvor hatte Mira auf dem Balkon gesagt, Männer würden die Erfahrung, sich durch die bloße Anwesenheit von Männern bedroht zu fühlen, nie nachvollziehen können. Sie sei nach einem Spiel, das die Gastgebermannschaft verloren hatte, an dem Fußballstadion in unserer Straße vorbeigegangen, und das Testosteron habe sie in Panik versetzt. Sie habe früh gelernt, wie man sich zu verhalten hat, wie man mit der maskulinen Angeberei umgehen muss, die sich immer ein bisschen gefährlich anfühlt. Ich beobachte das auch schon bei Ifigenia, an der Haltung, die sie dann einnimmt. Es beunruhigt mich. Katerina hat mir erzählt, dass ein Junge aus ihrer Klasse sie zum Tanzen aufgefordert und sie daraufhin mit strengem Blick gefragt habe, »Warum schwitzt du?«.

Heute drangen aus verschiedenen Cafés Jazz- und Rembetikoklänge. Vor mir ging ein amerikanisches Paar. Die Frau staunte über das Nachtleben, der Mann fragte sich, ob die

Gegend sicher sei. »Was für eine Krise?«, fragte er mehrmals mit gespielter Ratlosigkeit. *Was für eine Krise?*

Am liebsten hätte ich ihn an seinem schlechtsitzenden T-Shirt gepackt; meine Hände ballten sich unwillkürlich zu Fäusten. Wie ignorant muss man sein, um nicht zu wissen, dass in Krisenzeiten der Barbetrieb boomt? Ich musste mich einfach einschalten. Diese Leute sitzen stundenlang vor demselben Zwei-Euro-Kaffee, sagte ich ihm. Er konterte, das sei ein schlechtes Geschäftsmodell. Ich gab es auf. Seine Frau sah mich an, als hoffte sie auf eine Fortsetzung des Gesprächs, als würde sie mich vielleicht gern einladen, mit ihnen zusammen etwas zu trinken. All diese Amerikaner kamen hierher und wollten etwas über die Krise hören, über die Flüchtlinge – von mir, einem richtigen Griechen! –, und obgleich ich mir sicher bin, dass sie nur naiv waren, machte mich dieser Katastrophentourismus richtig wütend. Vor einigen Jahren hätte dieses Paar in Plaka, in der Altstadt genächtigt, und jetzt mieteten sie sich hier in irgendeiner überteuerten Ferienwohnung ein und liefen herum, um herauszufinden, ob das riskant ist oder nicht. Sie sammelten Tragödien und Zeichen der Zerstörung, als würde das ihre Reise authentischer machen. Ich weiß noch, wie Mira sagte, die Leute strömten in Scharen nach Athen, weil das ausgefallen und nur ansatzweise gefährlich sei – der sicherste gefährliche Ort auf der Welt.

Ich ging weiter, vorbei an drei jungen Polizisten an der Ecke. Einer sah mir in die Augen und nickte höflich. Ich war zu alt, um die Autoritäten auf den Plan zu rufen, selbst wenn ich eine Kapuze trug. Inzwischen zählte ich nicht mehr zu der demographischen Gruppe, die Molotow-Cocktails wirft, und mit meinen helleren Haaren und Augen gehörte ich für sie auch nicht zu den Immigranten. An der nächsten Ecke stand eine weitere Gruppe Ordnungshüter. Sie erkannten mich und grüßten: »Guten Abend, Kapitän.«

Auf dem Weg nach Hause kehrte ich in einer Taverne an der Mavromichali-Straße ein. Mein Vater hatte diese Kneipe, einen traditionellen Treffpunkt der Linken, geliebt. Davor parkten ein kleiner Kinderwagen und zwei Fahrräder. Die Typen, die dort arbeiteten, waren zweifellos in den 1990ern geboren; sie hatten mir erzählt, sie betrachteten sich als unpolitisch, was mir höchst politisch erschien. Auf einem kleinen Regal in einer Ecke entdeckte ich zwei Bücher von Aris' Vater sowie einige Anthologien mit Gedichten. An der hinteren Wand in der Nähe der Toiletten hingen Bilder. Das Schwarzweißbild genau in der Mitte zeigte meinen und Aris' Vater, die einander die Arme um die Schultern gelegt hatten. Ich wies die Kellner darauf hin, die höflich Interesse heuchelten. Mein junger, lachender Vater beruhigte mich ein wenig. Ich bestellte Hackfleischbällchen und Pommes frites zu meinem Bier.

Ich freute mich darauf, am Wochenende Dimos zu sehen. Er war gerade aus New York, wo er seit zwanzig Jahren wohnte, in Athen eingetroffen. Seine Eltern lebten immer noch auf der Insel, und dort hatten wir uns miteinander angefreundet. Dimos war Historiker. Wir hatten alle geglaubt, er würde einmal in die Politik gehen, doch er zog es vor, sich in Archiven, Bibliotheken und hinter Büchern zu vergraben.

Bei unserer letzten Begegnung waren die Zwillinge drei oder vier Jahre alt gewesen. Ich hatte mich auf seinen Besuch gefreut – als Vater zweier kleiner Kinder sehnte ich mich nach erwachsener Gesellschaft. In jenen Tagen war ich kaum länger als ein paar Tage am Stück zu Hause, also schlug ich vor, er sollte mal abends auf einen Drink vorbeikommen. Ich kaufte eine Auswahl interessanter neuer Craft-Biere und stellte Pistazien, Oliven und auf der Insel produzierten Graviera-Käse bereit.

Das war ein Fehler. Ich weiß nicht, warum wir uns nicht in einem nahe gelegenen Café verabredeten. Irgendwie wollte ich, dass er mein ganzes Leben mitbekam, das Chaos mit den Kindern, den Familienrummel. Vielleicht war es ein Akt der Aggression. Ich weiß es nicht. Die Zwillinge sprangen im anderen Zimmer vom Sofa auf den Boden, wo Kissen lagen. Katerina saß mit Eva, die gerade eine Trennung hinter sich hatte, in der Küche. Sie tranken Wein und sprachen darüber, wie schrecklich Männer sind. Katerinas Sehnsucht nach ihrem Leben vor der Ehe zeigte sich einzig darin, wie sie Evas Dramen nachempfand. Sie ging damit um, als wären es Arbeitsprojekte.

Aber das Chaos störte mich damals nicht: Ich weiß noch, dass ich glücklich war über das Leben im Haus. Das Vatersein kam mir nicht mehr so fremd vor. Ich hörte aus dem anderen Zimmer Nikos' gellende Schreie und Ifigenias Weinen, und dann schrien wieder beide. Es waren keine Schreie aus echter Not. Ich sah Dimos an, um mit ihm zu lachen – vielleicht fand er es ja amüsant oder zumindest reizend –, doch er schien sich einfach nur unwohl zu fühlen. Offenbar war er ungehalten, weil wir nicht die tiefen Gespräche führten, die wir immer geführt hatten. Dabei konnte er mit Kindern wunderbar umgehen, hob sie zu ihrem Entzücken hoch in die Luft, aber ich begriff in diesem Moment, dass unsere Freundschaft eine Zerreißprobe erlebte. Jahre zuvor hatte er, als ich ihn zur Taufe einlud, gespöttelt und gar nicht glauben können, dass ich weich geworden war.

Und jetzt.

In jenen frühen Jahren hatte ich mich fast gefreut, wenn ich ungezogene Kinder in Restaurants, Flugzeugen und andernorts sah und hörte, an denen Kinder artig zu sein hatten, selbst in Griechenland, wo Kinder überall waren, Erwachsene sich jedoch noch halbwegs wie Erwachsene verhielten. Erwachsene, die sich manchmal schlecht benahmen, aber trotzdem. Eine Erleichterung vielleicht, eine Art Eintrittskarte zu einem Club, dem ich vorher nie hatte angehören wollen, zu einer geschlossenen Gesellschaft frischgebackener Eltern, in der man mit Mitgefühl, Stolz und Erleichterung zur Kenntnis nahm, dass das schreiende Kind nicht das eigene war, jedenfalls diesmal nicht. Manchmal in jenen frühen Jahren bemerkte ich es nicht einmal.

Ich weiß nicht, wann sich das veränderte, aber irgendwann wurde ich lärmempfindlich. Es macht mich sogar verrückt, wenn Kinder am Strand vor Freude kreischen oder eine Mutter ihre Töchter ruft. Wenn Ifigenia nach Hause kommt und Geige übt, steigt Wut in mir auf, und Nikos mit seiner lauten, kratzigen Stimme und seiner kämpferischen Haltung treibt mich zur Weißglut. Klappert Katerina in der Küche mit dem Geschirr, könnte ich aus der Haut fahren. Auf See gibt es selbst in kritischen und chaotischen Situationen immer so viele Momente tiefer, tiefer Ruhe, und ich weiß, dass Katerina manchmal genau merkte, wenn ich lieber woanders als zu Hause gewesen wäre. War es möglich, jemanden wahrhaftig und innig zu lieben, aber nicht in seiner Gegenwart sein zu wollen? Ich meine nicht das *Die-Kinder-machen-mich-wahnsinnig*. Etwas Dunkleres. Wie viele Vaterpflichten konnte Katerina mir ersparen, um mich bei Laune zu halten? Sie wusste, dass sie alles selber machen musste, wenn sie mich halten wollte. Und das war es ihr inzwischen wahrscheinlich nicht mehr wert.

9
MIRA

Ich hatte nicht vorgehabt, an diesem Abend Fady und Dimitra zu besuchen – in den Staaten hatte ich meine Freunde oft wochenlang nicht gesehen –, aber nachdem Fady von der Sache in der Apotheke erfahren hatte, sagte er: »Entweder du kommst her, oder wir kommen zu dir.«

Als ich dort ankam, erlaubte ich ihm, vorsichtig den Verband von meiner Wange zu entfernen, um die Naht zu inspizieren, doch Dimitra bestand darauf, das diskret im Flur zu erledigen; sie wollte die Kinder nicht verschrecken. Fady drehte meine Wange so, dass das blasse Flurlicht darauf fiel, und lobte die Arbeit widerwillig. »Narbe wird es keine geben«, sagte er.

»Ha«, sagte ich. Dass ich Aris wiedergesehen hatte, verschwieg ich ihm. Doch als Fady mit einem neuen Verband und etwas antibiotischer Salbe aus dem Bad zurückkam, musste Dimitra mich verarzten, weil seine Hände zitterten. Er erklärte, er habe einen Auftrag fertigzustellen, und verschwand in seiner Werkstatt.

In der Küche löste Rami Leilas Matheaufgaben, und Leila machte, wie er sagte, irgendwas im Internet. Wie immer umarmte er mich schüchtern und flüchtig. Die beiden saßen einander am Tisch gegenüber. Leila hatte ihr Haar geglättet, und es hing ihr wie ein glänzender Vorhang über den Rücken. Mit ihren karamellfarbenen Augen sah sie der jungen Nefeli verstörend ähnlich. Rami konzentrierte sich auf die gleiche Weise, wie ich es früher getan hatte – den Kopf in die Hand gestützt und in Gedanken versunken. Ich bin öfter so eingeschlafen.

Rami blätterte sein altes Heft durch und zeigte mir Zeichnungen, die ich noch nicht gesehen hatte, über einen Schuljungen in Damaskus. Gegen Ende des Heftes hatte er ein paar kahle, ländliche Landschaften zu Papier gebracht, fast dystopisch, auf denen nie ein Mensch zu sehen war. Aber aus irgendeinem Grund fiel es mir schwerer als sonst, mit ihm Kontakt zu halten. Meist war das ganz einfach.

Irgendetwas in der Wohnung kam mir seltsam vor, etwas, das über die Ereignisse vom Vortag hinausging, etwas, das Fady und Dimitra wohl verschwiegen. Wie um zu vermeiden, ansprechen zu müssen, was ich wahrnahm, schlug Dimitra einen Spaziergang vor. Mit gezwungenem Lächeln hakte sie mich unter. Fady arbeitete, die Kinder waren zufrieden.

Wir gingen zu einem Lokal auf dem Strefi-Hügel – abends war es dort fast unmöglich, einen Tisch zu ergattern, aber um diese Tageszeit gab es freie Plätze. Es erinnerte mich an Thanassis' Taverne auf der Insel: die Stühle in bunten Pastellfarben, die Ruhe, der Metallkrug und die kleinen Wassergläser zwischen uns. Der bärtige Kellner mit dem Pferdeschwanz, ein liebenswerter Anarchist, mochte uns, und wenn ich mit Rami hergekommen war, hatten sie sich in einer Mischung von Englisch und Griechisch unterhalten. Sie sprachen über Fußball, und ich war überrascht, was für eine klare Meinung sich Rami bereits über die griechischen Mannschaften und darüber hinaus gebildet hatte. Unser Kellner war Olympiakos-Fan, Rami favorisierte AEK, und als Rami einen Scherz über *gavros* – die kleinen Fische – machte, verstand ich gar nicht, dass er damit die Mannschaft des Kellners herabsetzte, doch dieser lachte.

Dimitra und ich bestellten gebackene Kichererbsen mit Brot und teilten uns eine kleine Karaffe Weißwein. Sie fragte mich, ob ich über Aris sprechen wolle, ich verneinte. Stattdessen unterhielten wir uns über Rami: seine Liebe zu Leila und ihre zu ihm; dass bei Fady das Gefühl entstanden war, einen Sohn zu haben; dass Dimitra ihn unbedingt schützen und hier in Athen aufwachsen lassen wollte, obwohl sie wusste, dass zweitausend Kilometer entfernt seine Familie wartete. »Die Fahrt mit dem Auto dorthin würde vierundzwanzig Stunden dauern«, sagte sie. »Ich habe nachgesehen.«

Sie erzählte mir, wie neugierig es ihn machte, dass ich als Kind Griechenland verlassen hatte und jetzt zurückgekehrt war, und sie war nicht sicher, ob er begriff – »Nein, begreifen tut er es natürlich, ich meine, ob er es akzeptiert« –, dass das Land, das er liebte und verlassen musste, nie mehr das gleiche sein würde.

Dimitra streckte den Arm aus, um meine Wange zu berühren. Politische Diskussionen, selbst wenn sie zu Hause stattfänden, machten Rami nervös, sagte sie, und Fady und sie erwogen sorgfältig, wann sie was sagten. Er trug ein Gebetskettchen bei sich wie ein alter Mann und erklärte Dimitra, er sei Nihilist. »Weiß er, was ein Nihilist ist?«, fragte ich. Sie zuckte mit den Schultern und lachte. Dann zeigte sie mir ein paar Bilder vom Wochenende. Sie waren zu Dimitras Eltern in Oropos gefahren. Leila und Rami waren barfuß, aber im Pullover, und blickten auf das ruhige Meer und die große Insel Evia hinaus.

Rami hatte die Hände hinter dem Kopf verschränkt, die Ellbogen zeigten nach außen, und Leilas Kopf war eine Spur in seine Richtung geneigt. Auf einem anderen Foto hielt Rami etwas in der Hand, das Leila sich gerade ansah, und auf einem dritten streckten sie zu einem yogischen Sonnengruß für die Kamera die Arme weit über den Kopf.

Es war das erste Mal seit Ramis Ankunft, dass er am Meer gewesen war, aber Dimitra sagte, es habe ihm nichts ausgemacht; er sei am Strand herumgelaufen und habe winzige Krabben gesammelt. Dann saßen er und Leila stundenlang an dem großen Balkontisch und zeichneten, während die Erwachsenen sich unterhielten. Sie sagte, sie würden gemeinsam an etwas arbeiten. Rami war ein verträgliches Kind, gewöhnlich kaum aus der Ruhe zu bringen, und wir fragten uns, welche Erfahrungen er wohl tief in sich vergraben hatte. Ich fragte, ob Rami noch irgendetwas zu dem Vorfall bei der Apotheke gesagt habe. Sie runzelte die Stirn, band ihre hübschen Locken im Nacken zusammen. Wir wussten beide, dass Rami weitaus Schlimmeres gesehen hatte. Im August jährte sich Ramis Ankunft, und Dimitra befürchtete, dass dann schmerzhafte Erinnerungen wieder hochkommen würden. Wir versuchten alle, sie in Schach zu halten, wussten aber natürlich, dass das vergebens war. Sosehr man sich auch bemüht, vor Trauer und Traumata kann man jemanden nicht schützen.

Der Kellner brachte ein Schälchen Oliven und etwas gebratenen Feta mit Sesam und Honig. »Aufs Haus«, sagte er.

Dimitra bedankte sich mit einem Lächeln, wirkte aber abgelenkt. Ihr Kiefer spannte sich an. Ich dachte, es hätte mit unserem Gespräch über Rami zu tun, mit ihrer tiefen Sorge, weil er nicht bleiben würde. Oder sie wollte mir noch etwas über Aris erzählen, wobei ich nicht gewusst hätte, was es da noch zu sagen gab. Aber ich lag falsch. »Wir müssen über Nefeli sprechen«, sagte sie.

Kürzlich waren sie und Nefeli losgegangen, um Wein zu besorgen, während Fady das Abendessen zubereitete, und sie hatte gesehen, wie Nefeli einen Flaschenöffner in ihrer Tasche verschwinden ließ. Ein paar Tage später kauften beide für Leilas Geburtstag ein. Dieses Mal war es ein Pyjama aus dem Laden einer amerikanischen Kette am Syntagma-Platz. Nefeli hatte eine Pyjamahose um ihren Arm gewickelt und dann den Ärmel darüber gezogen. Als Dimitra es Fady erzählte, berichtete er, Nefelis Wohnung habe, als er vor ein paar Wochen dort war, einem Kaufhaus geglichen. In einem Raum seien jede Menge Kleidungsstücke auf dem Bett ausgebreitet gewesen. Im Bad stapelten sich Toilettenpapier und Shampoo, auf dem Esstisch noch verpackte T-Shirts. Make-up, Stifte. Als er danach fragte, hatte sie lässig geantwortet, die Sachen seien für ein Projekt, an dem sie arbeite, und ihn zur Tür gebracht.

Inzwischen war Dimitra sicher, dass die Flanellhemden, die Nefeli Leila zum Geburtstag geschenkt hatte, ebenso gestohlen waren wie die T-Shirts für Rami. Sie hörte auf zu essen, blickte auf ihren Teller und rieb sich die Schläfen. »Ich weiß nicht, wo ich anfangen soll«, sagte sie.

Ich erinnerte mich, dass Nefeli kürzlich mit einer großen Tasche voller Sachen, auf die die Mädchen ganz wild waren – Socken, Flip-Flops, Hefte und Nagellack –, ins besetzte Haus gekommen war. Rami hatte eines der kleinen Mädchen seine Nägel blau lackieren lassen.

Dimitra seufzte. »Ich hatte ihr gesagt, dass wir diese Dinge brauchen.«

»Vielleicht hortet sie ja auch nur«, sagte ich. Aber wir wussten beide, dass das unwahrscheinlich war. Nefeli hasste es, Geld auszugeben. Mir war nicht klar, ob sie sich wirklich arm fühlte oder ob ihre Diebstähle eine Art politischer Akt waren.

»Was sollen wir bloß tun?«, fragte Dimitra und steckte sich eine Olive in den Mund.

Verglichen mit all jenem, womit wir in diesem Jahr so zurechtkommen mussten – Streiks, Neonazis, die vielen Facetten der nebulösen, allumfassenden »Krise« –, mochten Nefelis Ladendiebstähle unbedeutend erscheinen. Trotzdem beunruhigte auch mich diese Neuigkeit irgendwie. Mir fielen Nefelis unerklärliche Ausbrüche an jenem Tag am Strand ein, die Streitlust, die sie in letzter Zeit immer an den Tag legte, wenn wir uns zum Kaffee trafen. Ich wusste, dass sie oft manische Phasen durchmachte, wenn sie eine Ausstellung vorbereitete, und anschließend in eine Depression verfiel, bis die künstlerische Quelle wieder zu sprudeln begann. Ein wohlbekanntes Muster.

Als wir aufbrachen, stieß Fady zu uns, und wir gingen zu dritt zurück. Wir verweilten an einem jetzt zur Abendzeit belebten Platz, wo Kinder herumtollten und Erwachsene auf Bänken saßen, in den Cafés etwas tranken oder mit Freunden spazieren gingen. »Die Geräusche der *plateia*«, sagte Fady, »die Rufe von Müttern, Kindergeschrei, die Melodie der Stimmen. Ich habe sie überall aufgenommen. Ob in Berlin, Paris, Dublin oder New York: so klingen die Stimmen nirgendwo. Aber in Gaza, in Kairo oder in Aleppo könnte ich von Ferne keinen Unterschied feststellen. Sofia, Thessaloniki, Istanbul: das sind Balkanstädte. Aber Athen zählt zur Levante.«

Wie immer staunte ich über das sich verändernde Licht: erst orange, dann golden, dann lavendel, schließlich die Dämmerung. Kurz vor Sonnenuntergang machten wir wie Touristen bei einem Laden Halt, der Lederrucksäcke verkaufte, und anschließend bei einem Bouzouki- und Lautengeschäft, dessen Eigentümer Fady kannte, sowie bei einem Antiquariat, das viele ausländische Bücher im Sortiment hatte. Wir gingen durch ein dunkles Wohngebiet: ein Viertel, in dem früher Arbeiter gelebt hatten, sich jetzt aber Künstler, junge Leute und schrille europäische Flaneure angesiedelt hatten. In der Ferne hörten wir Musik und sahen Lichter. Auch das liebe ich an Athen: Man kann es zu Fuß erkunden, Viertel um Viertel, und dabei erleben, wie der Abend sich herabsenkt.

An der Ecke gab es eine Bar, die in Rot, Rosa und Violett zu leuchten schien. Dort drängten sich junge Leute, um einen Drink zu bestellen, während wir uns im Hinterzimmer an einen kleinen Tisch setzten und auf die Bar und die Straße hinausblickten. Ein großes, offenes Fenster zu unserer Rechten ließ die Nacht herein. Dimitra und ich bestellten Campari Soda, Fady einen Negroni. Unsere Eiswürfel hatten die Formen griechischer Buchstaben.

Ein eklektischer Ort, bewusst gestaltet: Über unseren Köpfen hingen ein kleiner Vintage-Kühlschrank, ein altes rotes Fahrrad, ein Transistorradio. Am Nebentisch flirteten zwei italienische Männer – an der Körpersprache eindeutig als solche zu erkennen – mit zwei griechisch-australischen Frauen. Sie sprachen ein gebrochenes, aber sehr lebendiges Englisch.

Fady beäugte sie mit einer Mischung aus Neid und Verwunderung. »Seht, die werden auch immer Expats bleiben«, sagte er. »Ob du nun aus Afghanistan, dem Irak oder gar Bulgarien oder Albanien stammst, es spielt keine Rolle: Du bist und bleibst bestenfalls ein Ausländer. Ein Migrant. Ein Flüchtling. Ein *Sans-Papiers.*«

Mir war unklar, ob er damit sich selbst meinte oder Rami.

»Du weißt nicht, wie leicht du es hast«, sagte er. »Denn du hast die Wahl.«

Was sollte ich darauf antworten? Seine Stimme klang nicht aggressiv, und unrecht hatte er auch nicht. »Du bist nicht als Flüchtling hierhergekommen«, sagte ich.

»Nein, hierher nicht. Aber als Kind war ich das. Man ist sich permanent bewusst, wie zerbrechlich alles ist. Dass im nächsten Moment alles implodieren kann.«

»Und wie wäre das in Deutschland, für Rami?«

Er schwieg und versank in Nachdenken. »Aber ich *bin* ein Flüchtling«, erklärte er schließlich. »Ich schäme mich nicht deswegen, warum sollte ich? Ich bin auch Geigenbauer. Und Künstler. Und Vater. Ehemann. Exilant. So vieles.«

Dimitra legte die Hand auf seine. Er zuckte die Achseln. »Vielleicht ist es in Deutschland anders«, sagte er.

Ich machte mir Sorgen. In Deutschland war es womöglich noch schlimmer.

10

DER KAPITÄN

Obwohl ich bei meinem Vater übernachtete, hatte ich ihn noch nicht zu Gesicht bekommen. Als ich eintraf, war das Bett gemacht, und im Haus sah es sauber aus. Sein Geschirr – eine Espressotasse, eine Untertasse, ein Löffel, ein paar Teller, Gabeln und Messer – stand im Abtropfgestell. Es sah meinem Vater nicht unähnlich, plötzlich zu verschwinden, um sich mit einer Frau zu treffen. Jetzt allerdings, wo er älter wurde und spürte, wie seine Bedeutung abnahm, beunruhigten mich diese Abwesenheiten.

Ich sah im Schrank nach seinen beiden kleinen Koffern, harte hellblaue Samsonites, die er seit den 1970ern besaß. Beide waren da, nicht aber die blaue Reisetasche. Seltsamerweise empfand ich beim Anblick der Koffer Erleichterung und hoffte, dass er tatsächlich bei Nefeli war, wie der Romancier vermutet hatte. Zur Taufe kam er ohnehin nicht.

Aris hingegen schon, und er lud mich am Tag darauf ein, mit ihm etwas trinken zu gehen. Wir verabredeten uns am Hafen, in einem Café, das mit der Destillerie in der Nähe des Dorfes unserer Väter zusammenhing.

Es war ein warmer Tag und fast windstill. Ich bestellte ein Bier und trank es rasch, aß die Pistazien, die die Kellnerin vor mich hinstellte. Als sie mir die zweite Runde brachte, wurde sie von jemandem abgelenkt, der hereingekommen war. Ich wandte den Kopf, um zu sehen, wem ihr Interesse galt, und da stand Aris. Er grüßte sie höflich, entdeckte dann mich und setzte sich zu mir an den Tisch.

Er hatte kaum Platz genommen, als die Kellnerin schon zurückkam. Sie strahlte Aris an, und er flirtete zurück. Er bestellte einen Ouzo, sah dann mein Bier und überlegte es sich anders. »Und bringen Sie uns bitte auch noch ein paar Nüsse.« Die Kellnerin schien glücklich, seiner Bitte nachzukommen, und hätte er sie freundlich gebeten, ihre Bluse aufzuknöpfen, hätte sie wohl auch das getan. Er war der Typ Mann, der Frauen mit jener besonderen, aggressiven Mischung aus Bewunderung und Besitzanspruch ansieht.

Ich weiß nicht, warum ich so wütend war.

Wir saßen so, dass ich Richtung Hafen blickte und er Richtung Promenade. Bald würden die Abendspaziergänger kommen. Momentan waren nur die Touristen draußen, deren Haut die Sonne am wenigsten vertrug.

Wir plauderten höflich über die Taufe und darüber, wann wir zuletzt auf der Insel gewesen waren.

»Wir haben uns kennengelernt, als ich noch ein Kind war, weißt du noch?«, sagte Aris. »Du warst schon Student und für den Sommer hergekommen. Ich kann mich an dein Michigan-T-Shirt erinnern, leuchtend orange mit blauen Buchstaben. Als wir an diesem Abend nach Hause kamen, bat ich meinen Vater, mir so ein T-Shirt zu schenken.«

Dieses Geständnis überraschte mich. Als junger Mann hatte ich seinen Vater bewundert, sogar selbst mit dem Gedanken gespielt, Schriftsteller zu werden. Und Aris hegte nun politische Ambitionen. Wir hatten jeder den falschen Vater. Oder vielleicht war es auch ganz egal.

Die Kellnerin kam und stellte nacheinander alles behutsam auf den Tisch, erst Aris' Bier, dann das gekühlte Glas, schließlich die Tellerchen mit Erdnüssen und Oliven. Er lächelte, bot ihr im Austausch seine einstudierte Aufmerksamkeit, so, als hätten sie beide ihre Rollen in dieser Transaktion geprobt.

»Katerina ist nicht mitgekommen«, sagte er.

»Noch in Brüssel«, erklärte ich. »Sie kommen im Sommer, wenn die Kinder Ferien haben.«

Aris schenkte sich sein Bier ein. Ich hatte das Gefühl, er erwähnte Katerina absichtlich und mit Hintergedanken. Aber mich beschäftigte immer noch das T-Shirt. Es war eher gelb gewesen als orange. Maisgelb und Blau, die Farben von Michigan. Ich hatte es jahrelang aufbewahrt. Wahrscheinlich lag es sogar noch irgendwo hier, im Haus meines Vaters. Ich erinnerte mich an jenen Sommer und das T-Shirt, nicht aber an Aris als Jungen.

Die Vorstellung, dass er ein Kind gewesen war und ich schon ein junger Erwachsener, war irritierend. In dem Alter hatten mich Kinder kein bisschen interessiert, während ich als älterer Student für ihn durchaus interessant war. Sah er in meinem Gesicht sein eigenes Alter? Wer uns zusammen da sitzen sah, hätte nicht geglaubt, dass ich zehn Jahre älter war. Mir jedenfalls schien es so, aber wir glauben ja nie, dass wir so alt aussehen, wie wir sind; das Alter ist etwas, das uns auferlegt wird. Unser Innenleben bleibt dasselbe. Oder?

»Siehst du sie oft?«, erkundigte sich Aris.

»Sie und die Kinder kommen in den Ferien oder über lange Wochenenden. Manchmal fahre ich auch hin.«

»Ich meine Mira«, sagte er.

Ich gab keine Antwort. Mir fiel ein, wie sie meinen Arm berührt hatte, mit den Fingern über das Tattoo gefahren war.

»Sie hasst mich«, fügte er hinzu. »Und vielleicht zu Recht.«

»Sie hat dich nicht erwähnt.« Ein strafender Satz, und mit einer gewissen Befriedigung sah ich ihm an, dass er ihn erst verdauen musste. Was wollte er von Mira? Er schien unfähig, sie loszulassen, obwohl er derjenige war, der sie verlassen hatte. Mir waren ein paar Mira-ismen in seiner Sprache aufgefallen, und das ärgerte mich. Dinge, die auch ich übernommen hatte: ein englisches multifunktionales »like« in einen griechischen Satz einzubauen: »*kai eimai* like«. Ich weiß nicht, ob er Absolution suchte oder auf Informationen aus war, aber irgendwie hatte ich in diesem Moment das Gefühl, Mira zu verraten. Loyalität war für mich immer schon eine seltsame Sache. Wir glauben, sie hat mit Geschichte zu tun, mit Schwüren, aber nichts dergleichen ist der Fall. Sie ist ein Impuls.

Dann begann Aris die Highlights der Karriere meines Vaters nachzuerzählen, als würde er dem alten Mann, vertreten durch mich, eine Rolle vorsprechen. Oder bezweckte er etwas, das ich nicht erkannte? Das politische Leben meines Vaters ging mich gleichzeitig etwas an und auch nicht. Er hoffte immer noch, wieder in die Politik zurückzukehren, einen Moment zu erleben, in dem er sich wieder ganz fühlte, doch jetzt, wo sich sein Geisteszustand so verschlechterte, wusste er selbst, dass das unmöglich war, da war ich mir sicher. Ein Krieger ohne Krieg. Das vertraute ich Aris nicht an.

Als ich meinen Vater zuletzt hier auf der Insel besuchte, hatte ich in seinem Bücherregal eine Denkschrift des Dichters Manolis Anagnostakis gefunden, der schrieb, die aufregendste Zeit seines Lebens sei die gewesen, als er verfolgt wurde, jede Minute hätte verhaftet und ins Exil geschickt werden können. Sie verlieh ihm Bedeutung. Mein Vater war stolz darauf gewesen, eine rebellische, revolutionäre Stimme zu sein, doch nun hörte ihm niemand mehr zu, und als

Ikone sah ihn erst recht keiner. Ich hatte nicht gefragt, was er von der jüngeren Generation Politiker hielt, aber ich kann es mir vorstellen. *Babys*, würde er sagen, *die ihr Yoga machen, Windeln wechseln, in den Supermarkt gehen.* Auf die Männer bezogen natürlich. Frauen kamen für ihn in der Politik gar nicht erst vor.

Ob seine Politik mich etwas anging, war unerheblich; sie hatte immer Einfluss auf meinen Weg. In meiner Jugend waren er und seine Verbündeten einmal in irgendeinen Skandal verwickelt, und das war der Moment, als ich zum ersten Mal floh. So weit weg von Griechenland wie nur möglich, ohne zum Mond zu reisen. Auf der anderen Seite des Planeten, ohne Land zwischen uns. Irgendwie auf See zu bleiben, staatenlos. Heimatlosigkeit war mein Anker.

»Irgendwelche Tipps?«, fragte Aris schließlich. An seinem Lächeln und dem Klang seiner Stimme merkte ich, dass er nicht mehr über meinen Vater oder Politik sprach, sondern zum Thema Mira zurückgekehrt war. Oder vielleicht hatten wir die ganze Zeit über Politik gesprochen. »Vom Sohn eines Politikers, meine ich.«

»Das ist nicht so viel anders, als Sohn eines Schriftstellers zu sein«, sagte ich. »Alle kochen nur mit Wasser.« Obwohl – oder gerade weil – mein Vater ein fast zwanghafter Schürzenjäger gewesen war, hatte ich es nicht auf Frauen abgesehen. Oder vielleicht doch. Ich weiß es nicht. Aber bei Aris war es mir, das muss ich zu meiner Schande gestehen, egal, ob er glaubte, ich sei genau wie mein Vater.

Aris sah mich über sein Bierglas hinweg an und beugte sich ein wenig vor. »Sie bedeutet mir immer noch etwas.«

War das ein Geständnis, eine Rechtfertigung oder eine Drohung? Ich entgegnete nichts.

Die Kellnerin kam an unseren Tisch, und die beiden nahmen ihren abscheulichen Flirt wieder auf. Als sie ging, sah es aus, als wollte Aris das Gespräch fortsetzen, aber jetzt kam Eva in einem geblümten Kleid auf uns zu. Ihre frisch gewaschenen Haare glänzten, sie sah ausgeruht aus und wollte jetzt Zeit mit ihrem Verlobten verbringen.

Ich lud sie ein, sich zu uns zu setzen, doch Aris erhob sich und erklärte, sie hätten etwas vor. Wir stritten uns lange genug um die Rechnung, um unseren jeweiligen Rollen gerecht zu werden, aber ich setzte mich durch, indem ich die Hand darauf legte, bis Aris gezwungen war nachzugeben.

Als sie fort waren, winkte ich der Kellnerin, die nach Evas Auftritt ein wenig mürrisch wirkte. Ich bestellte noch ein Bier und starrte hinaus zu den Segelbooten, deren Masten langsam hin und her pendelten wie Metronome.

Ich habe noch eine weitere Erinnerung an jenen Sommer in meiner Studienzeit: eines Abends kam ich aus einer Bar in Hafennähe und sah Minas, den Freund meines Vaters, mit einer sehr viel jüngeren Frau. Sie saß auf einer niedrigen Kaimauer, und er stand vor ihr und ließ die Hand an ihrem Bein auf und ab gleiten. Braune Zöpfe, abgeschnittene Jeans, eine leuchtend gelbe, bestickte Bluse, türkisfarbene Armreifen am Handgelenk. Ich war einundzwanzig, und sie war nicht viel älter. Ihre Shorts waren so kurz, dass die Taschen unter dem Saum hervorguckten.

Minas, damals mit vollem, schwarzem Haar, hielt eine dieser herauslugenden Taschen zwischen Daumen und Zeigefinger, während der Rest seiner Hand sich darunter bewegte. Es waren nicht viele Leute in der Nähe, aber die beiden benahmen sich, als wären sie vollkommen allein und hätten sich wohl auch durch mehr Publikum nicht stören lassen. Die junge Frau schlug spielerisch seine Hand weg, aber es war eindeutig, dass er seine Finger schon oft da hineingesteckt und dafür gesorgt hatte, dass sie vor Lust den Kopf zurückwarf. Damals ekelte er mich an, denn ich kannte und schätzte seine Gattin, aber an die junge Frau dachte ich noch wochenlang: die dicken Augenbrauen, die vollen Lippen, die langen, muskulösen Beine. Ein paar Jahre später, als Aris' Vater ein Buch über zwei Paare und eine Liebesaffäre geschrieben hatte, hatte Minas über ein Jahr lang nicht mehr mit ihm gesprochen und behauptet, er habe Details aus seinem Leben verwertet. Minas hatte sich mit seiner Geliebten für unsichtbar gehalten, dabei waren sie unübersehbar. Jahre später hatte ich Minas danach gefragt. »Jeder weiß alles«, hatte er geantwortet. Wirklich überrascht habe ihn nur, dass Aris' Vater beteuerte, er habe nicht über ihn geschrieben. Sondern über sich selbst.

Ich hatte Mira davon erzählt. Sie hatte den Roman gelesen. »Es ist immer die betrogene Ehefrau, die sich als die Dumme fühlt, aber eigentlich weiß jeder, dass sie von allen Beteiligten die am wenigsten Dumme ist«, sagte sie. Dann schwieg sie, und ich hörte, wie sie sich in ihrem Stuhl bewegte. »Wahrscheinlich geht in einen Roman alles ein, was um einen herum ist. Aber die Dinge, die wir aus Romanen herauslesen«, fuhr sie fort, »zeigen, wie wir uns selbst gerne sehen möchten. Im Übrigen – ist unser Leben tatsächlich so einzigartig?«

Was hält es für uns bereit, abgesehen von den Sünden unserer Väter? Sünden, vor denen wir davonlaufen, bis wir sie schließlich selbst begehen? Obwohl mein Vater nach jenem politischen Skandal von allen Vorwürfen freigesprochen wurde, bleibt die Scham, der Schatten hängt an seinem Namen. Ich habe immer so gehandelt, als habe sein Leben keinen Einfluss auf meines, was natürlich nicht stimmte. Es hat mich zu dem gemacht, der ich bin. Auch wenn ich mich noch so weit habe davontreiben lassen: Er war, er ist wie eine Stadt, die an einer hohen Klippe hängt – unübersehbar.

Ich war all dieser Männer müde, die sich verhielten, als gäbe es keine Konsequenzen. Wahrscheinlich war ich sogar selber einer von ihnen gewesen.

Als ich wieder nach Hause kam, schläfrig nach dem vielen Bier, war mein Vater immer noch nicht da. Ich legte mich aufs Bett, flach auf den Rücken, und ging im Geist erneut das Gespräch mit Aris durch. Mir fiel das T-Shirt ein, das er erwähnt hatte, und ich sprang auf, um die alte Kommode zu durchsuchen. Dort bewahrte ich ein paar Kleidungsstücke auf, meist alte Sachen, die ich zum Schlafen oder am Strand tragen konnte.

Und tatsächlich fand ich das T-Shirt. Ich probierte es an. Mein Tattoo lugte unter dem linken Ärmel hervor, ein Tentakel eines Oktopusses. Ich war damals dünner gewesen. Wie viel von dem jungen Mann, der ich vor der Uni, vor der Marine, vor den Kindern gewesen war, war noch übrig, und was hatte das Kind Aris gesehen? Sah er immer noch den anmaßenden Zwanzigjährigen, der am Strand einen Ball herumkickt?

Ich legte das T-Shirt auf die Kommode. Alte Kleidungsstücke hatte ich immer in meinen Schubladen versteckt, damit Katerina sie nicht entdeckte und wegwarf. Nun würde ich mir darüber keine Gedanken mehr machen müssen. Immer diese letzten Momente – inzwischen häuften sie sich in meinem Alltag.

In den letzten Monaten auf dem Pazifik, kurz vor meiner

Heirat, hatten mich die letzten Momente beinahe gelähmt. Wenn ich über einen geschäftigen Markt in Ho-Chi-Minh-Stadt ging, dachte ich daran, dass ich vielleicht nie wieder hier herumstreifen, nie wieder diese Stände mit den stinkenden, köstlichen Früchten riechen würde; diese Buden, wo ich Stoffe für maßgeschneiderte Hemden kaufte, die ich immer noch besitze, und dafür die Hälfte eines dortigen Monatslohns ausgab. Nie wieder würde ich den speziellen Singsang der Sprache hören, nie wieder den starken Kaffee kosten. Wahrscheinlich würde ich auch nie wieder die stille Ruhe Kyotos erleben, wo niemand eine Hupe benutzt; oder in den spektakulären Hafen von Shanghai einlaufen. Diese Orte zum letzten Mal zu sehen – wenn auch mit meinen touristischen Augen –, tat so weh, dass ich wie gelähmt war und in manchen Häfen kaum meine Kabine verlassen konnte. Meine Crew ging zum Abendessen, und ich sagte, mir sei nicht gut oder ich hätte noch Arbeit zu erledigen. In Casablanca verliebte ich mich – einzig und allein, wie ich jetzt merke, weil ich wusste, dass es ein letzter Moment war – in eine Reisende aus London mit irischem Vater und ägyptischer Mutter. Es geschah nichts zwischen uns, jedenfalls nicht körperlich, aber ich dachte sogar während meiner Hochzeit an sie, und als der Arzt, der den Zwillingen auf die Welt half, die gleichen Korkenzieherlocken und perfekten Augenbrauen hatte, wühlte in mir das Gefühl, eine letzte Gelegenheit verpasst zu haben. Auch heute empfinde ich es wieder, so als würde ich in die Eingeweide des Schiffes hinuntersteigen, in den Schlupfwinkel des Maschinenraums, wo sich die schweren Türen hinter mir schließen. Licht aus.

*

Ich habe von Aris und Mira geträumt, aber nur Aris' Gesicht war deutlich zu sehen. Mira war wie eine Figur aus einem Buch, von der ich eine zwar lebhafte, aber unvollständige Vorstellung hatte – langes Haar, eine Schulter, ihr Handgelenk mit Armreifen daran. Mein Abend mit Aris verschmolz mit unserer Begegnung in der Taverne in Exarchia. Ich stellte mir vor, wie sie vorüberging und uns dort sah. Vor meinem geistigen Auge sah ich Aris aufstehen und sie durch die Menge verfolgen. Ich sah seine Gereiztheit und ihren Zorn. Ihre Lippen trocken von der Hitze, ihr Blick anklagend; die Wange, auf der noch schwach ein rosafarbener Fleck zu sehen war. Er berührte ihre Haare und dann ihre Hüfte und führte sie von der Straße zu einem Postkartenstand und einem Kiosk, wo sie eine Flasche Wasser kaufte, einen großen Schluck nahm und sich anschließend Kinn und Hals mit dem Handrücken abwischte. Sie hatte etwas Wildes, Unberechenbares. Während sie miteinander sprachen, sah sie ihm nicht in die Augen. Wie er ihr Haar berührte, bevor sie sich trennten, wie es sich salzig und strohig anfühlte, wie ihr Rücken sich durch die Menge von ihm entfernte.

Natürlich hatte ich nichts dergleichen gesehen. Ich hatte es mir einfach so vorgestellt. Ich hatte die beiden nur zweimal zusammen gesehen. Das erste Mal an jenem Abend in der Taverne, an dem sie schnell hinter dem Rankgitter auf die Straße verschwunden waren. Und dann wieder, als ich sie von meinem Athener Balkon aus beobachtete. Und doch erinnerte ich mich an diese Einzelheiten, als würde ich *seine* Erinnerung heraufbeschwören. Als wäre ich er. Als wäre ich dort gewesen.

Leise ging ich hinaus auf den Balkon meines Vaters und blickte auf das mondbeschienene Tal.

11

MIRA

Nefeli erschien nicht zu ihrer eigenen Vernissage. Weder dankte sie für die Blumen, die wir ihr an dem Morgen geschickt hatten, noch reagierte sie auf unsere Nachrichten, so als würde die Ausstellung, an deren Vorbereitung sie so hart gearbeitet hatte, gar nicht stattfinden.

Als ich im Museum eintraf, standen draußen Gruppen von Menschen, die sich unterhielten und rauchten. Ich fand Fady, Dimitra und die Kinder. Leila hatte sich angezogen, als wäre sie selbst eine junge Künstlerin: schwarze Kleidung, dunkle Brille. Rami steckte in Jeans und einem gebügelten Paisley-Hemd. Dazu trug er eine blaue Sportjacke. Seine Haare waren mit viel Chemie gestylt (ohne Zweifel Leilas Werk), und er hatte eine neue Brille mit schwerem Rahmen, wie Fady sie trug.

»Hey, du Hübscher«, sagte ich, und Rami grinste mich breit an. Ich machte ein Foto von Fady und Rami, die sehr ernsthaft in die Kamera blickten.

An einer Seitenfassade des Museums stand in einem Dutzend Sprachen WILLKOMMEN geschrieben. Das war zwar nicht Nefelis Werk, aber eine interessante Ergänzung – all diese Ernsthaftigkeit. Ihre Installation umfasste ein Dutzend knallrote Megafone, jedes in der Größe eines alten Telefonhäuschens oder eines Kiosks, die den Gehweg vor dem Gebäude und die Straße säumten. Ich wusste nicht recht, woraus sie gemacht waren – wahrscheinlich Holzrahmen mit bemalten Außenseiten aus Pappmaché. In jedem befand sich eine Kamera, die das Treiben auf der Straße filmte und die Bilder auf mehrere Leinwände in einen Raum im Museum übertrug. Ein paar weitere Megafone standen über die Stadt verteilt: in der Nähe der Universität, an einem Platz in Petralona und außerhalb der U-Bahn-Station Viktoria. Die aktuellen Straßenimpressionen wurden historischem Nachrichtenmaterial gegenübergestellt. In dem Projekt ging es um Überwachung und Protest und um die Verzerrung von Zeit und Ton – die Manipulation von Geräuschen durch die Zeit. Und, wie Fady ergänzte, um die Stille des gegenwärtigen Moments. Die Megafone, deren Schalltrichter auf den Gehweg hinausgingen, fingen Bilder ein, anstatt Töne zu übertragen.

Während ich die Megafonreihe abging und mich unter die Gäste mit ihren Cocktails mischte, fragte ich mich, wer uns drinnen beobachtete. Welchen historischen Moment dieser, den ich gerade erlebte, überlagerte. Irgendwo in dem Museum spazierte ich durch die Zeit.

Auch die Innenräume des Museums waren gut besucht, und die Stimmung war trotz Nefelis Abwesenheit feierlich. Trotzdem behielten wir die Tür im Auge, ob sie doch noch auftauchte. Leila und Rami schlenderten vor uns her, während Fady und Dimitra mich einigen Freunden vorstellten. Als ich Rami von hinten sah, bemerkte ich das Gebetskettchen in seiner Gesäßtasche.

Irgendwann klinkte ich mich aus dem Gespräch aus. In einem Raum stand in einer Ecke eine Schar junger Künstler, die Nefeli bewunderten; um ihre Kirchenmalereien auf der Insel, auf der sie als Studentin während der Militärdiktatur im Exil gelebt hatte, war in letzter Zeit ein kleiner Kult entstanden. Eines der Bilder war ein Selbstporträt, das Leila eingehend betrachtete. »Selbstporträts kann man erst mit über fünfzig malen«, hatte Nefeli immer zu mir gesagt, obwohl im Laufe ihres Schaffens, wie sie zugab, viele entstanden waren. Werke, die, wie sie sagte, eher von Egozentrismus als von Durchsetzungskraft zeugten. Auf diesem Bild hier hatte Nefeli blaue Augenbrauen, und wenn man genau hinsah, erkannte man, dass es eigentlich Skorpione waren.

In einem anderen Raum befanden sich die Klanglandschaften, an denen Fady mit Nefeli gearbeitet hatte. Sie schalteten sich ein, wenn man daran vorbei durch den scheinbar leeren Raum ging, wobei die Töne an manchen Stellen klar und deutlich waren, an anderen überlagert – dabei spielten Klangkegel eine Rolle. Dort entdeckte ich Rami, der langsam hin und her ging, und wir lauschten gemeinsam dem Lachen, den Geräuschen spielender Kinder und dem scheppernden Klang der *paliatzis*, den Rufen der Männer auf dem *laiki*. High Heels auf Marmorboden, das Quietschen und Rumpeln der U-Bahn. Protestlieder und Kirchengesänge.

Nach ungefähr einer Stunde verkündeten Fady und Dimitra, sie wollten jetzt gehen – die Kinder mussten Hausaufgaben machen –, aber ich blieb noch. Eine Unruhe hatte sich meiner bemächtigt, weil Nefeli nicht auftauchte, und ich hoffte immer noch, sie zu sehen, auch wenn ich im tiefsten Inneren wusste, dass dies nicht der Fall sein würde. Ich ging noch ein paar Mal durch die Galerie. Die Klanglandschaften hatten es mir besonders angetan. Ich fragte herum, aber es hatte sie immer noch niemand zu Gesicht bekommen. Im Grunde war mir klar, dass ihre Abwesenheit Teil der Ausstellung war.

Ich hielt mich gerade im größten Galerieraum auf, dem mit den Bildschirmen für die Megafon-Bilder, als Dimitra,

Fady und die Kinder draußen an den Installationen vorbeigingen. Rami sah lächelnd auf seine Schuhe hinunter, während Leila gestikulierend etwas erzählte. Dann blieben alle gleichzeitig stehen und blickten auf etwas, das nicht im Bildausschnitt lag. Ich verspürte einen Anflug von Sehnsucht nach etwas, das ich nicht benennen konnte. Das Gefühl, es würde mir etwas fehlen.

Auf dem Bildschirm sah ich Dimitra sprechen, ohne ihre Worte zu hören, während Fady und Leila und Rami aufmerksam zuhörten und alle die Köpfe zur gleichen Seite neigten. Interessant an diesen Bildern war, dass der Hintergrund sich ständig veränderte; man sah zwar dieselben Bilder, aber nie in derselben Reihenfolge. Fady sagte, Nefeli habe das Filmmaterial so programmiert, dass es sich ständig neu zusammensetze. Jetzt erkannte man im Hintergrund die Panzer vor der Technischen Universität, dann wieder eine Szene aus Südafrika zur Zeit der Apartheid. Anschließend Bilder von Hunderten bosnischer Flüchtlinge auf einer unbefestigten Straße.

Und dann war da plötzlich Nefeli. Sie stand so nah an einer der Kameras, dass nur sie allein auf dem Bild zu sehen war. Aber ich merkte, dass ich keine Ahnung hatte, *wann* das gewesen war, denn wenige Augenblicke zuvor hatte ich zu meiner Verwunderung mich selbst gesehen. Erst sah ich Fady, Dimitra und die Kinder davongehen, und dann zeigten die Bilder mich, wie ich mit ihnen eintraf. Da das an diesem Abend auf dem Gehweg gefilmte Material mit dem historischen Material vermischt und in zufälligen Fragmenten eingeblendet wurde, konnte man nie recht sagen, ob das, was man gerade sah, sich draußen vor einer Stunde oder vor zehn Minuten abgespielt hatte. Das Bild von Nefeli konnte also früher an diesem Abend entstanden sein oder Wochen zuvor, als sie die Installation ausprobierte. Vielleicht aber auch gerade eben erst.

Ich hatte es relativ gut geschafft, nicht zu viel über all die Abwesenheiten – die derzeitigen und die bevorstehenden – nachzudenken, aber in der Stille der Videoinstallation, vor diesem großen Bildschirm, *spürte* ich sie. Wir haben unsere Wunden und unsere Wünsche und sie schlingen sich um uns wie eine sich zerfasernde Metallskulptur, wie Stacheldraht.

Auf dem Nachhauseweg ging ich an Nefelis Atelier vorbei. Die Straße war dunkel, nur aus den Fenstern des Ateliers drangen leise Musik und Licht, als wären einzig die Dinge, die sich in diesem großen Raum mit den hohen Decken, innerhalb dieser alten Mauern befanden, wirklich von Bedeutung. Nefeli arbeitete immer noch hart, ein Wettlauf mit der Zeit.

TEIL ZWEI

12

MIRA

Als der Juni in Griechenland Einzug hielt, war es, als kehrte ein treuer, aber häufig abwesender Liebhaber zurück. Die Kälteperiode Anfang Mai, die mich empfangen hatte, wurde nun durch eine frühe Hitzewelle ausgeglichen. Wir empfanden die Wärme zunächst als belebend, die Erschöpfung kam erst später. Sonntags gingen wir schwimmen, blieben bis zum Sonnenuntergang am Strand und saßen, wenn wir wieder daheim waren, auf irgendeinem Balkon, als wollten wir den Tag nicht enden lassen. Die Temperaturen gingen in die Höhe. Wir zählten, wie oft wir Schwimmen waren. Ich überlegte, den Kapitän einzuladen, uns einmal zu begleiten, doch ich tat es nicht. Er würde bald wieder abreisen, aber ich fragte nicht nach dem genauen Zeitpunkt.

Athen fühlte sich vertraut und fremd und heiß an. Die Stimmung wechselte zwischen trotzig und freudlos. Immer noch landete eine erschreckende Anzahl von Flüchtlingen an den Stränden, so häufig, dass es zu einer traurigen Normalität wurde, zu einem Bestandteil der griechischen Realität. Gleichzeitig wurde nicht darüber berichtet. Der Zirkus der US-Politik dominierte im Ausland die Schlagzeilen, ebenso in Griechenland. Die Griechen indessen waren weiterhin überfordert, und die internationalen Medien wussten dazu nichts zu sagen. Im Internet wurden oberflächliche Nachrichtenbeiträge über die »Krise« veröffentlicht, die auf Dumpfheit hindeuteten. Es gab eine Flut von Suiziden: Eine Frau erschoss sich auf einem öffentlichen Platz, ein

Paar sprang von einem Balkon. Ich traf mich mit einer alten Freundin, die ihren Job verloren hatte; sie wohnte nun wieder bei ihren Eltern in der Nähe von Patras. Wenigstens haben wir das Meer, sagte sie in dem Wissen, dass das nicht genug war. Ein anderer Freund verkaufte die Wohnung seiner Familie an ein deutsches Paar, das sie über Airbnb vermietete; dabei war er der Meinung, Airbnb würde Athen genauso zerstören, wie es mit Barcelona geschehen war. Weiter wollte er mit mir darüber nicht sprechen. Dimitras Schwester zog zu ihrer besten Freundin, und sie gaben im Wohnzimmer Yogaunterricht. Das ist die neue Ordnung der Dinge, sagte sie dazu nur.

Seit der Ausstellungseröffnung war Nefeli noch aufgeregter als sonst. Ständig wollte sie irgendetwas korrigieren, tauchte mitten in der Nacht im Museum auf und bat die Wachmänner, sie einzulassen, rief den Kurator an, damit er Sachen umstellte, rief Fady an, damit er den Ton umarbeitete, und brachte ständig Neues in das Video ein. Nefeli befand sich in einem Zustand permanenter Revision. Es war, als wäre ihre Ausstellung ein lebendiges, wachsendes, atmendes Wesen. Das machte es natürlich nur noch interessanter, und die Menschen kamen alle paar Tage vorbei, um zu sehen, was sich verändert hatte. Sie bekam exzellente Kritiken. Neue Bilder erschienen auf den Bildschirmen: rot-oranger Hintergrund mit den Zeilen eines Poeten, der seit ungefähr zwanzig Jahren tot war: *unsere Flaggen zerfetzt, mit und ohne Wind, das Feuer in unseren Herzen erloschen.* Sie hatte sich vor Jahren mit ihm angefreundet. *Nehmt Wasser mit / die Zukunft wird trocken.*

Und die Aufmerksamkeit war international. BBC brachte ein Feature über sie, und das Filmmaterial, auf dem Nefeli und der britische Journalist durch die Megafon-Reihen wandern, wurde ebenfalls in das Videomaterial integriert. Alle europäischen Zeitungen hatten die Ausstellung erwähnt, einschließlich der Abwesenheit der Künstlerin bei der Vernissage – all das erzürnte die Griechen (wieso bekommt *sie* die Aufmerksamkeit des Auslands?) und erfüllte sie gleichzeitig mit Stolz (sie ist eine von uns!).

Eines Abends fuhr ich mit demselben Taxifahrer, der mich bei meiner Ankunft in Athen nach Hause gebracht hatte. So ungewöhnlich war das nicht, aber es fühlte sich irgendwie bedeutsam an. Er erkannte mich und war gesprächig. Der Name meiner Straße, *Armatolon kai Klefton*, bedeutet übersetzt »Von Kriegern und Dieben«. Das Wort für »Sünder« ist ähnlich wie das Wort »Krieger«, nur zwei Konsonanten stehen an anderen Stellen – und ich glaube, dass selbst in Geschichte bewanderte Menschen, die wussten, dass die *armatoloi kai kleftoi* während der ottomanischen Herrschaft eine Rolle spielten, dazu tendierten, es misszuverstehen. Der Taxifahrer fragte mich, ob ich eine Sünderin sei, und ich wiederholte den Straßennamen. »Ja, ja«, sagte er. »Ich weiß. Aber ›Sünder‹ geht leichter über die Lippen.« Ich zwang mich zu einem Lachen.

Der Fahrer, der vielleicht meinen Akzent hörte, erzählte, er habe viele Jahre in New York gelebt und sich dort komplett neu erfunden, und bei der Rückkehr nach Athen habe er das erneut tun müssen.

Ich kannte dieses Bedürfnis, sich neu zu erfinden. Mein Vater hatte es glänzend hinbekommen. Meine Mutter schaffte es nicht, doch gleichzeitig konnte ihr altes Selbst in der neuen Umgebung nicht überleben. Eine Zeitlang hat sie in diesen ersten Jahren in den USA gegen irgendetwas angekämpft, glaube ich, und war kurz davor gewesen, aus ihrem Körper, ihrer Seele zu entfliehen. Und irgendwann in dem Zeitraum zwischen meinem fünften und zwölften Lebensjahr gab sie auf und begann, ihren Körper zu schädigen, als wollte sie dieses andere Selbst töten. Als ich dann ins Teenageralter kam, nahm sie eine Wildheit in mir wahr, einen Wunsch herauszukommen, fortzugehen. Sie begann zu merken, dass auch ich einen *Körper* hatte. Selbst wenn sie nicht direkt Hass empfand, so doch zumindest Verbitterung, und ich weiß nicht, was schlimmer ist. Sie hatte Griechenland verlassen, weil sie glaubte, dies zu müssen, und sah nun, dass ich mein Zuhause aus freien Stücken verließ – das kränkte sie ebenso wie mein sich verändernder Körper. Das alles erzählte ich dem Fahrer natürlich nicht, aber später am Abend dem Kapitän.

Es herrschte viel Verkehr, und der Taxifahrer konzentrierte sich auf die Straße. Den Rest des Weges legten wir schweigend zurück, nur ein paar Anrufe nahm er entgegen. Als wir vor meinem Haus anhielten, sah er mich im Rückspiegel an. »Sie sind Griechin«, sagte er. »Stimmt's?«

Ich machte mir nicht die Mühe zu sagen »griechische Amerikanerin«. Das konnte er sich ja vorstellen. Ich dankte ihm und stieg aus. Er sagte, ich solle auf mich aufpassen.

In meinen Jugendjahren in Chicago wurde ich nicht selten gefragt: Was bist du? Man wollte eine ethnische Identität hören, und ich habe dem nie viel Bedeutung beigemessen; dort, wo ich heranwuchs, kam jeder irgendwo anders her, es stand also eher Neugier als Kritik hinter der Frage. Aber sie hatte auch einen rassistischen Touch. Mir ist das hier in der U-Bahn selbst passiert: Ich sah Teenager, die höchstwahrscheinlich chinesischer oder nigerianischer Abstammung waren, und hielt sie für amerikanische Touristen, bis ich sie Griechisch sprechen hörte und an den typischen Manierismen und Gesten merkte, dass Griechisch wohl ihre Muttersprache war. Und ich habe erlebt, wie Menschen Fadys Hintergrund einzuordnen versuchten. Sie fragten nach seinem Namen und wo er zur Schule gegangen sei, erstaunt über sein elegantes, kultiviertes Griechisch. Er habe in Paris studiert, sagt er dann immer; dort sei er aufgewachsen. Nicht, dass er seine Vergangenheit würde leugnen wollen, aber er setzt sich zur Wehr gegen diese stille Aggression, die voraussetzt, er sei den Leuten seine Geschichte schuldig, eine solide, unveränderliche Identität. Er fühlt sich als Grieche und als Nicht-Grieche, er spricht griechisch, und das muss reichen.

Ich selber weiß nicht, als was ich mich fühlte. Ich fühlte mich nicht als Griechin, als Amerikanerin auch nicht so richtig. Aber ich fühlte mich in meiner Außenseiterrolle wohl. Vielleicht liegt darin eine Aufgabe, die das Amerikanisch- oder Weiß-Sein in sich birgt: das Gefühl zu entwickeln, man könnte überall hingehen und hingehören. Als Griechisch-Amerikanerin fühlte ich mich auf keinen Fall. In Chicago hatte ich das nur mit der Kirche und der Griechischen Schule in Zusammenhang gebracht. Nachdem meine Mutter eine Theaterprobe erlebt hatte – ein Stück, mit dem ein historisches Ereignis gewürdigt wurde, bei dem wir uns zu Tode stürzten –, wurde sie wütend. »Ich will nicht, dass das Dorf mir folgt«, sagte sie und zerrte mich hinaus, bevor ich Gelegenheit gehabt hätte, von der Bühne zu springen, worauf ich mich wirklich gefreut hatte. Als wir daheim waren, nahm sie einen Waschlappen und schrubbte alles Make-up von meinem Gesicht. Meine Mutter, die so viel Angst hatte, abgelehnt zu werden, war immer die Erste, die ihre Ablehnung kundtat. Sie und Nefeli waren sich in vieler Hinsicht ähnlich.

Einmal fragte ich sie nach einer Diskussion mit meinen Freunden – wir alle stammten von Einwanderern ab oder waren selbst eingewandert aus der Ukraine, dem Libanon, Indien oder Korea –, ob wir weiß seien. Sie antwortete ohne Zögern. »Nein«, erklärte sie, als wäre ich eine Idiotin. »Wir sind Griechen.« Die eigentliche Frage beantwortete sie nicht, und ich beließ es dabei.

»Ich könnte den Rest meines Lebens mit dem Versuch zubringen, sie zu verstehen«, erzählte ich dem Kapitän.

»Hast du nie über sie geschrieben?«, wollte er wissen.

Ich erklärte, ich hätte nur über Menschen geschrieben, die mir explizit die Erlaubnis dazu gegeben hätten. Menschen, die ich unter dem Vorwand kennengelernt hatte, über sie zu schreiben. Bei diesen Worten fühlte ich mich ein wenig unwohl.

Er schwieg einen Moment. »Du lernst sie also nicht *wirklich* kennen. Nur das, was sie nach außen zeigen.«

Ich stützte den Kopf in die Hände. Plötzlich fühlte ich mich benommen, schwindelig. Ich konnte nicht länger als Codierschlüssel für die Geschichten anderer Menschen dienen – nicht im akademischen Kontext. Es war zu schwierig, nicht zuzugeben, dass ich den leeren Raum verändert hatte. Auch Zuhören ist nichts Passives, aber ich tauchte ja nicht einfach auf und hörte zu. Ich verbrachte Wochen, Monate, sogar Jahre damit, Beziehungen aufzubauen. Wenn ich dann mit dem mündlichen Erfragen der Geschichten fertig war, waren jene Dinge, die dabei zwischen uns passierten und mir in Erinnerung blieben, die wichtigsten: ein wissender Blick, den wir tauschten, der lange Prozess des Aufbaus von

Freundschaft und Vertrauen, die Augenblicke des Lachens und Weinens. Eine tröstende Hand, eine politische Auseinandersetzung, ein unangemessener Druck, ein überraschender Verlust. Das waren die Dinge, über die ich schreiben wollte. Meine eigenen Eltern, die die Militärdiktatur ebenfalls erlebt, anschließend geheiratet und mich bekommen hatten, um schließlich fünf Jahre später Griechenland zu verlassen, erwähnte ich nie.

Ich bin sicher nicht die Erste, die so empfunden hat, aber inzwischen belastet es mich. Für meine Dissertation trug ich Geschichten aus der Junta-Zeit zusammen, und für mein erstes Buch speziell die Geschichten von Frauen, die Gefangenenlager überlebt hatten, bis hin zu Sympathisantinnen für das Regime. Ich bin froh, dass ich es geschrieben habe. Aber all diese Geschichten zu sammeln, zu ordnen und herauszugeben, war mehr Kunst als Wissenschaft. Darum freute ich mich so, als Swetlana Alexijewitsch den Nobelpreis für Literatur erhielt. Damit wurde anerkannt, dass in dem, was wir tun, die Phantasie eine genauso große Rolle spielt wie bei der Arbeit eines Romanciers, dass wir mit all diesen Stimmen leben, sie mit uns herumtragen – ein Ohr in Menschengestalt, wie sie sich selbst bezeichnete.

Die Zikaden waren laut, aber im Viertel war es ruhig, heiß. »Ist das nicht bei jedem Kennenlernen so?«, sagte ich schließlich. Die Wand zwischen unseren Balkonen, die eine Art Nähe zugelassen hatte, empfand ich in diesem Moment als grausam. Ich hätte gern seine Hand auf meiner Schulter gespürt. Ich hätte ihm gern in die Augen gesehen.

»Kann schon sein«, sagte er.

»Wenn ich über meine Mutter schreiben würde, wüsste ich nicht, wo ich anfangen sollte.«

»Hast du das nicht schon? Angefangen.«

»Hm, ja, wahrscheinlich schon.« Ich wünschte ihm eine gute Nacht, aber statt schlafen zu gehen, ging ich aus dem Haus, streifte eine Weile durch Exarchia, fühlte mich zerbrochen und empfand für die ganze Stadt eine Zärtlichkeit, als würde sie – mit all ihren Teilen – zu mir sprechen.

*

Seit der Eröffnung ihrer Ausstellung war Nefeli noch nicht wieder zu sich gekommen. Wenn ich anrief, während sie schlief, reagierte sie gereizt. Wenn ich nicht anrief, ärgerte sie sich noch mehr. Sie arbeitete und arbeitete und verschwand dann auf die Insel, brach den Kontakt ab, als müsste sie erst einmal nachwachsen oder sich wiederherstellen.

Sie aß nicht richtig und hatte einen trockenen, unaufhörlichen Husten, sprach aber davon, wieder Yoga zu machen oder mit dem Joggen anzufangen. Sie wirkte dabei derartig überzeugt, dass ich es ihr fast zutraute. Die Stadt, die Proteste, die ausweglose Situation der Flüchtlinge – alles Dinge, die sie zutiefst bewegten –, es wurde ihr alles zu viel. Die Krise verschwinde von der Weltpanikbühne, nicht aber in Griechenland selbst, sagte sie. Wie wird uns das alles noch bestimmen, wollte sie wissen.

Die eingebildete Krise, nannte sie es.

Eines Nachmittags gingen Dimitra, Fady und ich sie besuchen. Als wir eintrafen, sah sie nicht gut aus, und sie scheuchte uns sofort aus der Wohnung. Wir fragten, ob sie gegessen habe, und sie log und sagte ja. Doch an diesem Tag wollte sie offenbar unbedingt ausgehen. Dimitra schlug eine nahe gelegene traditionelle Taverne vor, die Nefeli liebte. Auch mein Vater hatte sie gern aufgesucht, und als Kleinkind war ich mit meinen Eltern oft hier gewesen und mein kleiner Kinderwagen hatte vor der Tür geparkt. Es gibt sogar ein Bild von mir, wie ich an meinem dritten Geburtstag in einem grünen Kleid auf einem Stuhl posiere, eine Papierkrone auf dem Kopf, während meine Eltern lachend hinter mir stehen. Nefeli war hier schon Stammgast, bevor ich geboren wurde, es war der erste öffentliche Ort gewesen, wo sie nach ihrer Rückkehr aus dem Exil mit noch nicht einmal neunzehn Jahren gegessen hatte. Vielleicht würde es mir anschließend gelingen, sie zu überreden, sich hinzulegen.

»Nein«, sagte sie, »das ist ein Ort für den Winter.« Ich wusste, dass etwas Anderes dahintersteckte. Stattdessen schlug sie ein vegetarisches Restaurant am Syntagma-Platz vor, das von einer jungen Griechin und ihrem afghanischen Mann geführt wurde – freundliche, entspannte, unglaublich schlanke, glühende Yoga-Leute, die immer herzliche Worte fanden. Es war tatsächlich ein toller Ort, aber weit weg, die U-Bahn streikte noch immer, zum Laufen war es zu weit, und aus irgendeinem Grund weigerte sich Nefeli, mit dem Taxi zu fahren. So suchten wir schließlich ein kleines kretisches Lokal eine Straßenecke weiter auf.

Draußen quoll aus einem Sack Müll auf den Gehweg. Nefeli fluchte, trat einen Saftkarton die Straße hinunter, und ihr Fuß verfing sich in einer Plastiktüte. Ein junger Mann, der an uns vorbeiging, bedachte sie mit einem bösen Blick und verzog höhnisch den Mund.

Ich bedeutete Fady und Dimitra, sich hinzusetzen. Er wählte einen Tisch, und Nefeli folgte ohne Widerstand. Sie stützte den Kopf in die Hände. »Nichts verändert sich«, sagte sie. Ihre Stimme klang erstickt, verzweifelt. Fady warf mir einen raschen Blick zu, und meine Eingeweide krampften sich zusammen. Er deutete auf eine Tafel, die auf dem Gehweg stand: REGIONALE LEBENSMITTEL. LOCAL DRINKS. VEGETARISCH.

»O doch. Ganz im Ernst«, sagte er.

Ich hatte mein Bier schon ausgetrunken, bevor die ersten Speisen serviert wurden – Dakos-Salat, kleine, mit Myzithra-Käse gefüllte Pasteten, Pommes frites –, und bestellte gleich ein zweites. Dabei warf ich einen Seitenblick zu Fady und Nefeli, um zu sehen, ob sie es bemerkt hatten. Ich fummelte mit meinem Handy herum.

»Wenn du das hier fotografierst«, sagte Dimitra und erfasste mit einer Handbewegung den Tisch, »dann stehe ich auf und gehe, das schwöre ich.« Ich glaube nicht, dass ich jemals ein Food-Foto verschickt habe, aber ich entgegnete nichts. Nefeli hingegen lachte, und dafür waren wir alle dankbar. Fady drehte sich eine Zigarette und sagte, wenn man in Lokalen auch draußen nicht mehr rauchen dürfte, würde er auf die Barrikaden gehen. Er rauchte selten. Nefeli stand auf, um drinnen eine Freundin zu begrüßen, und verschwand dann auf der Toilette. Als sie an einem Tisch voller junger Leute vorbeiging, sahen diese ihr nach, bis sich die Tür hinter ihr geschlossen hatte. Selbst die Anarchisten brachte sie durcheinander.

Ich wartete darauf, dass Fady etwas zur Hipsterisierung des Viertels sagte, über den Krisentourismus, aber er schwieg.

Allerdings beobachtete er mich genau. Glaubte er, ich wüsste mehr über Nefeli? War er der Meinung, ich würde zu viel trinken? Beobachteten wir einander alle so?

In der Zwischenzeit hing Dimitras Blick an Nefeli, die sich mit dem Barkeeper unterhielt. Je weniger nah ihr jemand stand, je weniger er über sie wusste, desto mehr taute sie auf. Als Nefeli an unseren Tisch zurückkehrte, flachste Fady ein bisschen mit ihr, doch obwohl sie normalerweise schlagfertig war, reagierte sie kaum darauf.

Wir bezahlten, und Fady ging zurück in die Werkstatt, wo er einen Kundentermin hatte. Er wirkte erschöpft. Ramis neu entdeckte Launenhaftigkeit beunruhigte ihn, und Nefelis Verhalten beschäftigte uns alle permanent. Dimitra machte sich auf zum besetzten Haus, und Nefeli und ich gingen zusammen spazieren. Sie fragte, ob sie mit zu mir kommen und einen Moment auf dem Balkon sitzen könne. Es war zu heiß für den Balkon, wo meine Wäsche derzeit in Minutenschnelle trocknete, aber ich sagte ja. In meiner Wohnung war es sogar ohne Klimaanlage relativ kühl und dunkel. Ich schaltete den Deckenventilator ein, und mir kam in den Sinn, wie ich nach meiner Ankunft hier gefroren hatte.

Eine Weile starrte sie wie eine Katze durch die Durchreiche ins Wohnzimmer. Schließlich legte sie sich aufs Sofa und schlief ein. Ich fühlte mich ruhig, dass sie da war, so, als würde ich sie beschützen. Immerhin hatte Nefeli sich lange um mich gekümmert.

Als ich einen dumpfen Schlag hörte, sah ich nach ihr, doch es war nur ihr Telefon aus der Tasche gefallen. Ich hatte inzwischen weitere Bilder aufgehängt, die ich im Schrank gefunden hatte, die übrigen aus der Serie mit der Kirche auf der Insel, und sie schlief unter dunklen Farben, versetzt mit ägäisch-blauen Elementen. Als ich mit fünfzehn Jahren einmal hier zu Besuch war, hatte ich diese Bilder erstmals mit Nefeli in Verbindung gebracht, eine Verbindung, die auch jetzt noch schwer vorstellbar war. Andere Bilder, die mit den Frauen, bewahrte ich im Schrank auf, weil ich irgendwie befürchtete, sie könnten sie durcheinanderbringen. Aber das ist nicht der Grund, warum es für mich schwierig ist, diese Bilder der jungen Künstlerin Nefeli mit der Frau in Zusammenhang zu bringen, die nach meiner Ankunft nach mir sehen kam, der Frau, mit der ich auf dem Mavili-Platz Bier trinke. Wenn man jemanden so gut kennt, ist es schwer, auch sein öffentliches Selbst anzuerkennen. Heute sehe ich Aris' Namen in der Zeitung, der aufsteigende Stern in seiner Partei, und lese das mit leidenschaftslosem Interesse, während sich gleichzeitig meine Eingeweide zusammenkrampfen. Selbst in meinem Fall ist die Person, die mündlich erfragte Geschichten verfasst und Essays veröffentlicht, nicht die gleiche wie jene, die nun diese Worte aufschreibt. Sie ist gar nicht wirklich da.

Mit ihrer Ausstellung, die eine Retrospektive mit neuen Arbeiten verknüpfte, wollte Nefeli Zeit als etwas definieren, das nicht *jetzt* war: gestern, morgen, letztes Jahr. Ihr Zorn an jenem Tag war eine Art Vorahnung, ein Blick in eine Zukunft, die wir nicht sehen wollten. Oder in eine Zukunft, die wir sehen, aber nicht verändern konnten.

Am frühen Abend wurde Nefeli wach, und ich machte Tee, und als ich mit dem Tablett an den Tisch zurückkam, starrte sie auf das Bild, als hätte sie es vorher nie bemerkt. Ich wartete darauf, dass sie etwas sagte, doch sie schwieg. Wir tranken unseren Tee, und sie schlug vor, spazieren zu gehen.

Wir gingen die Straße bergan zum Lykabettus. Nefeli schwieg, bis wir den Eingang zum Park erreicht hatten. »Ich hatte vergessen, dass du diese anderen hast«, sagte sie. »Die Gemälde.«

Ich hoffte, dass keine schlimmen Gefühle bei ihr wach geworden waren: im Zusammenhang mit Haroula oder anderen Geliebten, mit einer Vergangenheit, die nie wirklich Vergangenheit wurde. Aber sie beschäftigte ganz etwas Anderes. »Es gibt so viele Arten, unehrlich zu sein«, fuhr sie fort. »So viele Arten, jemanden zu betrügen.«

Wir gingen durch den Park, wo die Zikaden fast ohrenbetäubend zirpten; sie waren in ihrem eigenen Albtraum gefangen. Nefeli blieb stehen und lauschte. »Sie sterben«, sagte sie. »Darum singen sie.« Sie küsste mich auf beide Wangen. »Ich gehe jetzt nach Hause«, erklärte sie, und als sie um die Ecke verschwand, hatte ich das scheußliche Gefühl, ich würde sie nie wiedersehen.

In gewisser Weise hatte ich damit recht.

Zurück in meiner Wohnung, fiel mir der zarte Duft von Rosenwasser auf, wie meine Mutter es gern verwendet hatte. Unfähig, Nefelis Bilder anzusehen, setzte ich mich ins Wohnzimmer und versuchte zu lesen, ertappte mich aber dabei, dass ich umblätterte, ohne ein Wort aufgenommen zu haben.

In der Nähe begann eine Rockband zu üben. Schrille Gitarrenklänge erfüllten den Hof mit einem Song der Band Metallica, den ich aus meiner Jugend kannte. Darauf folgte eine Heavy-Metal-Version von »Evdokia's Zeibekiko«, das mir ebenfalls aus Kindertagen in Erinnerung war. Meine Mutter hatte mich Evdokia nennen wollen, nach dem Film, und mein Vater war entrüstet gewesen, weil die Protagonistin Prostituierte war. Seit dem Film konnte niemand diesen Namen tragen, ohne dass Assoziationen aufkamen, sagte er, obwohl es ein wunderschöner Name war und bedeutete, »die, deren Taten gut sind«. Stattdessen nannten sie mich Myrto und riefen mich oft beim Kosenamen Myroula. Als wir nach Chicago zogen, stellte sich heraus, dass englischsprechende Menschen mit beiden Versionen Schwierigkeiten hatten, und es wurde Mira aus mir. Doch im Griechischen klingt das wie das Wort »Schicksal«, ein Name, der Unannehmlichkeiten herauszufordern scheint, und meine Eltern nannten mich selten so, Nefeli niemals. Ich hörte aber auf beides.

Ein paar Tage darauf ging ich morgens meine Post holen. Im Flur neben den Briefkästen stand ein großer Karton mit meinem Namen darauf, der nicht verschickt, sondern einfach abgestellt worden war. Ich öffnete ihn und fand darin Spitzenunterwäsche in hellen Frühlingsfarben, in Seidenpapier verpackt; einen Stapel Bücher mit griechischen Gedichten, ins Englische übersetzt; einen Packen alter griechischer Postkarten aus den 1970ern; und eine neue Schachtel mit Postkarten, bedruckt mit Nefelis frühen Gemälden, so wie man sie in einem Museumsladen findet; dazu zwei Packungen Oliven aus Thassos. Die Postkartenschachtel hatte sie geöffnet und auf eine Karte, die das Bild zeigte, das in meinem Wohnzimmer hing, geschrieben: *Für Myrto. N.* Ich rief sie an, um ihr zu danken, aber sie ging nicht ans Telefon. Also schickte ich eine SMS: *Danke, liebe Nefeli. Wofür das alles?*

Ein paar Stunden später schrieb sie. *Nur ein kleines Geschenk.*

*

An diesem Abend endete der Streik der Müllabfuhr, und als die LKW die schmalen Straßen unseres Viertels entlangrasten, stand ich gerade mit Sophia vor ihrem Laden. Die Leute klatschten und jubelten, und die Fahrer winkten wie bei einer Parade. Der Kapitän verfolgte von seinem vorderen Balkon aus das Spektakel. Er winkte uns zu. »Aha«, sagte Sophia.

Fady begann mit dem Bau eines neuen Cellos, das er an einen Musiker in Berlin liefern sollte. Er plante, dort Zeit mit Freunden zu verbringen und an einem weiteren Klangprojekt zu arbeiten, doch mir war klar, dass er vor allem Rami, der mit ihm reisen sollte, nicht einfach zurücklassen wollte. Die Details und die zeitliche Planung waren verwirrend. Fady hüllte sich in Schweigen, und ich wusste, wann ich aufhören musste zu fragen. Immerhin hatte er etwas Kompliziertes und Problematisches zu arrangieren, und das würde eine Zeit dauern. Rami sprach zwar häufig über seinen Bruder, aber nie über Deutschland, so als würden das Land und seine Zukunft dort noch gar nicht existieren. Andererseits konnte ich mir Athen ohne ihn gar nicht vorstellen, und auch ich wollte diese Zukunft nicht sehen, sie war für mich ebenso wenig real.

An diesem Tag herrschte in Haus und Hof eine merkwürdige Stille. Ich stand auf meinem Balkon und fragte mich, was der Kapitän wohl gerade tat. Ich wusste, dass er bald abreisen würde, und mir schien er in letzter Zeit ein bisschen distanziert, reserviert – aber vielleicht war ich das auch selbst. Zwei Tage lang ging ich nicht aus dem Haus. Dimitra schrieb, im Parlament sollte wieder eine Abstimmung stattfinden, aber gerade hatte man das Gefühl, als hätten die Zeitungen einfach den letzten Bericht darüber erneut abgedruckt. Gefangen in einem Teufelskreis.

Im besetzten Haus heftete sich in dieser Woche ein kleines Mädchen an meine Seite, wenn ich unterrichtete. Es war das Kind, dem Rami beim Augenarzt die Hand gehalten hatte. Obwohl sie drei, vielleicht auch schon vier Jahre alt war, sprach sie nicht. Ihr Vater war mit ihr dort, allerdings hatte ich ihn noch nie zu Gesicht bekommen; viele der Männer ließen sich nicht blicken, wenn wir da waren. Sie hörte zu und nickte, und im Englischunterricht merkte ich, dass sie die Wörter lernte. Sie deutete auf die Fotos, wenn ich sagte »Katze« oder »Wasser« oder »Haus«. Sie malte Häuser, immer und immer wieder. Eines Tages bastelten einige Freiwillige außerhalb des Klassenzimmers mit den anderen Kindern Papierkronen. Sie kam herein, um mir ihre zu zeigen, und ich sagte »Krone!«. Und sie nickte ganz stolz und zeigte auf mein Handy. Wir machten ein Foto. Rami liebte sie ebenfalls, und wenn er Arabisch mit ihr sprach, strahlte sie. Als ich Rami fragte, ob sie mit ihm spreche, verneinte er, sie habe seit ihrer Ankunft kein Wort geäußert. Er zeichnete für sie einen Frosch, ein Haus, eine Blumenwiese, und sie marschierte mit den Bildern stolz auf dem Hof herum. Dann setzte sie sich mit ein paar Buntstiften hin und malte die Linien aus. Rami erlaubte ihr immer, ihre Fingernägel bunt anzumalen.

Anschließend brachte ich Rami zurück zu Dimitra und Fady. Dimitra und ich setzten uns in die Küche und tranken Kaffee. »Glaubst du, Rami möchte hierbleiben?«, fragte ich. »Bei dir und Fady und Leila. Und im Herbst die amerikanische Schule besuchen.«

»Er hat Verwandte in Deutschland.«

»Ich weiß. Aber nicht seine Eltern.«

»Nein, aber seinen Bruder. Die Cousine seines Vaters, ihren Mann. Immerhin *Verwandte.*«

Ich entgegnete nichts.

Dimitra schlug mit der Hand auf den Tisch. »Teufel noch mal, Mira«, sagte sie. »Wir können das Kind nicht einfach für uns beanspruchen. Er gehört zu keinem von uns. Er ist nicht mein Sohn und auch nicht Fadys, und Leila ist nicht seine Schwester.«

Aber Leila war *wie* eine Schwester. Für mich *waren* sie eine Familie. »Schon gut, tut mir leid. Ich wollte dich nicht aufregen. Hatte bloß laut gedacht.«

»Manchmal bist du wirklich ein Kind der ersten Welt. So typisch *weiß*. Du glaubst, für alles eine Lösung parat zu haben.«

»Habt ihr darüber denn nicht nachgedacht?« Ich dachte an Fadys Begeisterung, wenn Rami mit ihm ein Fußballspiel anschaute. Daran, wie sie alle zusammen auf dem großen Sofa gut zugedeckt Filme guckten, und an Fadys spezielles Popcorn.

»Genug«, sagte Dimitra. »Themawechsel, bitte.«

*

Als ich nach Hause kam, hatte ich das Gefühl, etwas vergessen zu haben, und beim Öffnen der Wohnungstür fiel es mir wieder ein: Der Kapitän reiste ab, um auf der Insel den Sommer mit seiner Familie zu verbringen. »Den Kindern zuliebe«, hatte er ein paar Abende zuvor auf dem Balkon gesagt, als verdiente ich eine Erklärung. »Katerina hat sie früher aus der Schule genommen«, fügte er für den Fall hinzu, dass ich mich wunderte. Sie kamen wieder nach Griechenland. Seine Frau hatte ein paar Wochen Urlaub und würde anfangs dabei sein, doch wenn sie nach Brüssel zurückkehrte, blieb er mit den Kindern auf der Insel.

Ich eilte nach Hause, sprang die Treppe hinauf, ging auf den Balkon und lauschte. Auf meiner Seite der Trennwand klebten ein paar Post-it-Zettel. Offenbar hatte er herübergegriffen und sie dort hingeklebt.

Mira. Ich muss los. Bis bald.

Auf dem zweiten stand seine Telefonnummer. Ich hatte den gelben Zettel, auf dem er sie mir anfangs notiert hatte, noch in der obersten Schreibtischschublade, ein Überbleibsel jener ersten Begegnung wegen der Heizung. Jetzt kam mir das Papier vor wie ein surreales Angebot.

Auf dem dritten stand δύναμη! *Kraft.* Es war mit einem andersfarbigen Stift geschrieben, und daneben hatte er ein albern grinsendes Gesicht gemalt, entzückend, gerade weil das so gar nicht zu ihm passte. Ich ging hinein und klebte alle drei Zettel an die Wand über meinem Schreibtisch. Dann ließ ich mich schwer auf den Stuhl fallen. Meine Lippen zitterten.

Wenige Minuten später klopfte es an der Tür. Besucher von außen musste man erst per Türöffner ins Gebäude lassen, also konnte es nur die Frau aus dem zweiten Stock sein, die sich ärgerte, wenn wir abends die Haustür nicht von innen zusperrten, oder der Hausmeister, der das Geld für die Nebenkosten kassieren wollte – der war allerdings schon vor zwei Tagen da gewesen. Nefeli kam normalerweise mit ihrem eigenen Schlüssel herein und kündigte sich außerdem immer an, wenn auch etwas unwillig. *Myrto, lass mich rein.*

Es war der Kapitän. Er trug Jeans, ein marineblaues T-Shirt und Adidas-Sandalen. Eine alte Reisetasche hing über seine Schulter. Dreitagebart. Neue Brille, dunkelrot. Ich lächelte. Ich sah ihn so selten persönlich, und bei diesem Blick in seinen Kleiderschrank wurde mir warm ums Herz. Ich konnte ihn kaum mit dem Menschen in Verbindung bringen, mit dem ich in der gefährlichen Geborgenheit des Balkons gesprochen hatte.

»Ich habe schon mein Auto beladen, wollte aber noch mal sehen, ob du jetzt daheim bist.«

»Neue Brille«, sagte ich. Seltsam, beim Reden seinen Gesichtsausdruck zu sehen, seine Körpersprache. Er lächelte.

»Möchtest du ein Bier?« Als würde ich ihn jeden Abend hereinbitten.

Er zögerte. »Tut mir leid.« Er dehnte die Worte. »Ich muss los.«

Er blickte zu mir herunter und holte tief Luft. Dann legte er mir eine Hand auf den Kopf, wie um mich zu segnen. »Sei brav«, sagte er und fuhr mit der Hand durch mein Haar, als wollte er es spielerisch zerzausen, doch mitten in der Bewegung überlegte er es sich anders. Es war ein seltsamer Augenblick, dann machte er langsam weiter und strich mir über den ganzen Kopf. Ein angenehmer Schauer lief mir den Nacken und den Rücken hinunter.

Er legte die Hand an meine Wange, berührte meine Nase. »Du hast ein bisschen Sonne abbekommen«, sagte er.

Ich fasste mir an die Nase und lächelte. Die Worte blieben mir im Hals stecken. »Bis bald«, sagte ich.

13

DER KAPITÄN

Katerina und die Kinder kehrten aus Brüssel zurück, und ich traf mich in Kifisia mit ihnen. In den Tagen vor unserer Abreise auf die Insel sprachen wir nicht darüber, unsere Trennung amtlich zu machen. Katerina war zwar nicht ins Wanken geraten, fürchtete aber wahrscheinlich das Urteil ihrer Freunde und Eltern und hatte vielleicht auch Angst vor dem Unbekannten. So eilte es ihr nicht damit, offizielle Schritte zu unternehmen, sondern sie akzeptierte den seltsamen, unklaren Zustand zwischen uns. Obwohl mich das manchmal frustrierte, nahm ich es zeitweise gerne hin. Zwischen uns herrschte eine neue Zuneigung, und wir hatten sogar viel öfter Sex als in den Jahren davor.

Dann kam sie eines Abends, danach, in weißen Pyjamahosen und T-Shirt aus dem Bad und verkündete: »Das heißt aber nicht, dass wir nicht auf die Scheidung hinarbeiten.« Noch hatten wir das Wort nicht ausgesprochen, doch jetzt redete sie von Scheidung, wie andere über einen langen Urlaub oder ein neues Haus sprechen – etwas Aufregendes in unbestimmter Zukunft.

Sie legte sich zu mir ins Bett und fragte, ob ich etwas bereue. Ich fragte, wo ich anfangen solle. Sie lachte. Ich hätte ihr niemals enthüllt, dass die Ehe und dieses Leben nicht dem entsprachen, was ich mir für mich ausgemalt hatte, konnte mir aber eine andere Realität gar nicht vorstellen.

Als ich ihr die Frage zurückgab, wurde ihr Gesicht ernst. »Ich bereue«, sagte sie. »Ich bereue und bereue.«

Ich starrte den Deckenventilator an, und sie setzte sich auf und scrollte durch ihr Handy. Jemand aus Brüssel hatte ihr Fotos geschickt, die sie mir zeigte. Auf einer Nahaufnahme war ihr Profil zu sehen. Sie lachte, ein raues Lachen, das den ganzen Körper erfasste, und mir versetzte es einen Stich, zu wissen, dass sie mit mir nie solche Freude empfunden hatte. Ich merkte an, wie glücklich und jung sie aussah, und sie lächelte. Ich fragte nicht, wer das Foto aufgenommen hatte oder wer am anderen Ende der Nachricht wartete. In einem anderen Leben hätte ich nach dem Absender gefragt, aber dieses Recht hatte ich nicht mehr.

Es ist ein schreckliches Gefühl, mit jemandem zusammen zu sein und dabei an jemand anderen zu denken.

Ich lag da und starrte an die Decke. Etwas an ihren Bewegungen, an ihrem Körper, an der Art, wie sie mir beim Sex die Hüften entgegenreckte, war neu gewesen, ungewohnt. Der ganze Akt hatte etwas Verstörendes, fast Quälendes gehabt.

Eines wurde mir dadurch klar: Sie war verliebt. Bloß nicht in mich.

Später saß ich auf dem Balkon unseres Schlafzimmers, der auf die grüne Straße hinausging, die den Hügel hinauf breiter wurde, um schließlich zu einem kleinen Platz mit großem Brunnen und zwei quirligen Cafés abzufallen. Katerina streckte den Kopf heraus und erschreckte mich. »Ich gehe jetzt schlafen«, sagte sie.

»Ich auch.«

Aber ich zögerte, las noch ein wenig in einem Roman. Als ich schließlich ins Bett kam, drehte Katerina sich zu mir um. »Ich mache mir Sorgen, wenn du allein bist und wir dich nicht mehr an der Leine haben.« Sie verflocht ihre weichen, kalten Beine mit meinen, und so schliefen wir ein. Wer wird je verstehen, was sich in einer Ehe abspielt? Wer könnte das je in Worte fassen?

Ich erwachte mitten in der Nacht vom langgezogenen, klagenden Ton eines Nebelhorns, aber ich war nicht in Meeresnähe, also kam das Geräusch sicher nicht von einem Schiff.

Am nächsten Morgen zog ich mich im ersten Dämmerlicht an und ging joggen. Der Park war voller, als ich ihn an Samstagmorgen in Erinnerung hatte. Plötzlich hatte jeder angefangen zu laufen und blieb dann den ganzen Tag über in diesen Klamotten. Athen glich einer Nike-Werbung. Früher hatte ich den ehemaligen Premierminister hier joggen sehen, in teurem Outfit und mit einem Trupp Leibwächter. Mira hatte mir erzählt, sie habe den gegenwärtigen Premierminister am Lykabettus laufen sehen, zusammen mit zwei Männern und einer Frau in alten Jogginghosen und T-Shirts, und sie hätten ihr zugelächelt und gewinkt. Auf einem weniger frequentierten Pfad bog ich um eine Kurve und erschreckte ein Paar. Sie sahen mich an, als hätte ich sie bei etwas Unerlaubtem ertappt. Ich entschuldigte mich und lief weiter.

Ich lief viel länger als gewöhnlich.

Ich wusste, dass ich dieses Doppelspiel nicht mehr lange durchhalten konnte, und zu Hause angekommen, wollte ich Katerina sagen, dass ich auf der Insel bei meinem Vater wohnen würde, solange sie da war. Wenn sie nach Brüssel zurückfuhr, würde ich zu den Kindern ziehen, damit sie am gewohnten Ort bleiben konnten.

Als ich nach Hause kam, fragten mich die Zwillinge, wie viele Schildkröten ich im Park gesehen hätte, und ich log sie an und sagte, drei. Ich hatte gar nicht Ausschau gehalten.

Ich entschied mich gegen meinen ursprünglichen Plan. Sie sahen alle so glücklich aus. Katerina, immer noch in ihrem weißen Schlafanzug, machte Pfannkuchen. Ich ging an den großen Kühlschrank und füllte mein Glas mit Eis, machte eine Clownsnummer daraus und tat ganz überrascht, als die Würfel zu Boden purzelten.

Katerina blickte abwesend auf, und Ifigenia fragte: »Stimmt was nicht bei dir?« Dann erst merkte sie, dass ich sie zum Lachen bringen wollte.

*

Am Vorabend unserer Abreise auf die Insel bekam ich Teile eines Telefongesprächs mit, das Katerina mit ihrer Schwester Effie führte. Es ging um die EU. Katerina hielt hartnäckig daran fest, dass Griechenland unbedingt Mitglied bleiben sollte.

»Wer weiß, was ohne die EU passieren würde«, sagte Katerina. »Ohne den Euro. Würden wir zu den Drachmen zurückkehren?«

Aus Katerinas Antworten wurde klar, dass Effie anderer Meinung war. So viele Griechen wollten etwas Neues ausprobieren. Das Leiden endlich beenden.

Wissen Sie, ich gebe niemandem die Schuld. Aber in gewisser Weise doch.

Ich sah im Arbeitszimmer allein fern, als Katerina hereinkam und erklärte, sie ginge mit den Kindern ins Kino. Normalerweise hätte sie mich eingeladen mitzukommen, aber wir hatten uns stillschweigend an eine neue Normalität gewöhnt: getrennte Leben unter einem Dach. Sie fragte, ob sie mir etwas zu essen mitbringen solle, aber ich lehnte ab.

Ich war es nicht gewohnt, in diesen Räumen allein zu sein. Sogar den Krach der drei vermisste ich. Ich trat auf den Balkon. Ein paar Häuser weiter veranstaltete jemand ein Fest, der Balkon war mit weißen marokkanischen Lampen dekoriert. Ich dachte an Marokko, an das Ablegen dort und die Fahrt an den Kanarischen Inseln vorbei, so hell und bunt wie aus einem Bilderbuch.

Auf einem anderen Balkon küsste sich ein Paar; in der Nähe spielten ein paar kleine Kinder mit Spielzeug-LKW, während ein älterer Mann, ihr Großvater, eine Zigarette rauchte und auf seinem Handy scrollte. Eine Katze spazierte am Haus vorbei, hielt inne und starrte zu mir her, als wollte sie etwas von mir. Ich fühlte mich unbehaglich, ausgeliefert, und gleichzeitig tief eingebettet in meine Einsamkeit, ihre quälende Gegenwart. Ich vermisste das Meer. Ich ging wieder hinein und schaltete den Fernseher an. In jedem Kanal wurden Leute gezeigt, die einander anschrien oder traurig waren. Oder Autos, die sich schier endlose, lautstarke Verfolgungsjagden lieferten. Das machte mir Angst, und ich schaltete ab.

Nur zwanzig Minuten nachdem die anderen sich auf den Weg ins Kino gemacht hatten, schnappte ich mir den Schlüssel, ging aus dem Haus und fuhr ins Stadtzentrum. Als ich auf dem Parkplatz des Hauses, in dem ich wohnte, anhielt, spürte ich, wie sich meine Eingeweide verknoteten. Ich kaufte ein Bier bei Sophia, die mich angrinste, als wollte sie vertuschen, dass sie in einen Geheimplan verwickelt war. Ich sperrte die Wohnungstür auf und ging, noch in Schuhen, über die alten Böden. Dann öffnete ich die Fenster, um den frühen Abend hereinzulassen.

Ich trank mein Bier auf dem Balkon und wartete.

Und wartete. Ich ging zu Sophia und kaufte ein zweites Bier. Sie unterhielt sich mit dem Besitzer der Karate-Schule in unserer Straße, und ich konnte herein- und wieder hinausgehen, ohne dass sie mir Fragen stellte. Ich kehrte auf meinen Balkon zurück. Wie lange ich warten konnte oder worauf ich eigentlich wartete, wusste ich selbst nicht. Vielleicht war Mira nicht in der Stadt oder sie übernachtete bei einem neuen Freund; vielleicht hatte sie sich entschlossen, ebenfalls auf die Insel zu fahren. In Athen wurde die Hitze langsam unerträglich.

Wenn sie jetzt noch aufgetaucht wäre, hätte ich ohnehin gehen müssen. Im Samstagabend-Verkehr würde ich nach Kifisia ziemlich lange brauchen. Und ich hatte mein Glück schon überstrapaziert. Wenn Katerina und die Kinder vor mir zu Hause waren, würde ich ihnen sagen, ich sei zum Abendessen in die nahe gelegene Taverne gegangen.

Als ich das Haus verließ, begegnete mir Nefeli. Ich hatte zwar ihre Ausstellung besucht, sie selbst aber seit Jahren nicht gesehen. In meinem Kopf hatte ich sie als die Endzwanzigerin abgespeichert, die sie zu meiner Teenagerzeit gewesen war. Damals hatte ich sie in Athen oft mit meinem Vater zusammen getroffen. Besonders gut erinnere ich mich an eine Zeit, in der ihr Gesicht von den Spuren des Zwangsexils geprägt war. Es war Winter, ihr schwarzes Haar war damals länger, als ich es je bei einer Frau gesehen hatte, und sie trug einen dicken weißen Rollkragenpullover und ein breites Stirnband. Unter all den Schichten sah sie klein aus, zerbrechlich, aber sie lächelte mich an und berührte meine Wange. »Weiß deine Mutter, dass du draußen bist?«, fragte sie. Sie nannte mich schon »kleiner Kapitän«, als ich noch längst nicht Kapitän war, aber mein Großvater war auch

Kapitän gewesen und hatte es, wie ich glaube, als Verrat empfunden, dass mein Vater in die Politik gegangen war. Vielleicht wählte ich dieses Leben unbewusst als eine Art Wiedergutmachung für die Sünden meines Vaters. Mein Vater empfand das natürlich, wie alles andere auch, als Kränkung.

»Hast du Myrto heute schon gesehen?«, fragte sie.

Ich hatte nie jemanden sie bei ihrem griechischen Namen nennen hören. »Heute noch nicht«, erwiderte ich. *Leider.*

»Ich brauche etwas aus ihrer Wohnung«, sagte sie. »Aber ich habe einen Schlüssel«, fügte sie hinzu. Immerhin hatte sie jahrelang dort gelebt.

»Wie geht es meinem Vater?«, fragte ich. Obwohl ich fast eine Woche auf der Insel gewesen war, hatte ich ihn nicht zu Gesicht bekommen. Minas hatte mir versichert, es gehe ihm gut und er halte sich derzeit in Nefelis Berghütte auf. Ich hatte angenommen, sie sei auch dort, aber jetzt war sie hier.

Sie sah besonders verletzlich aus, und ich verspürte plötzlich Zärtlichkeit für sie. »Es geht ihm gut«, sagte sie, aber ich glaubte ihr nicht. Das muss sie wohl bemerkt haben, denn sie fragte, ob mir klar sei, was mit ihm geschehe. »Sein Geist ist nicht mehr wie früher. Aber wir verstehen einander. Wir teilen die gleichen Ängste«, sagte sie.

»Die gleichen Ängste«, wiederholte ich in der Hoffnung, sie werde mehr ins Detail gehen. Sie tat es nicht. Ich sagte ihr, ich würde wieder auf die Insel fahren, diesmal für den ganzen Sommer. Sie erklärte, dass auch sie bald wieder hinwolle. Und wahrscheinlich dortbleiben werde.

»Bis zum Winter?«

»Für immer«, sagte sie.

Ich wusste nicht, was ich dazu sagen sollte, also wartete ich darauf, dass sie weitersprach. Ihre Äußerungen hatten mich durcheinandergebracht. »Ach, mach dir keine Sorgen um ihn«, sagte sie schließlich. »Es ist nur Melancholie.« Dann legte sie den Kopf schief, wie um mich aus einem anderen Blickwinkel zu sehen. »Was ist es, das dich ausmacht?«

Ich wusste nicht, was sie meinte, und auf mein Zögern hin wedelte sie mit der Hand, als wollte sie die Frage verscheuchen. Als ich sie zum Abschied umarmte, spürte ich unter der ärmellosen schwarzen Bluse ihre Knochen, wie die Knöchelchen einer Wachtel.

Auf der Heimfahrt hing mir Nefelis Frage nach. Viele Jahre lang hatten mich als Mann zwei Dinge ausgemacht: das Meer und meine Ehe. So unvollkommen meine Beziehung mit Katerina auch gewesen war – wobei ich überzeugt bin, dass Unvollkommenheit das Wesen jeder Beziehung ist; das hatte ich als Student irgendwo gelesen, als ich nach einer schmerzhaften Trennung auf die Insel zurückkam –, wusste ich nicht, wer ich ohne sie wäre. Nahm man aus dieser Gleichung noch mein Leben auf See heraus, blieb nur eine leere Hülle, die neu gefüllt werden musste. Aber womit? Wer war ich vor Katerina gewesen? Vor dem Meer? Ich würde zurückgehen müssen bis zur Universität, wo ich Literatur studiert und Freude an der Sprache gehabt hatte, zu dem jungen Kerl, der den Fußball über den Strand getreten hatte, während das Kind Aris zusah und wir beide von dem träumten, was vor uns liegen mochte. Und doch hatte ich Ingenieurswissenschaften studiert und war dann zurückgekommen, um meinen Militärdienst zu leisten und zur Marine zu gehen. Anstatt in die Worte zu verschwinden, flüchtete ich aufs Meer, einen anderen Ort der Phantasie. Und jetzt kam es mir vor, als sei ich erneut auf der Flucht – nicht aufs Meer, sondern von ihm weg.

Die Wohnung, die ich ehemals als Zufluchtsort betrachtet hatte, einen Schwellenort zwischen meinem Familienleben in Kifisia und meinem einsiedlerischen Leben auf See, war nun zu dem Ort geworden, an dem ich mich neu zu erfinden begann. Inzwischen liebte ich sie genauso, wie ich das Inseldorf geliebt hatte, wo sich mein Vater niedergelassen hatte, ein Ort, wo ich mich niemals von Land umschlossen fühlte, sondern eher, als würde ich über der Erde segeln.

Und irgendwie hatte das mit Mira zu tun. An jenem Abend beim Einschlafen wurde mir mit einer gewissen Dringlichkeit bewusst, dass der Balkon uns erlaubte, gleichzeitig zwei Dinge zu sein, zwei Orte in Anspruch zu nehmen. Das Treffen in einer Zwischenwelt, im Was-wäre-wenn. Es war ein Schwebezustand, aber ich fühlte mich darin bei aller Gespaltenheit seltsam *ganz*.

*

Wir kamen kurz nach Mittag auf der Insel an. Normalerweise wollten die Kinder immer sofort schwimmen, aber diesmal waren sie mürrisch und untröstlich. Ifigenia hatte sich zu Hause geweigert, ihre Tasche zu packen, und Katerina, die wusste, dass wir Gefahr liefen, die Fähre zu verpassen, hatte es entnervt für sie erledigt. Nikos schrieb die ganze Zeit über Nachrichten an seine Freunde und spielte online mit ihnen ein Videospiel. Ich kannte so etwas gar nicht, und als ich das Katerina gegenüber erwähnte, wirkte sie überrascht, dass ich derart wichtige Aspekte seines Lebens bisher nicht mitbekommen hatte.

Das Haus in der Nähe des Hafens hatte mein Vater vor Jahren für mich und meinen Bruder gekauft und sich dabei vorgestellt, dass wir dort so viel Zeit wie möglich mit unseren Familien verbringen würden. Obwohl keiner von uns eine besonders gute Beziehung zu ihm hatte, schmerzte es ihn, dass wir, seine Söhne, kein besseres Verhältnis zueinander hatten. Im Haus meines Vaters im Dorf war kein Platz für all die Kinder, und es lag auch nicht in der Nähe des Wassers, wo sie sich am liebsten aufhielten. Da aber mein Bruder nie nach Griechenland kam, fühlte es sich an, als gehörte das Haus uns allein.

Nach unserer Ankunft widmeten wir uns den üblichen Ritualen: den Kühlschrank mit am Hafen gekauften Lebensmitteln füllen, das Badezimmer mit frischen Handtüchern bestücken und die Betten frisch beziehen. Das Haus auf der Insel hatte einen speziellen Geruch – nach Stein und Meer und kleinen Lavendelseifen in Muschelform, die auf einem Teller neben den Muscheln lagen, die die Zwillinge gesammelt hatten –, der in mir eine derart starke Nostalgie wachrief, dass ich beschloss, es früher zu verlassen, als ich vorgehabt hatte.

Die Kinder waren in ihrem Zimmer und machten sich für den Strand fertig. Ich erklärte ihnen, ich müsse meinen Vater besuchen und würde bei ihm wohnen. Ich schämte mich; sie waren nicht dumm. Natürlich wussten sie, dass die Ehe ihrer Eltern nicht normal war, und ihre traurig heruntergezogenen Mundwinkel brachen mir das Herz. »Okay, Papa«, sagten sie.

An der Tür umarmte ich Katerina.

Als ich ihr einige Tage zuvor erklärt hatte, ich hielte es für das Beste, wenn ich bis zu ihrer Rückkehr nach Brüssel bei meinem Vater wohnte, hatten wir gestritten. Es würde zwangsläufig zum Gespräch mit den Kindern kommen, und das würde ihnen den Sommer verderben, wie sie befürchtete. Und ich fühlte mich natürlich zerrissen, denn ich wollte das tun, was am besten für die beiden war. Doch sobald ich vom Bug der Fähre aus den ersten Blick auf die Insel erhaschte, wusste ich, dass ich es nicht ertragen würde. In Athen hatte ich gelernt, mein gespaltenes Leben zu führen. Hier nicht.

Doch ich empfand in diesem Augenblick weniger Traurigkeit als Scham. Scham, weil ich geglaubt hatte, meine halbe Anwesenheit in Katerinas Leben würde ihr genügen, Scham, weil ich versagt hatte. Und ich war am Boden zerstört, weil ich sie liebte und weil sie mir, wie sie behauptete, Hinweise gegeben hatte, die unsere Ehe hätten retten können, die ich aber nicht begriff. Ich hatte sie im Stich gelassen, genau wie all die anderen. Wenn ich an dieser Bindung festhielt, zögerte ich nur hinaus, was sowieso kommen musste.

Ich nehme an, dass mein Vater bei Nefeli wohnte, weil er einsam war, aber ich ertrug es nicht, mir seine Einsamkeit vorzustellen. Nefeli zufolge war er gern bei ihr, wenn sie künstlerisch arbeitete. Seine Bienen standen ganz in der Nähe ihres Häuschens, und sie erzählte, dass sie manchmal in einer Arbeitspause aufs Dach ging und ihn dort unten sah, wie er mit seinem Bienenhut und den Handschuhen langsam seinen Verrichtungen nachging. Er hatte angefangen, Bienenwachskerzen herzustellen, Honigwein zu brauen und zu gärtnern. So viele Dinge, die ich mir bei ihm nicht vorstellen konnte.

Mein Vater hatte mich um ein Treffen im Thanassis gebeten, doch als ich dort eintraf, war er nicht da – nicht untypisch für ihn. Mein Vater erwartete nicht nur von mir, dass ich zu ihm kam, sondern auch, dass ich auf ihn wartete, schon in jungen Jahren, als ich mit den Zwillingen voll eingespannt war. Aber jetzt war er schwer ausfindig zu machen. Wann hatte ich ihn eigentlich zuletzt gesehen? Das letzte Jahr verschwamm in meinem Gedächtnis.

Ich traf mich nicht mit meinem Vater, weil ich mir irgendetwas davon versprochen hätte. Eine plötzliche Veränderung in unserer Beziehung konnte ich mir nicht vorstellen. Wenn eine Beziehung erst einmal in Gewohnheit erstarrt ist, was vor vielen Jahren geschehen war, bleibt nur, auf die bestmögliche Version zu hoffen. Doch als ich von meinem Auto ins Dorfzentrum ging, beschloss ich, ihm von meiner Trennung von Katerina zu erzählen. Sonst hätte er sich gewundert, dass ich bei ihm wohnte, und er sollte nicht denken, ich hätte das Gefühl, ihn überwachen zu müssen. Musste ich das?

Ob nun als Puffer, als Vertrauten oder für den Fall, dass er selbst doch nicht kam, hatte mein Vater noch Minas eingeladen. Er begrüßte mich, schenkte mir Raki ein, bot mir kleine marinierte Fische an. Minas wohnte den Winter über im Dorf, ging aber in den wärmeren Monaten fischen und lebte dann in einem Häuschen – fast eher einer Baracke – in Ufernähe. Ich hatte gehofft, er werde mir mehr Einblick in das Verhalten meines Vaters in der letzten Zeit geben, doch wie viele andere aus seiner Generation weigerte er sich, über solche Themen zu sprechen, wahrscheinlich, um die eigene Würde zu wahren und die Schrecknisse des Alters nicht offenzulegen. Mir wurde es eng in der Brust, aber ich weiß nicht, ob der Grund dafür Wut war oder eine verletzte Zärtlichkeit oder eine Mischung von beidem.

»Was ist los mit dir?«, wollte Minas wissen.

Natürlich antwortete ich nicht. Ich fühlte mich angespannt, erinnerte mich daran, was Mira über meinen Vater gesagt hatte, über Gewissen und Gedächtnis als Geschichte eines Selbst, auch wenn diese Geschichte konfus oder verwirrend scheint.

»Dein Vater kommt, keine Sorge«, sagte Minas, und diese Zuneigung, die Tatsache, dass dieser Mann aus seiner Generation ihn deckte, über seine Vergesslichkeit hinwegging, zerriss mir das Herz. Tatsächlich tauchte mein Vater dann bald auf, in dunklen Jeans und einem leichten Jeanshemd, das volle Haar zurückgekämmt wie ein Schauspieler, Zigaretten in der Hemdtasche. Er war sonnengebräunt und trug Bart, was er seit Jahren nicht getan hatte. Insgesamt sah er erstaunlich attraktiv aus.

Ich stand auf und war überrascht, dass mein Vater mich umarmte, und zwar fest. Er war zwar generell ein herzlicher Mensch, aber selten mir gegenüber. Nicht seit meiner Kindheit. Es war, als vergäße er seine Gewohnheiten, seinen Unmut, seine ganz eigene Weise, auf der Welt zu sein. »Du siehst gut aus«, sagte ich.

Er zupfte an seinem Hemdkragen. »Ein Geschenk von Nefeli«, erklärte er strahlend.

Minas nannte ihn einen ansehnlichen Saftsack, und mein Vater gab zurück: »Na, wenigstens das Aussehen ist mir geblieben.« Einen Augenblick lang verdüsterte sich seine Miene, doch dann brachen sie beide in Gelächter aus und lachten, als gäbe es nichts Witzigeres auf der Welt.

*

Später, als ich meinem Vater von Katerina erzählte, reagierte er anders, als ich erwartet hatte. Er legte mir die Hand auf den Arm und fragte, ob es mir gut gehe, ob ich irgendetwas brauchte. Er fragte, ob er Katerina anrufen könne, und ich sagte, ja, natürlich. In dieser Nacht schlief ich in seinem Haus, und er ebenfalls. Er kam mit in mein Zimmer, setzte sich auf die Bettkante und sprach mit mir, wie er es in meiner Kindheit vielleicht ein-, zweimal getan hatte. Nachts wurde ich wach, weil ich ihn durch die Wand im Schlaf sprechen hörte, lange Sätze, die ich nicht entschlüsseln konnte, so, als würde er eine Rede halten.

Am folgenden Abend ging ich zum Essen zu den Kindern und Katerina. Anschließend besuchten die Kinder mit Freunden das Open-Air-Kino um die Ecke, wir waren also allein. Ich erzählte Katerina, dass mein Vater nicht mehr der Mann war, den ich kannte. Er war ein anderer Mensch. Aber in seinen Augen war er unverändert; ich glaube nicht, dass er den Unterschied spürte. Ihre Lippen zitterten, und sie brach in Tränen aus. Ich folgte ihr ins Bad, wo sie sich auf den Toilettendeckel setzte, und legte die Hand auf ihren Kopf. »Mach dir keine Sorgen«, sagte ich. »Er wird schon zurechtkommen.« Katerina hatte ihn immer gerngehabt. Sie drückte ihr Gesicht an meine Hüfte. »Ich weiß«, sagte sie. »Darum geht's nicht.«

Ich setzte mich auf den Boden und legte die Füße auf den Rand der Wanne. »Ich muss einfach sehen, welche Richtung das nimmt«, sagte sie. »Wenn ich es nicht tue, werde ich es bereuen.« Zuerst dachte ich, sie spräche von uns, über unsere Ehe, und mein Herz machte einen Sprung. Doch dann merkte ich, dass sie über jemanden oder etwas Anderes sprach. Sie kuschelte sich an mich, und wir blieben eine

Weile so. Schließlich stand sie auf, wusch sich das Gesicht, und ich wusste, dass es für mich Zeit war zu gehen. In diesem Moment sagte sie: »Ich wünschte, es könnte alles mehr … ich weiß nicht, ich wünschte einfach, es könnte alles mehr sein.« Immer wieder entschuldigte sie sich, und ich merkte, wie tief ihr Schmerz war. Doch gleichzeitig war mir bewusst, dass dieser Schmerz daher rührte, dass im Grunde *ich sie* verlassen hatte.

14

MIRA

Am nächsten Morgen erfuhren wir von dem Akt des Vandalismus. Fady rief mich früh an, um mir die Geschichte zu erzählen, wobei es weniger eine Geschichte war als vielmehr ein Ereignis, eine Reihe von Einzelheiten, die er fortwährend wiederholte, als könnte sich dadurch ein Sinn daraus ergeben. Über Nacht hatten Vandalen die Megafon-Installation zerstört, jedenfalls die Geräte außerhalb des Museums und die wenigen über die Stadt verteilten. Ich bestand darauf, dass wir uns das ansehen und versuchen mussten, den Schaden zu reparieren. Nefeli beantwortete natürlich weder unsere Anrufe noch unsere Nachrichten.

Wir gingen trotzdem hin, Fady, Dimitra und ich. Eine Gruppe junger Menschen hatte sich bereits versammelt, um aufzuräumen und den Originalzustand wiederherzustellen. Man hatte all die Megafone, die den Gehweg zum Museum gesäumt und den Eingang umrahmt hatten, eingetreten, Löcher hineingeschlagen und sie mit Graffiti besprüht. Die Kameras hatten interessanterweise keinen Schaden genommen, allerdings waren sie mitten in der Nacht nicht eingeschaltet gewesen.

Dimitra bat die Leute abzuwarten, was Nefeli wollte. Sie hörten auf mit dem, was sie gerade taten, und sahen uns an, als wären wir alle verrückt. Wenn wir uns entfernten, da war ich mir sicher, würden sie dort Fotos voneinander aufnehmen, ihre weichhäutigen Gesichter würden die Displays erhellen. Eine Frau mit schwarz gefärbtem Haar und trotz der Hitze in schweren Stiefeln und Leggings, die im Übrigen zart und nett wirkte, fragte, ob Dimitra sicher sei, und sagte, dann lasse Nefeli ja zu, zum Schweigen gebracht zu werden.

»Lasst es sein, bitte«, sagte Dimitra.

»Aber was ist mit dem Ausdruck?«, fragte jemand anderes.

»Ausdruck«, sagte Dimitra, und ihr Tonfall veränderte sich, als würde Nefeli durch sie sprechen. »Wessen Ausdruck?« Als hörte sie die Worte zum ersten Mal, probierte sie auf der Zunge aus. »Glaubt ihr, das sei der Zweck von Kunst?«

*

Nefeli verkaufte im Nullkommanichts fünf neue Gemälde. Der Akt des Vandalismus hatte ihr neue Glaubwürdigkeit verschafft. Seltsamerweise hatte all das sie vorübergehend belebt, ihrer Arbeit ein neues Element verliehen, ein neues Kapitel aufgeschlagen. Aber keiner von uns bekam sie zu Gesicht. Auf Nachrichten antwortete sie nur sporadisch. Und doch war sie sich der Aufmerksamkeit bewusst. Sie gab ein Radio-Interview, und eine Kunstzeitschrift brachte ein Feature über sie, doch sie weigerte sich, öffentlich aufzutreten. Fady schnitt ein paar ihrer Interview-Kommentare in die Klanglandschaft hinein. Ihre Stimme, diesmal körperlos, war irgendwie unheimlich.

Kunst hat nichts mit Ausdruck zu tun. Kunst hat mit Durchlässigkeit zu tun.

Und ein Zitat warf mich um: *Kunst ist ein Gespräch mit den Toten.*

Ich ging mit ein paar Freunden in die Taverne, in der unter dem Gemälde eines serbischen Künstlers, den Nefeli gekannt hatte, der Leuchter aus Titos ehemaligem Wohnhaus hing. Der Inhaber erkannte mich und fragte, ob ich sie gesehen hätte. Ich wünschte, ich hätte bessere Neuigkeiten gehabt.

Ihr Verschwinden gab mir das Gefühl, als würde auch ich dahinschwinden. Am Nachmittag machte ich mir ein Bier auf und schlief wieder ein bis zum Abend. Ich vermisste den Kapitän. Ich vermisste es, unsichtbar zu sein und doch gesehen zu werden, das Gefühl, in meinem Körper lebendig zu sein, aber gleichzeitig vollkommen körperlos. Was für eine Erleichterung war es manchmal, nicht angesehen zu werden – meine Konturen wurden dann, weniger abgenutzt durch Blicke, wieder schärfer. Im drängenden Bedürfnis zu verschwinden schloss ich die Fensterläden.

Mit der Arbeit kam ich überhaupt nicht voran. Und wenn ich mein E-Mail-Konto von der Universität öffnete, hatte ich entweder eine Nachricht von einem Kollegen, der irgendeine Ad-hoc-Kommission bilden wollte, oder von einem Studenten, der etwas brauchte. »Hey Mira«, begannen diese Mails, sofern ich überhaupt angeredet wurde. Hingegen wurden, oft in derselben Nachricht, meine männlichen Kollegen »Professor« genannt. Ich schloss den Posteingang, meine Arme waren zu schwer, um eine Antwort zu tippen. Ich wusste, dass ich Glück hatte mit dieser guten Stelle. Ich wusste, dass das nicht selbstverständlich war. Mir war, als würde mein akademisches Leben in den Staaten nicht mehr existieren oder als wäre es bedeutungslos. Und doch hatte ich ständig das Gefühl, etwas zu vergessen.

Manchmal erwachte ich spät von einem Schläfchen, machte mir noch mal Kaffee und begann zu schreiben. Versuchte es jedenfalls. Dann steckte ich fest und brauchte wieder etwas zu trinken. An manchen Tagen sangen im Hof schon die Vögel und der Morgen graute, wenn ich endlich Schlaf fand. Das wiederholte sich mehrere Tage lang, die ineinander verschwammen.

Doch dann rief eines Tages Dimitra an. Es war mittags um halb eins. Ich hatte meine Unterrichtsstunde an der Schule ebenso versäumt wie den Einzelunterricht mit Rami. Ich entschuldigte mich, sagte, ich könne in einer Stunde da sein. Sie antwortete, das sei nicht nötig.

Eine Stunde später rief sie erneut an. »Muss ich mir Sorgen machen?«

»Wegen?«, fragte ich.

»Das ist schon die zweite Stunde in dieser Woche, zu der du nicht erschienen bist.«

Die *zweite*? Ich zog mein Handy heraus, um auf den Kalender zu schauen.

»Ist alles in Ordnung, Mira?«

»Keine Sorge«, sagte ich. »Nur ein paar schlechte Tage.«

Wie viel? Wie viel trinkt sie?

Am folgenden Nachmittag kam ich ins besetzte Haus, um die versäumten Stunden nachzuholen. Dimitra war mit Rami ebenfalls da. Er sah mir nicht in die Augen, aber ich merkte, dass er mir prüfend ins Gesicht blickte, wenn ich wegschaute. Plötzlich war er zum Teenager geworden, mehrere Zentimeter gewachsen und seine Stimme eine Oktave tiefer. »Es tut mir leid«, sagte ich. Gern hätte ich irgendeine Ausrede bemüht – Arbeit, Erschöpfung, Trauer –, aber ich wusste, wie solche Ausreden klingen.

Meine Mutter rief mich von der Bank im Schulhof her, wo sie eine Zigarette rauchte und die linksgerichtete Zeitung las. »Siehst du jetzt, wie es sich anfühlt? Jetzt weißt du es.«

Ich setzte mich auf eine Bank und scrollte auf meinem Handy. Einer Laune folgend, öffnete ich eine Nachricht an den Kapitän. Ich hatte seine Nummer eingegeben, nachdem er sie auf eine Ecke eines gelben Notizblocks gekritzelt hatte, an jenem Tag, als ich ihn wegen der Heizung gefragt hatte. Natürlich hatte ich sie nie benutzt. Wenn ich reden wollte, öffnete ich die Balkontür. Ich tippte und tippte, löschte und löschte, was sollte ich auch schreiben, aber irgendetwas zwang mich, Kontakt aufzunehmen. Hi. Hallo. *Ti kaneis. Ti yinetai.* Wie geht's? Schläfst du. Ich gab es auf. Der Impuls, ihm irgendetwas mitzuteilen, war extrem stark, aber diese Art der Kommunikation war für uns ungewohnt. Von wenigen Ausnahmen abgesehen – die Insel, das Dach –, waren unsere Gespräche an den Balkon gebunden, und so würde es vorerst auch bleiben. Wir trafen uns nicht zum Kaffee und hatten uns auch kaum jemals berührt, abgesehen von jenen wenigen kleinen Begebenheiten – wenn sich unsere Körper im Treppenhaus streiften, seine Hand durch mein Haar fuhr –, die in meinem Kopf so groß blieben. Seine eheliche Situation war mir nicht ganz klar, jedenfalls war er offenbar noch verheiratet, und an diese Tür wollte ich nicht einmal im Geiste der Freundschaft klopfen. Jene Gespräche, hatte ich sie mir eingebildet? Sie nahmen die Qualität von Träumen an, so lebhaft, dass sie die Grenzen der Erinnerung sprengten. Jegliche Grenzen.

Aber Rami taute wieder auf, und wir saßen zusammen auf derselben Bank, auf der meine Mutter ihre Zigarette geraucht hatte. Er zeigte mir neue Zeichnungen, sie wurden immer raffinierter: Kinder mit schwarzblauem Haar, lange, von Zitrusbäumen gesäumte Straßen, und die leeren, abgeriegelten Plätze, die Teil seiner Geschichte waren.

Alles schien entweder streng gegliedert oder aber grenzenlos.

*

Nach dem Akt des Vandalismus hatte eine Gemeinschaft junger Künstler nicht etwa die Graffiti entfernt und die Löcher in den Megafonen repariert, sondern stattdessen blaue Skorpione darauf schabloniert, die in die Löcher und heraus krochen. Als ich zu dem kleinen Platz in der Nähe des besetzten Hauses ging, wo sich viele von ihnen versammelten, fand ich dort Leila vor, mit blau gefärbten Augenbrauen. Auch sie wuchs heran, ihr Gesicht wandelte sich von dem eines Kindes zu dem einer jungen Frau, und ihre Züge hatten etwas Kantiges, das sie vor ein paar Monaten noch nicht gehabt hatten.

Sie fragte, ob ich mit Rami gesprochen hätte. Ich sagte, ja, natürlich. »Wieso?«

Sie sah mich an, als überlegte sie. »Bloß so«, meinte sie dann.

Ich fragte, ob sie Nefeli gesehen habe, und sie schüttelte den Kopf.

Auch der Museumskurator hatte sie nicht zu Gesicht bekommen, und Nefeli hatte sich nach jenen Interviews geweigert, irgendwelche Anweisungen bezüglich der Installation zu übermitteln. Ihre lakonischen, seltenen Mails sagten immer das Gleiche: Es sei öffentlicher Raum, der jedem und keinem gehöre, und sie könne keinen Anspruch darauf erheben. Diese Vandalen und jetzt die Künstler hätten genauso Anrecht auf ihn. So blieb ihr Narrativ lebendig. Inzwischen beschwerten sich einige Anwohner, sie wollten, dass aufgeräumt wurde, und störten sich daran, dass so viele junge Leute dort herumlungerten. Ihres Wissens, so sagte Nefeli, seien genau sie die Übeltäter gewesen.

Ich ging zu Nefelis Wohnung. Auf mein Klingeln hin öffnete sie nicht, aber als ein anderer Hausbewohner herauskam, ging ich einfach hinein. Ihre Post stapelte sich im Hausflur. Ich klopfte an ihre Tür, rief leise nach ihr, doch es kam keine Reaktion. Ihre Nachbarin hörte mich und teilte mir mit, sie habe Nefeli einige Tage zuvor mit einer Reisetasche, ihrer Staffelei und der Kamera um den Hals davonziehen sehen.

Auch Fady und Dimitra wussten nichts von ihr. Eines Abends tranken Dimitra und ich auf meinem Balkon gemeinsam Wein, und sie beugte sich vor und fragte: »Glaubst du, Nefeli hat ihre Arbeit selbst zerstört?«

Dieser Gedanke war mir noch nie gekommen. »Sie schätzt Aufmerksamkeit«, sagte ich. »Aber doch nicht so sehr.« Und trotzdem begleitete mich diese Bemerkung lange Zeit. Ich begriff etwas, das mir wohl vorher nicht klar gewesen war: Nefeli und ihre Kunst waren ein und dasselbe. Die gleiche kinetische Energie, die in ihr Werk einfloss, konnte sie zerstören; sie schuf und neutralisierte es gleichzeitig. Keine Sammlung von Identitäten, sondern ein zusammengesetztes *Ich*.

Nefelis Ausstellung lief weiter, und der Vandalismus machte sie nur noch bekannter. Alle Kunstzeitschriften und Kulturseiten berichteten darüber. Ständig wurden vor dem Museum holländische Touristen interviewt. Der Bildschirm zeigte die huschenden Skorpione und die jungen schwarzgekleideten Künstler, manche mit blauen Augenbrauen und Haarsträhnen, hineingeschnitten zwischen Material über Proteste am Syntagma-Platz, über die Zeltstadt, die es dort Jahre zuvor gegeben hatte. Ich wurde den Eindruck nicht los, dass Nefeli irgendwie mit ihrer Arbeit verschmolzen war. Die Zeit bezog sich nun tatsächlich auf sich selbst. Ich machte ein Foto von dem Bildschirm und dann von der Installation draußen.

In dieser Nacht träumte ich von den blauen Skorpionen, wild, graphisch, huschend, und beim Erwachen waren mein Rücken und Nacken schweißüberströmt. Ich trank ein Glas Wasser, wusch mir das Gesicht und fuhr mit einem kalten Waschlappen über den Körper. Vom Balkon aus starrte ich auf den Hof. Der Mond schien hell. In einiger Entfernung waren immer noch dumpfe Bässe aus einem Club zu hören, Frauen lachten, eine erzählte eine Geschichte, die sie so lustig fand, dass sie beim Erzählen nach Luft schnappen musste.

»Bist du da?«, fragte ich niemanden.

Wieder in der Wohnung, trat ich nahe an Nefelis Gemälde heran und bemerkte in der fast vollständigen Dunkelheit neben einer Frauengestalt etwas Blaues auf dem Boden. Ich starrte lange darauf, die Umrisse schienen schärfer zu werden. Es war mir nie zuvor aufgefallen, aber jetzt im Dunkel war ich sicher, dass es sich um einen Skorpion handelte. In der Ecke neben meiner Balkontür schlief meine Mutter in meinem Lesesessel, das Glas an die Brust gedrückt.

Als ich morgens erwachte, ging ich wieder zu dem Bild. Das Blau war nur ein Farbklecks. Nichts weiter.

Beim Einzug war mir diese Wohnung vorgekommen wie ein fast unbeschriebenes Blatt. Ich wusste, dass ich hier gewohnt hatte, und erinnerte mich an bestimmte Details: dass man aus dem Küchenfenster in eine Küche im Nebenhaus blickte, an das Geräusch des Aufzugs, an das Morgenlicht im Wohnzimmer, das heftige Schleudern der Waschmaschine, das Echo von Stimmen im Treppenhaus. Aber es hatte angemutet, als sei der Wohnung die Luft abgelassen worden. Je länger ich hier war, desto stärker spürte ich, wie das Netz der Beziehungen die Räumlichkeiten wieder mit Atem erfüllte: ich, meine Eltern, der Kapitän, Nefeli, Haroula, Rami, Leila, Dimitra, Fady.

Als ich hinunterging, um nach der Post zu sehen – was ich in Chicago stets gewissenhaft tat, in Athen aber oft tagelang vergaß, als wäre ich an einem unerreichbaren Ort –, fand ich einen an den Kapitän adressierten Brief, der versehentlich in meinem Briefkasten gelandet war. Ich hielt ihn in der Hand wie ein kleines, zartes Tierchen. Ich las seinen Namen laut und erkannte damit seine Identität als etwas weit außerhalb meiner selbst an, außerhalb unserer Schnittflächen. Ich bin nicht in der Lage, seinen Vornamen mit dem Mann zusammenzubringen, der mit mir spricht, Gespräche, die so gedämpft und intim sind, dass sie sich beinah wie Selbstgespräche anfühlen.

Schwerer Schlaf. Schattenträume von der Griechischen Schule. Morgendliche Proben für eine Aufführung, Apfelsaft und Donuts, der einzige Grund, warum ich gern hinging. Alle Kinder wurden auf die Bühne gebeten, aber ich kaute ganz vergnügt weiter an meinem Spritzkuchen und blickte zu meiner Mutter hinüber, die lächelnd all die Kinder nach vorne stürmen sah. Irgendwie hatte ich nicht das Gefühl, zu ihnen zu gehören, und als meine Mutter mir mit einer Handbewegung bedeutete, ebenfalls nach vorn zu gehen, ängstigte ich mich. Ich kletterte auf die Bühne, jetzt schon als ältere Ausgabe meiner selbst, ging an den Kindern vorbei und schlüpfte durch den schweren Samtvorhang auf meinen Balkon, wo der Kapitän auf mich wartete.

15

MIRA

Als ich zur Beerdigung meiner Eltern nach Athen kam, schaffte ich es nicht auf die Insel. Der raue Wind und die Stille wären mir zu viel gewesen. Als ich jetzt zum ersten Mal wieder hinreiste, bewegte sich die Fähre wie auf einer gespenstischen Reise durch den Nebel. Doch schon eine Stunde später klarte es auf, und ich saß auf dem oberen Deck und hielt das Gesicht in die Sonne. Eine kleine Weile lang vergaß ich mich selbst und fühlte mich zufrieden.

Dann tauchte die erste Insel am Horizont auf, und ich merkte, wie die Furcht zurückkam. Sechs Monate zuvor hatten meine Eltern noch gelebt. Fünf Monate zuvor war ich noch mit Aris zusammen gewesen, war benommen durch seine Wohnung in Plaka geschlichen, getröstet von seiner Anwesenheit und seiner Zärtlichkeit. Damals musste Eva schon schwanger gewesen sein. Was hatte er ihr erzählt? Dass eine alte Freundin zu Besuch kam? Eigentlich ja seine Partnerin, aber es wäre der falsche Zeitpunkt gewesen, ihr das zu erzählen?

Vom Hafen sind es fünfzehn Minuten zu Fuß bis zum Haus. Am Weg gab es einen kleinen Parkplatz, und erst jetzt bemerkte ich den alten flachnasigen Fiat meiner Eltern. Meine Mutter war damit überall auf der Insel herumgefahren, meinen Vater auf dem Beifahrersitz, und sie hatten sich unterhalten. Meistens, das wird mir jetzt erst klar, war sie vermutlich betrunken oder zumindest auf dem besten Weg dazu.

Wieder und wieder an einen Ort zurückzukehren bedeutet, dem schleichenden Vergehen der Zeit ins Auge zu blicken. Hier bin ich mit fünfzehn, mit fünfundzwanzig, mit neunundzwanzig, mit neununddreißig. Welches dieser früheren Ichs ist in mir noch lebendig?

Unsere schmale Straße war verlassen. Ich zog meinen Koffer den steilen Hang hinauf und erklomm die Stufen zu unserer roten Eingangstür. Ich weiß nicht, warum, aber ich klopfte. Als Kind kam ich manchmal an unsere Tür und fragte auf Griechisch, ob das amerikanische Mädchen zum Spielen rauskommen könnte, und wahrscheinlich hoffte etwas in mir, dass ich tatsächlich aus dem Haus kommen würde, mein eigenes Double. Jetzt zögerte ich unter dem steinernen Torbogen, kramte nach dem Schlüssel und sperrte auf.

Was mich immer besonders traf, war der Geruch: die Wolle der Teppiche, die an den Wänden hingen, des weißen Flokati auf dem Fliesenboden. Wenn länger nicht gelüftet worden war, roch es auch ein wenig nach Schimmel. Das war auf tröstliche Weise vertraut, doch offenbar war Kyria Voula, die mich als Kind betreut hatte, vor kurzem hier gewesen, denn die Fenster standen offen.

Ich öffnete Schubladen und Schränke. Während sich in der Athener Wohnung außer ein paar wenigen Andenken, einigen Sachen im Vorratsschrank und der Erinnerung an das Dach kaum mehr etwas von meinen Eltern befand, war hier alles voll davon. Im oberen linken Schrank fand ich den Mokkakocher – mein Vater trank ausschließlich griechischen Kaffee, und glücklicherweise gab es auch in Chicago in der Nähe unserer Wohnung reichlich Bars, in denen er diesem besonders liebenswerten Snobismus frönen konnte – und die Wassergläser, die kleinen blauen Saftgläser. Auf der anderen Seite standen die Whiskeygläser und dahinter die Plastikbecher, die ich als Kind benutzt hatte. Im anderen Schrank befand sich die Sammlung von Tsipouro-Flaschen meines Vaters und dahinter das Arsenal meiner Mutter: Wodka, Bourbon, Gin.

Während ich darauf wartete, dass der Kaffee kochte, öffnete ich den Schrank mit der Bettwäsche und drückte mein Gesicht in einen weichen weißen Kissenbezug mit kleinen blauen Blümchen. Hinter den sauberen Handtüchern ertastete ich etwas Gläsernes und zog eine fast leere Whiskeyflasche hervor.

Ich weiß nicht, warum ich geglaubt hatte, ich würde in diesem Haus allein sein. Ich schrieb Nefeli, wollte wissen, wo sie steckte, bekam aber keine Antwort. Unter anderem ihretwegen war ich auf die Insel gekommen, allerdings auch, weil meine Wohnung sich ohne die nächtlichen Gespräche mit dem Kapitän so leer anfühlte.

Bald brach ich auf meinem kleinen Doppelbett zusammen und rührte mich eine Stunde lang nicht mehr, erschöpft von all der Trauer, die mit jedem neuen Ereignis exponentiell zuzunehmen schien. Ich wollte mich davon befreien.

Ich nahm ein frisches Handtuch aus dem Schrank und packte eine Olivenölseife aus. Im Spiegel sah ich das Muster, das die gewebte Decke auf meiner Wange hinterlassen hatte. Ich vergaß, zuerst den Heißwasserboiler anzustellen, und fror unter der Dusche. Und doch fühlte ich mich anschließend ein bisschen besser, auch wenn die Last all der physischen Erinnerungen an Verlust mich ausgelaugt hatte.

Alles hinterlässt seine Spuren.

Zum Glück war es jetzt Nacht.

*

Am Tag darauf war ich mit Aris' Vater, dem Schriftsteller, verabredet, der auf der Insel in einem Bergdorf wohnte. Vorgestellt worden war er mir als »der Romancier«, und so nannte ich ihn immer noch, ebenso wie viele andere. Wir waren schon befreundet gewesen, als ich an meiner Doktorarbeit schrieb, also bevor ich mit Aris zusammen war. So wunderte ich mich nicht besonders, als er die Einladung aussprach – hier war es kaum möglich, anonym zu bleiben. Gleichzeitig beschlich mich, als ich die gewundene Bergstraße hinauffuhr, das Gefühl, ich könnte zu einem Abschied gerufen worden sein.

Ich stellte das Auto am Ortsrand ab – die schmalen Durchgänge hier waren nicht befahrbar, und darum fühlten sich die kleinen Straßen ins Dorf an wie Flure, auf die sich die Türen einer einzigen riesigen Wohnanlage öffnen. Man erreicht einen hübschen kleinen Aussichtspunkt und merkt schnell, dass es eigentlich eine private Terrasse ist.

Das Dorf war übersichtlich und ruhig, ein großer Kontrast zur hektischen Stimmung in der Nähe des Hafens oder an den Stränden mit ihren Bars und Tavernen. Und nach dem Rummel, dem Lärm und dem Gestank von Athen kam man sich vor wie auf einem anderen Stern. Hier gab es nur die Stille der Inselberge, die bunten Blumenwiesen und die Geräusche, die aus den in die Hänge gekuschelten Häusern drangen. Diese spezielle Art von Ruhe habe ich nirgendwo sonst auf der Welt erlebt.

Da ich früh dran war, ging ich nicht direkt zur Taverne, sondern schlenderte noch ein wenig durch die schmalen Straßen. Farbenprächtige Teppiche hingen von Balkonen, und ich hörte leise Gesprächsfetzen, ein paar Geigenklänge und das Klappern von Besteck auf Tellern.

Ich ging am Haus des Romanciers vorbei: die große rote Tür, dann die kleinere grüne des Gästeapartments, in dem ich viele Nächte mit Aris zugebracht hatte; es verfügte über einen eigenen Eingang, ein eigenes Bad und eine winzige Kochnische. Obwohl beide miteinander verbunden waren, war der Zutritt zum Gästeapartment nur über die Straße möglich. Man musste das Haupthaus verlassen und zehn Schritte die schmale Straße hinuntergehen. Plötzlich sah ich jenes jüngere Selbst vor mir, das von dem Foto aus der Regenbogenpresse, wie es angeheitert mit Aris nach einem der berühmten Abendessen, die sein Vater oft gab, hierher zurückstolperte. Wie es nach diesen Stunden voller Wein, Musik und Gespräche kurz vor Morgengrauen mit schwirrendem Kopf zu Bett ging. Wie wir manchmal erlebten, dass die robustesten Gäste morgens immer noch am Tisch saßen, ohne geschlafen zu haben, und nun Kaffee tranken. Ich verkläre das etwas, ich weiß, aber ich hatte dieses Leben wirklich geliebt. Meinem Gefühl nach hatte sich hier mein bestes, wahrstes Selbst gezeigt.

*

Der Romancier und ich setzten uns auf die Terrasse bei Thanassis, im Schatten von Weinreben inmitten eines Meers von rosa Blumen. Von unserem Tisch am Rand der Veranda blickte man hinaus über das Tal. Eine riesige Platane stand stolz im Zentrum. Die eigentliche Küche befand sich auf der anderen Seite der engen Straße, auf der allenfalls einmal ein Esel vorbeikommt. Allerdings gab es auch im Cafébereich selbst eine kleine Bar. Manchmal, wenn ein Fußballspiel lief, schaltete Thanassis' Sohn – Thanassis selbst war ein Jahr zuvor gestorben – einen alten, klobigen Fernseher ein und stellte ihn auf die Theke.

Als Doktorandin, bevor Aris und ich zusammenkamen, hatte ich zwei faszinierende Tage lang mit seinem Vater über die Militärdiktatur gesprochen, die ein Echo der Nazibesetzung war, ein Echo des griechischen Bürgerkriegs, der mit dem Abzug der Deutschen begann, und all das klang heute noch nach. Er küsste mich zur Begrüßung, und mir fiel wieder einmal auf, dass Aris seine Augen hatte – weit auseinanderstehend, mandelförmig, fast schwarz. Meine Augen waren, natürlich, die meiner Mutter.

Ich senkte den Blick, und er beugte sich über den Tisch zu mir und hob mein Kinn an, so wie mein Vater es zu tun gepflegt hatte. »Es tut mir so leid, Myrto«, sagte er. Ich sah ihn zum ersten Mal seit der Beerdigung meiner Eltern, und obwohl ich diese Art Mitgefühl gewohnt war, war ich immer froh über freundliche Zuwendung. Ich lernte schnell, andere mit meinem Verlust nicht zu belasten. Doch ich merkte, dass er auch Aris meinte, und in meinem Körper stieg erneut der noch frische Schmerz der Zurückweisung auf.

Ich erklärte ihm, es sei alles in Ordnung. Gern hätte ich gefragt, ob er es gewusst hatte, hätte aber die Antwort, die Erniedrigung, die sie bedeutete, nicht ertragen. Doch er rückte freiwillig damit heraus, als hätte er meine Gedanken gelesen. »Aris hat es mir erzählt, kurz bevor er nach Brüssel fuhr.« Ich nickte erneut und atmete lange und zitternd aus.

Es schien, als wollte er mehr sagen. Ich fürchtete, dass der Knoten in meinem Hals für immer bleiben würde, die Enge in meiner Brust. »Wir bleiben natürlich Freunde«, versicherte er.

Wir teilten uns einen Teller Lammkoteletts. Hier in den

Bergdörfern gab es immer Fleisch, was meinen Vater stets verwundert hatte, da in seiner Kindheit in Athen selten Fleisch auf den Tisch gekommen war. Hier grillten die Leute, wo immer man hinkam. Und stets gab es endlos viel einheimischen Weißwein aus großen Plastikkrügen. Beim ersten Mal hatte ich befürchtet, er würde grässlich schmecken, aber inzwischen mag ich ihn gern. Sein herbes Aroma, das gut zum Essen passt, den weichen Nachklang.

Der Romancier füllte mein Glas immer und immer wieder, während der Nachmittag voranschritt und unser Gespräch dahinplätscherte und ich mich langsam entspannte. Aris hatte die Art geliebt, wie meine Mutter Einhalt gebot, wenn er ihr einen Drink einschenken wollte, das gespielte Erschrecken, wenn es zu viel war, eine Geste, die amüsant gewesen wäre, wenn sie nicht langsam, aber sicher damit ihre Leber kaputt gemacht hätte. Einmal, bei einem Fest anlässlich der Verteidigung von Aris' Dissertation, hatte sie seine Bierflasche leicht gekippt, damit ein bisschen mehr Bier in ihr Glas floss.

Ich mache meiner Mutter schon lange keine Vorwürfe mehr wegen ihres von mir damals als unpassend wahrgenommenen Verhaltens, sondern empfinde inzwischen Mitgefühl. Selbst wenn sie wütend auf mich wurde, spürte ich immer, dass es nicht so gemeint war. In gewisser Weise hatte ich mich von meiner Mutter distanziert und nahm sie auf eine Weise wahr wie vielleicht Großeltern: man liebt sie, man kennt sie in einer ganz bestimmten Funktion; aber man kann sich ihr Leben, bevor man geboren wurde, nicht vorstellen und kann sie nicht wirklich kennen. Es war Aris, der mir dabei half, mir aus seiner griechischen Perspektive den Anstoß gab, meine Eltern zu verstehen, durch die Linse des Exils, durch die Linse einer schweren Vergangenheit. Seine eigenen Großeltern waren Flüchtlinge gewesen, und er sagte, das Trauma der erzwungenen Migration vererbe sich. Eva versprach ihm Stabilität, Tradition. Ich konnte ihm vieles geben, das aber nicht.

Es gibt keine Geheimnisse. Jeder weiß alles.

Alles ist Lüge, sang Kazantzidis.

Der Kellner räumte unsere Teller ab und kehrte mit einer flachen Schale zurück, auf der Nektarinen und Beeren lagen.

»Myrto«, sagte der Romancier, bevor er den ersten Bissen nahm. »Hast du Nefeli gesehen?«

Ich erzählte ihm, dass unsere Begegnungen sich seit der Ausstellungseröffnung bruchstückhaft angefühlt hatten. Nefelis Stimmungen waren unberechenbarer gewesen als sonst, und oft verkündete sie plötzlich, sie müsse gehen oder habe eine andere Verabredung, müsse im Museum etwas verändern oder im Atelier eine Arbeit fertigstellen. Sie arbeitete an neuen Gemälden, die wir nicht sehen durften.

»Letzte Woche habe ich sie zum Mittagessen eingeladen«, sagte ich, »aber sie hat nicht darauf reagiert.«

»Sie ist auf der Insel«, sagte er. Hier hatte sie also gesteckt. Nefeli war schwer zu lokalisieren, so, als würde sie in großer Geschwindigkeit Portale durchschreiten.

»Hör mal«, sagte er nach einer Pause. »Ich möchte dir etwas erzählen, aber du musst versprechen, so zu tun, als wüsstest du von nichts.« Ich bedeutete ihm mit einer Geste, fortzufahren. Er streckte die Arme über den Tisch und nahm meine Hände. »Nefeli geht es nicht gut.«

»Nicht gut inwiefern?«, fragte ich. Offenbar wusste er von ihren Diebeszügen und Stimmungsschwankungen. Ich erzählte ihm, dass ihre Laune ohne das Adrenalin, das vor der Ausstellung ausgeschüttet wurde, eher trübe gewesen war.

»Dir gegenüber will sie vortäuschen, ihr ginge es gut«, sagte er.

Wieder spürte ich, wie sich meine Eingeweide schmerzhaft zusammenzogen. Es stimmte, dass Nefeli auf Abstand gegangen war, aber ich war es gewohnt, dass wir manchmal dreimal täglich Kontakt hatten und sie dann wieder wochenlang in den labyrinthischen Gefilden ihrer Arbeit, ihres Geistes verschwand. Ich wusste, dass sie sich früher bei dem Romancier im Dorf einquartiert, aber in den letzten Jahren eine alte Schäferhütte zum Atelier gemacht hatte, in der sie jetzt wohnte, wenn sie auf der Insel war. Sie hatte mich zwar einmal dorthin mitgenommen, aber ich hätte nicht mehr hingefunden. Es war ein bezaubernder, spartanischer und abgelegener Ort mit Solarplatte und Regentonne, hinter dem sich ein Garten erstreckte. »Hier will ich sterben«, hatte sie gesagt, ein verstörender Satz, der mir jetzt alarmierend schien.

»Sie will sich als Frau sehen, die gesund ist. Und meint, dadurch würde sie vielleicht geheilt.« Ich erinnerte mich an etwas, das der Kapitän gesagt hatte: *Sobald ich mir etwas vorstelle, ist es Realität. Es mag nur in meinem Geist sein, aber eine Realität ist es trotzdem.*

Der Romancier erzählte mir die Einzelheiten, wobei ich spürte, dass er noch mehr wusste, als er preisgab. Sie habe lange Zeit gekämpft, alle möglichen alternativen Behandlungen ausprobiert, bis hin zu Skorpiongift. Mir war flau im Magen bei dem Gedanken, dass Frauen wie Nefeli – unabhängig, unkonventionell, kritisch gegenüber Tradition und gesellschaftliche Normen – offenbar immer bestraft werden, zumindest hier, in diesem Land.

Trotz all des Weins verließ ich das Dorf nüchterner, als ich es all die letzten Tage gewesen war.

*

Am nächsten Morgen fuhr ich an meinen Lieblingsstrand, den man nur zu Fuß von der Straße aus oder über die Felsen und durchs Wasser von der nächsten Bucht aus erreichen konnte. Er lag am Nordende der Insel, etwa fünfzehn Kilometer vom Bergdorf entfernt. Die Straße war so holprig, dass ich befürchtete, der Fiat würde einfach auseinanderfallen.

Ich ging den vertrauten Ziegensteig hinunter und bemerkte am Ende des Strandes etwas Neues: ein Himmelbett in einem kleinen schattigen Bereich. Das wirkte so absurd, dass es mich beruhigte. Im Übrigen war ich allein und wie berauscht von dem Gefühl, dass niemand wusste, wo ich steckte.

Ich zog mich bis auf die Bikinihose aus, machte ein paar Schritte ins Wasser hinein und spürte, wie etwas in mir sich öffnete. Woher kam diese beinahe spirituelle Ekstase? Aus dem Gefühl, zwischen Erde und Meer zu sein? Oder aus grauer Vorzeit, wo Fische aus dem Meer gekrochen waren, um an Land zu leben? Schließlich wünschen wir uns manchmal auch Kiemen oder spüren förmlich, wie zwischen unseren Schulterblättern Flügel sprießen.

Das Wasser war eiskalt, und ich war noch nicht ganz bereit dafür, also legte ich mich auf die Decke. Die Sonne schien mir warm auf den Rücken. Ich fiel in einen tiefen

Schlaf und träumte von Nefeli. Als ich unruhig erwachte, schrieb ich ihr eine Nachricht, aber ich hatte kein Netz.

Nach dem Mittag wurde die Sonne warm. Ich holte die Aprikosen und Kirschen, die ich bei einem Stand an der Straße gekauft hatte, und den Käse-Pie aus meiner Tasche. Dann trank ich meine Wasserflasche zur Hälfte aus und legte mich auf den Bauch. Immer wieder nickte ich ein, und als ich schließlich aufstand, bemerkte ich in dem Bett eine ältere Frau in schwarzem Hausanzug. Auch sie schlief, mit dem Rücken zu mir unter einer Decke zusammengerollt. Als ich mich näherte, hörte ich sie schnarchen.

Ich schwamm und schwamm, hin und zurück, hin und zurück, ein schneller, gemessener Freestyle, der mich nirgendwohin brachte, zwischen den beiden Landspitzen, die die Bucht umschlossen. Dann entschied ich mich, weiter hinauszuschwimmen, zu sehen, wie weit ich kam, ob ich es bis zu dem Felsen weit draußen schaffte. An der Highschool war ich eine ausdauernde Schwimmerin gewesen, und es war ein gutes Gefühl, meine ganze Kraft in bedächtige, starke Züge zu legen: *eins zwei drei vier fünf. Atmen, eins zwei drei vier fünf. Atmen.*

Ziemlich bald wurde ich müde und fragte mich, was in mich gefahren war. Ich drehte mich auf den Rücken, zog die Schwimmbrille vom Kopf und ließ sie an meiner Hand baumeln. Ich trieb dahin, versuchte, mich möglichst wenig zu bewegen, um mich vom Salzwasser tragen zu lassen. *Keiner weiß, wo ich bin.* Ich sah hoch und konnte das Bett am Strand kaum noch erkennen. Es war aus dieser Entfernung ganz klein und hob und senkte sich mit der sanften Bewegung der Wellen. Ich hatte das seltsame Gefühl, mir von oben beim Schwimmen zuzusehen, so, als wäre ich gleichzeitig ich selbst und eine Frau, die ich vom Ufer aus beobachtete.

Ich war viel weiter draußen, als ich geglaubt hatte. So weit, dass ich Teil des Meeres geworden war. Am Himmel schwebte ein Hubschrauber. Nicht weit von mir ankerte eine Yacht, allerdings wohl weniger nah, als es schien. Eine Weile lag ich still auf den Wellen. Als mir kalt wurde, zog ich die Schwimmbrille wieder an, sorgte dafür, dass sie dicht anlag, und begann zurückzuschwimmen. Es kostete mich all meine Kraft, mein kleines Mittagessen vor Stunden war längst verbrannt. *Eins zwei drei vier fünf. Atmen.* Der Rhythmus meiner Schwimmzüge, die Fülle in meinen Lungen, all die ungeordneten Gedankenfetzen, die mir durch den Kopf schossen. Der vergangene Sommer. Meine Mutter und der Skorpionfisch. Ihre kaputte Leber. Die Warnung des Arztes: *Der Stich ist sehr gefährlich. Besonders in ihrem Zustand. Wir müssen sehr vorsichtig sein. Wir behalten sie für ein paar Tage hier.*

Was für ein Zustand?, fragte ich den Arzt. *Was für ein Zustand?*, fragte ich meinen Vater. *Die Leber*, sagte mir der Arzt. *Wie viel trinkt sie am Tag?* Die Abwehrhaltung meines Vaters. *Sie trinkt nicht mehr als andere auch. Wie viel?*

Wie viel?

Ich heirate, sagte Aris.

Eins zwei drei vier fünf. Atmen, atmen, atmen.

Sie bekommt ein Kind, sagte er.

Nefeli geht es nicht gut, sagte der Romancier.

Ich begann zu schwimmen, als hätte ich mich gerade bei einem Wettkampf vom Rand abgestoßen. Mein sechzehnjähriger Körper brach sich Bahn, schlank und stark und trainiert, wusste er sich das Wasser zunutze zu machen, mit ihm zu arbeiten anstatt dagegen. Mein pochendes Herz trieb mich vorwärts, eine heiße kleine Maschine. Meine Arme durchschnitten das Wasser mit nicht enden wollender Begeisterung. Meine Mutter über den Schrecken eines weiteren Winters in Chicago: *Er wird mich umbringen, Myroula. Dein Vater will hier nicht weg. Er will für immer bleiben. Bis wir sterben.*

Ich heirate. Ich werde Vater.

Sie will sich als Frau sehen, die gesund ist.

Ich war sicher, Musik zu hören, eine Art leises Singen, aber das war unmöglich. Und doch verlangsamte ich mein Tempo, um zu lauschen, wo es herkam. Es verschwand. Ich begann, die Beine heftiger zu bewegen, und die Stimmen kamen zurück. Dies war nicht der Ort, um Rätsel zu lösen. Ich behielt das Tempo bei, und schließlich sah der Meeresgrund aus, als könnte ich ihn berühren, Seeigel überall. Doch wenn ich aufpasste, konnte ich sie vermeiden. *Ein Skorpionfisch. Der Stich ist giftig. Ihre Gesundheit ist nicht gut. Wie ist es möglich, dass Sie das nicht bemerkt haben?*

Ich fühlte, wie etwas meinen Knöchel berührte, und taumelte hoch, riss die Schwimmbrille herunter und warf die Haare zurück. Ich legte mich auf den Rücken, versuchte den Mund über der Wasserlinie zu halten, schmeckte Salz, spuckte aus. Meine Lungen brannten.

Schließlich spürte ich Grund unter den Füßen, stand in gebückter Haltung, erschöpft, eine wassergetränkte Hülle der Frau, die ich war. Ein junges Paar stand, die Hände in den Hüften, am Strand und sah zu, wie ich mich durch das Wasser schleppte. Der Mann rief mir zu, ob alles in Ordnung sei. Ich konnte nicht sprechen, nickte aber zur Antwort und schwenkte meine Schwimmbrille in der Luft. Ich fühlte mich bloßgestellt und nackt und war froh, dass das nasse Haar mir über die Brust hing. Was sahen andere? Eine erschöpfte Gestalt oben ohne, die aus dem Wasser kommt wie eine trunkene, reizlose Meerjungfrau? Das Gegenteil einer voll bekleideten Frau, die mit Steinen in den Taschen ins Wasser geht, um zu ertrinken?

Als ich das Ufer erreichte, kam die Frau mit einem großen, dicken Handtuch und schlug es mir um die Schultern. Diese Geste war so zärtlich, dass sich in meinem Hals ein Kloß bildete. Meine Beine knickten ein. Ich zitterte.

Die *yiayia*, die auf dem Bett geschlafen hatte, kam herübergestapft, deutete hinauf zu dem Hubschrauber und sagte, ich könne von Glück sagen, dass die Küstenwache aufgepasst habe. Warum ich so weit hinausgeschwommen sei und ob ich nicht wisse, dass es hier gefährliche Strömungen gebe? Sie fuhr mit der Hand durch die Luft und bekreuzigte sich dann. Wie auf ihr Kommando stieg der Hubschrauber höher und flog davon.

Die alte Frau betrachtete eingehend mein Gesicht, meinen in das Handtuch gewickelten Körper, meine Füße und sah mir dann direkt in die Augen. »*Tinos eisai*?«, fragte sie. Diesen Satz hatte ich als Kind zuletzt gehört, von meinen Großeltern. Sie strich mir eine Haarlocke aus dem Gesicht. »Zu wem gehörst du?«, fragte sie. »Zu wem gehörst du?«

Schweigen kann schrecklich sein, und je länger ich schwieg, desto mehr geriet sie außer Fassung. Sie fragte, ob ich Ausländerin sein, aber ich brachte kein Wort heraus. Die jüngere Frau versuchte zu helfen: »Italienisch? Bulgarisch? Arabisch?« Irgendetwas in meinem Blick musste die Ältere alarmiert haben, denn sie rief aus: »Mädchen! Müssen wir einen Arzt rufen?«

Mussten wir das? Der Winkel der untergehenden Sonne

fühlte sich laut an, ihre Stimme schmerzte auf meiner zitternden Haut, und der Geruch der Body Lotion der jüngeren Frau stach mir in den Augen. Meine Sinne feuerten und flossen ineinander und versagten, ein einziges Chaos.

Schließlich sprach ich, auf Griechisch, und versicherte allen, dass es mir gut ging. Ich wollte nicht, dass sie sahen, wie ich zitterte. Ich wollte nicht, dass sie mich für verrückt hielten. Ich setzte mich auf meine Decke, und die alte Frau beobachtete mich, die Hände in die Hüften gestützt. Am anderen Ende des kleinen Strandes stand meine Mutter neben dem Bett, drückte auf die Matratze. Sie setzte sich und legte sich dann hin, als wären meine Mätzchen ihr peinlich. Zu viel Aufmerksamkeit.

Immer noch mit dem Handtuch um die Schultern zog ich die Bikinihose aus und die Unterwäsche an. Ich reichte das Handtuch wieder der Frau und streifte mein T-Shirt über. Dann umarmte sie mich, als wären wir Schwestern in unserem Schlafzimmer und ich hätte ihr etwas Schreckliches erzählt. Ich in meiner weißen Baumwollunterwäsche, sie im T-Shirt ihres Freundes. Sie sagte, sie habe geglaubt, dort draußen zwei Frauen zu sehen – ob ich allein ins Wasser gegangen sei? Ich sagte, ja, was sie zu bekümmern schien. Ihr Freund sah uns geduldig zu, als würde er gezwungenermaßen Zeuge von etwas, das ihn nichts anging. Dann kam er herüber, um sich zu verabschieden. Ich möchte gar nicht daran denken, was für ein jämmerliches Bild ich abgegeben haben muss. Meine Haare begannen bereits zu trocknen, verrückte, salzige Wellen; eine wasserdurchtränkte Medusa in Unterwäsche, auf deren Gesicht die Schwimmbrille tiefe Dellen hinterlassen hatte.

Als sie aufbrachen, zog ich mir eine Jeans an – eine alte,

weiche, die jetzt warm war von der Sonne – und streifte ein Sweatshirt über. Ich hatte überall Gänsehaut, und der weiche Stoff fühlte sich auf meiner Haut so wohltuend an, dass ich fast geweint hätte. Obwohl die Luft warm war, war ich total ausgekühlt und zitterte noch immer. Ich rollte mich auf der Decke zusammen und ließ die Luft aus meinen Lungen strömen. Unter meinen schweren, geschlossenen Augenlidern spürte ich meinen Puls wie ein Metronom.

Am Strand war es jetzt still, das Meer ruhig, und ich lag regungslos, um nichts davon zu stören, es nicht in Stein zu verwandeln.

Als das letzte Licht am Himmel schwand, packte ich meine Sachen zusammen. Mir war schwindelig vor Hunger. Ich konnte eine der Tavernen mit dem tollen Blick aufsuchen, aber der Gedanke, allein essen zu gehen, war mir plötzlich unerträglich. Besser besorgte ich mir etwas im Hafen. Um es so lange auszuhalten, ging ich kurz vor Ladenschluss noch in eine kleine Bäckerei und kaufte ein paar Sesamkekse und Orangensaft. Dann stieg ich in mein Auto und aß drei von den Keksen, wobei die Krümel auf meine Jeans und den Sitz fielen. Ich trank den Saftkarton in einem Zug leer, etwas davon rann mir übers Kinn, und ich wischte es mit dem Ärmel ab. Dann fuhr ich davon.

*

Obwohl meine Eltern bei einem Autounfall im Schnee in Chicago ums Leben kamen, sehe ich es vor meinem geistigen Auge immer hier, auf diesem Straßenabschnitt. Warum, weiß ich nicht. Am Tage ihres Todes fuhr mein Vater, wahrscheinlich, weil meine Mutter betrunken war. Er hasste Autofahren, und mein Wunsch, es schon mit sechzehn zu lernen, brachte ihn aus der Fassung. Doch als ich es dann konnte, liebte er es, von mir herumkutschiert zu werden. Wenn wir gemeinsam Freunde besuchten, erzählte er ihnen, dass ich am Steuer gesessen hatte, als würde er ihnen erzählen, ich hätte ihn in meinem Hubschrauber oder auf einem fliegenden Teppich hergebracht.

Ich war dankbar für die Fahrt durch die Dunkelheit, dafür, dass ich nur zehn Schritt weit sehen konnte. Nicht mehr als notwendig, nach dem Need-to-know-Prinzip. Und doch hielt ich angespannt Ausschau nach einer Frau, die ging, als käme sie aus dem Meer. Die Dunkelheit tat mir gut. Ich wollte nicht an diese spektakuläre Landschaft erinnert werden, wo sich hinter jeder Ecke großartige Blicke aufs Meer auftaten. In diesem Augenblick brauchte ich die Anonymität des nächtlichen Fahrens, die fast panische Angst, von einer Klippe zu stürzen, wenn ich eine scharfe, steile Kurve nahm. Ich brauchte es, zu spüren, wie die innere Last von mir abfiel, während ich geradewegs in den schwarzen Nachthimmel hineinsteuerte. Nur meine Scheinwerfer erinnerten mich an die umgebende Dunkelheit.

War es nicht genauso, wenn man einem Verlust ins Auge blicken musste? *Einatmen, ausatmen.* Die gesamte Landschaft zu sehen, war einfach zu viel, die grünen Hügel in der Entfernung, die untergehende Sonne über dem spiegelglatten Meer, den strahlenden Supermond. Trauer war ein Ozean; man konnte sich darin verlieren, als würde man in tiefem Wasser schwimmen, ohne zu wissen, wo oben und unten war. Einen Augenblick lang hatte ich ganz stark das Gefühl, es säße jemand neben mir, aber auf dem Beifahrersitz lag nur meine Tasche. Ich dachte an die professionellen Trauernden, jene Frauen, die dafür bezahlt werden, dass sie bei Begräbnissen klagen, Trauer vorspielen, und erst jetzt begriff ich den Sinn. Trauer zeigt sich nie so, wie wir es erwarten, und sie überkommt einen in erschreckenden, überraschenden Wellen. Für manche Menschen ist wichtig, sie in etwas Viszerales und Einfaches übersetzt zu erleben, etwas, das man deuten und verstehen kann. Denn wenn wir mittendrin stecken, ist das unmöglich.

In dem kleinen Verschlag auf dem Dach fand ich die Möbel, die ich vor ein paar Sommern hinaufgeschleppt hatte, während mein Vater protestierte, ich würde mir schaden, wenn ich zu schwer trug. Anschließend aber hatte er sich über den Wohnbereich dort oben gefreut. Ich zog einen der beiden Diwane und einen kleinen Holztisch hervor. Vor Jahren hatten Aris und ich hier geschlafen, unter dünnen Baumwolldecken und dem klaren Nachthimmel. Als ich mitten in der Nacht wach wurde, stand er am Rand des Daches und betrachtete die Aussicht; wir konnten sogar das dunkle Meer sehen. Und dann merkte ich, dass er urinierte, hinunter auf die schmale Gasse. Ich wollte ihn nicht erschrecken, also sah ich einfach nur amüsiert zu, und als er sich umdrehte und ins Bett zurückkam, sah er mich dort sitzen und zuckte lachend mit den Schultern.

Ich schenkte den letzten Rest aus einer Whiskeyflasche in ein Glas, nippte daran und stellte es beiseite. Bevor ich es mir anders überlegen konnte, leerte ich die Schränke und Schubladen meiner Eltern aus – sehr viel war nicht drin – und packte alles in eine Tasche. Ein weiches Oxford-Hemd und ein graues T-Shirt meines Vaters hob ich auf, außerdem einen eleganten Trenchcoat und zwei Seidenschals meiner Mutter, alles Sachen, die sie schon vor meiner Geburt besessen hatte. Ich band meine wilden Strandhaare mit einem Schal straff zurück und zog das Oxford-Hemd über meine heiße Haut. Dann probierte ich die Jacke an, schlüpfte in die Hausschuhe meiner Mutter. In jedem Versteck – in der Truhe mit Decken und Pullovern, im Wäscheschrank, im Badezimmerschrank – standen fast leere Alkoholflaschen. Ich steckte sie alle in eine Tasche.

Der Whiskey brannte in der Kehle, und ich genoss es. Den Drink immer noch in der Hand, ging ich zum Abfall. Zuerst ließ ich die leeren Flaschen hineinfallen, und es befriedigte mich, das Glas splittern zu hören. Dann war ich kurz davor, auch die alten Kleider hineinzuwerfen, stellte sie dann aber in der Einkaufstasche neben die Tonne. Vielleicht hatte ja jemand Verwendung dafür. Ich spürte die nächste salzige Welle von Traurigkeit nahen – so vertraut, dass es fast schon beruhigend war. Sie gehörte zu mir, genau wie das Leben in zwei Welten, zwei Leben. Jeden Besuch hier war ich wie den Wechsel der Jahreszeiten angegangen, wo das veränderte Wetter mich kurzzeitig in Verwirrung stürzt, was ich anziehen soll. Jedes Mal, wenn ich nach Griechenland kam, war es, als würde ich es neu entdecken. Wer wäre ich jetzt an diesem Ort? Ich hatte der alten Frau keine Antwort gegeben: *Zu wem gehörst du?*

Zwei junge Rucksacktouristen, die sich wohl nicht auskannten, gingen vorüber. Allerdings sah ich, verrückt gekleidet und mit einem Whiskeyglas in der Hand, Sachen in die Abfalltonne werfend, wohl nicht wie jemand aus, den man nach dem Weg fragen kann. Sie eilten verschämt an mir vorbei, wie wir es bei Geisteskranken zu tun pflegen – dem Mann, der im Bus vor sich hin redet, der verrückten Frau, die auf dem Platz die Tauben füttert.

Natürlich schaffte ich es nicht, nicht an Aris zu denken, daran, wie wir das gesamte Stadthaus auf diese Weise, wie im Rausch, ausgeräumt hatten. Einen Müllsack nach dem anderen: Unterwäsche, Socken, Papiere, alte Rechnungen, die wir vielleicht hätten aufheben müssen.

Die Gelassenheit, mit der ich Aris' Nachricht aufnahm, mag den Anschein erwecken, als hätte sie mich nicht verletzt. Hatte sie sehr wohl. Aber ich konstruiere keine Story über mich selbst, die loyale, treue Freundin, die durch Aris' sexuelle Untreue schier umgeworfen wird. Es war komplizierter: Unsere Beziehung war nie konventionell gewesen. Mir tat weh, dass er weitergezogen und in seinem neuen Leben mit Eva total präsent war, ohne dass wir eine richtige Trennung, einen echten Abschied vollzogen hätten. Wir hatten nie sexuelle Treue erwartet, aber wir – oder zumindest ich – hatten eine gewisse Loyalität vorausgesetzt. Vielleicht war es naiv von mir, tatsächlich anzunehmen, dass da ein Unterschied bestand. Was ich als Hingabe interpretiert hatte, war einfach nur Bequemlichkeit gewesen, der gefährlichste Zustand überhaupt.

Nein, ich war nicht naiv. Aber ich war auch nicht das Gegenteil von naiv. Das kann ich in fast jeder Hinsicht sagen, im Hinblick auf mein Leben des »Zwischen«. Ich war nicht erschüttert. Eine Schwangerschaft, ein Leben mit einer anderen Frau, das bereits monatelang lief, bis ich davon erfuhr. Das war es, was mich umwarf. Aris hatte zwei parallele Leben gelebt, und nun waren sie aufeinandergetroffen. Auch ich hatte zwei Leben geführt: mein Leben in den Staaten und mein Leben hier, aber irgendwie war meine Wurzellosigkeit zu einer Art Falle geworden.

Zurück im Haus, war ich erleichtert, dass nichts mehr da

war, das nicht mir gehörte. Zwei von Nefelis Gemälden hingen über dem Sofa, mehrere Frauen mit langen Gesichtern, die um einen Tisch saßen. Ich rief sie erneut an, aber sie nahm nicht ab.

Doch, ich war immer noch erschüttert durch die Trennung. Wäre das nicht der Fall gewesen, wäre ich über Nefelis Verhalten noch mehr erschrocken. Ich hätte gespürt, dass es nichts mit künstlerischer Intensität zu tun hatte, sondern verletzt, verzweifelt, ja sogar selbstzerstörerisch war.

Das Paar am Strand hatte geglaubt, zwei Frauen schwämmen da draußen, und ich fragte mich, wer mit mir dort gewesen und was mit ihr geschehen war. Vielleicht war ich gleichzeitig im Wasser und an Land. Vielleicht hatte ich mich schlussendlich tatsächlich in zwei geteilt: die Frau, die ich in jenem Moment war, und die Frau, zu der ich nun wurde. Vielleicht hatten wir beide gemeinsam die Wellen durchschnitten. Ich nippte an meinem Whiskey und fragte mich, wie lange es wohl dauern würde, bis meine Mutter aus meinem Inneren aufstieg, wie lange ich sie tief in mir verstecken konnte, bevor sie triumphierend meine Haut durchbrach.

16

MIRA

An diesem Abend nach meinem Nachmittag am Meer war ich unruhig, getrieben, unfähig stillzusitzen. Ich räumte auf, sah ein paar Sachen durch, fand einige Bücher, die ich lesen wollte. Kyria Voula, die ich bisher nicht zu Gesicht bekommen hatte, die aber immer aufzutauchen schien, wenn ich nicht da war, hatte mir auf dem Tisch eine Schüssel mit Erdbeeren hinterlassen und im Kühlschrank ein kleines Keramikgefäß mit selbstgemachtem Joghurt, den ich nun aß. Sie hatte meine Wäsche abgenommen und gefaltet auf mein Bett gelegt. Ich würde daran denken, ihr ein bisschen Geld hinzulegen. Ich schickte Dimitra eine SMS, sie solle mich anrufen, und machte dann einen Spaziergang.

Im Hafen war viel los. Passagiere bestiegen die Fähre, ich aß auf einer Bank ein Souvlaki und blickte hinaus auf die kleinen Segelboote, die Fischkutter, die größeren, eleganten Boote, deren Besitzer stolz und bewundernd davorstanden oder nirgends zu sehen waren. Einsamkeit fiel mich an.

Natürlich war Nefeli krank. Warum bloß hatte ich das nicht gemerkt, oder vielmehr, warum hatte ich es mir nicht eingestanden? Ich hatte alles auf eine Depression geschoben, als wäre die Seele nicht auch Teil des Körpers. Das Stehlen, die kleinen Wutausbrüche, die graue Blässe und die dunklen Schatten unter den Augen. Seit unserem ersten Ausflug an den Strand nach meiner Ankunft hatte alles auf der Hand gelegen.

Aus der Ferne hörte ich Musik. Gesang, ein Gurren von

Stimmen, Molltöne. Tiefe und hohe Stimmlagen, Harmonien, die an- und abschwollen, um kurzzeitig ganz zu schweigen. Zunächst meinte ich, es käme von einem der im Hafen liegenden Segelboote, ein wunderschöner und unheimlicher Chor. Ich blickte um mich, um herauszufinden, ob es irgendjemand außer mir wahrnahm; es war so subtil, dass ich glaubte, verrückt zu werden. Mal klang es wie ein Loblied, dann wie ein Klagegesang, Totenklage wechselte mit Freude, als verspotteten mich schelmische Engel.

Ich sah mich um, wünschte mir, diesen Moment mit jemandem teilen zu können, wenn auch nur, um eine Bestätigung zu bekommen. Menschen liefen zu zweit oder zu dritt vorbei, händchenhaltende Paare, Familien, Gruppen lauter Teenager. Niemand schien es zu hören.

Dann bemerkte ich ihn – den Kapitän. Sein Gesicht war sonnengebräunt, sein Hemd gebügelt, sein Haar wirkte länger, unordentlich, und er hatte sich vermutlich seit ein paar Tagen nicht rasiert. Fast hätte ich ihn nicht erkannt, aber der Gesamteindruck gefiel mir ziemlich gut. Ich sah sein Gesicht so selten. Nur ab und zu erhaschte ich einen Blick darauf: über die Balkonbrüstung hinweg, in einem sonnendurchfluteten Augenblick auf dem Dach, wenn er auf der Straße hinter unserem Haus vom Markt kam.

»Mira«, sagte er. »Mira fern von Athen.« Er setzte sich ans andere Ende der Bank.

»Bitte sag mir, dass du das auch hörst«, bat ich. Ich spürte seinen Blick, beschirmte meine Augen mit der Hand und wandte mich ihm und dem roten Sonnenuntergang zu. Das Geräusch, wie ein Rausch eindringlicher menschlicher Stimmen. Er schwieg lange, und ich fragte mich, ob ich überhaupt etwas gesagt hatte oder es mir nur einbildete.

»Das ist der Wind in den Segeln.« Er erklärte noch etwas in Seemannssprache, was ich nicht verstand, und wiederholte es dann auf Englisch, als könnte das hilfreich sein: die Takelage und die Flaggleinen. Aus irgendeinem Grund hatte ich Seekrankheit zum ersten Mal als Teenager erlebt, obwohl Kinder anfälliger dafür sind, aber wenn ich heute ein Segelboot besteige, lehne ich genau wie meine Mutter die ganze Zeit über der Reling und erbreche und frage mich, wieso ich mir eingebildet habe, diesmal könnte es anders sein.

»Die Segel?«, fragte ich.

»Ja. Nenn es die Segel.«

Ich konnte mir den Kloß in meinem Hals nicht erklären, hatte Angst, das Geräusch könnte verklingen, wenn ich mich nicht ganz darauf konzentrierte. »Das würde ich gern die ganze Nacht hören«, sagte ich verlegen und hoffte, dass mein Gesicht nicht all meine Emotionen preisgab. Aber wen hätte ich täuschen können, ich war durchsichtig. Und all das machte der Wind – wie Sirenen, wie Meerjungfrauen.

Wir lauschten. Er blickte über seine Schulter. Vielleicht wartete er auf seine Familie. Ein paar Mal merkte ich, dass er etwas sagen wollte, ihn aber dann etwas abhielt, so, als würde eine Wand heruntergezogen, die die Worte blockierte. Es war ein seltsames Gefühl. Ich hätte gern gefragt, ob alles in Ordnung sei, was ich auf dem Balkon vielleicht auch getan hätte, doch hier kam es mir zu vertraulich vor. Einen kurzen Moment lang berührten sich unsere Hände, keiner von uns wich zurück. Er legte seine Hand auf die meine.

Nach ein paar Minuten zog er die Hand weg, stand auf und wandte sich so lässig ab, als wäre er wieder durch die Tür in seine Wohnung getreten. Dann setzte er seinen Spaziergang die Promenade entlang fort. Ich ging in die entgegengesetzte Richtung, am Hafen und den Fähren entlang und den Hügel hinauf. An einem kleinen Strand am Ende der Stadt, wo eine junge Frau mit Hund einen Fußball herumtrat, blieb ich stehen. Halb im Wasser, halb an Land, lag ein kleines Fischerboot vertäut. Sein Boden schmiegte sich in den Sand, als gehörte es hierher und sei für genau diesen Ort gemacht.

Ich wusste nicht, warum ich so berührt war. Ich wünschte, er hätte länger mit mir dagesessen oder wir wären zusammen spazieren gegangen, aber in dem Moment hatte ich keine Worte gefunden. So seltsam es klingt, es war das erste Mal, dass wir uns in der Öffentlichkeit unterhalten hatten. Vielleicht hatte ich Angst gehabt, den auf Vermutungen beruhenden Raum zu zerstören, den wir uns geschaffen hatten, mein Kontingent an Körperlosigkeit. Wir hatten uns eine Fiktion aufgebaut, die nichts mit unseren individuellen Realitäten zu tun hatte. Und doch passierte da etwas. Etwas kam zutage.

17

MIRA

Als der Romancier drei Tage später anrief, um zu erzählen, dass Nefeli bei ihm aufgetaucht sei und jetzt im Gästezimmer wohne, war klar, was sein Anruf implizierte. Ich wollte sie sehen, aber weil ich etwas wusste, das ich eigentlich nicht wissen sollte, zögerte ich. Dass Nefeli *wollte*, dass ich tat, als wisse ich von nichts, machte den Schwindel noch komplizierter und unerlässlicher und vielschichtig und anstrengend. Ihr Verhalten war reinste Selbsterhaltung: Tu so, glaub es, mach, dass es so ist.

Als ich im Dorf eintraf, lag Nefeli auf einer kleinen Liege und las. Ich vermied die Frage, warum sie nicht in ihrem Häuschen auf dem Berg war, die ich normalerweise gestellt hätte. Oder warum sie nicht in dem privaten Gästeapartment wohnte, wo ich immer übernachtet hatte, sondern in dem großen Zimmer hinten im Haupthaus, das der Romancier gewöhnlich als Arbeitszimmer nutzte. Der Raum war spärlich möbliert und wirkte dadurch noch größer, als er war. Jetzt dominierten Gemälde das Zimmer, sie standen an allen Wänden aufgereiht, mit der Rückseite zum Raum, damit man nicht sah, was darauf war. Ich roch Acryl und Verdünner.

Sie blickte irritiert auf, als hätte sie mich erwartet und ich käme zu spät. Ich fragte, wie es ihr gehe, und sie antwortete, gut. Sie stand von der Liege auf und schlurfte zu dem Stuhl mit gerader Lehne neben dem Fenster. Daneben stand ein mit einem weißen Leintuch abgedeckter Tisch, auf dem Pinsel und Farbtuben lagen, außerdem ein kleines Glasgefäß, das vermutlich Lösungsmittel enthielt, Skizzenblöcke und Stifte und Zeichenpapier.

Ich trug ein weites Sommerkleid und schwitzte von dem Weg hinauf ins Dorf, während sie einen Flanellpyjama anhatte. Ich musste tun, als sei das alles bei ihr um drei Uhr nachmittags normal. Dass sie vor Schmerz wie gelähmt war und ihr Gesicht fortwährend zuckte. Dass sie auf keine unserer Nachrichten reagiert hatte. Schließlich war mir schon unsere letzte Begegnung, als wir den Zikaden lauschten, wie ein Abschied vorgekommen.

Jetzt saß sie hier vor mir, aber irgendetwas fühlte sich falsch an, als sei diese Frau nur ein Schatten von Nefeli, eine Projektion, ein von irgendwoher anders eingeblendetes Bild. Ich berührte sanft ihre Schulter, und sie bedachte mich mit einem seltsamen Blick.

»Mir ist da oben der Platz ausgegangen«, sagte sie und deutete erst in Richtung ihres Häuschens und dann auf die Bilder. Dann ging sie zum Nachttisch, goss sich aus einer Karaffe ein Glas Wasser ein und trank es in einem Zug. »Willst du auch was trinken?«, fragte sie schwer atmend.

Ich hatte das Gefühl zu ersticken. »Alle haben sich Sorgen gemacht.«

»Lass sie sich die Haare rosa, orange oder grün färben«, entgegnete Nefeli, »wenn sie sich ausdrücken wollen. Lass sie mit einem Megafon draußen vor der Metro ein Selfie aufnehmen. Man braucht sie sich bloß anzusehen, mit ihren Tattoos und Piercings und seltsamen Kleidern. Ist doch egal.«

Ich hatte von mir und Fady und Dimitra gesprochen, aber nun senkte ich die Stimme, als wollte ich eine Katze vom Baum locken. »Diese jungen Künstler«, sagte ich. »Sie bewundern dich. Sie wollen nicht, dass du zum Schweigen gebracht wirst.«

Je weicher meine Stimme, desto wütender wurde Nefeli. »Sie haben keine Ahnung, was das bedeutet. Zum Schweigen gebracht werden. Sie reden so viel, dass sie keine Ahnung haben, was sie eigentlich meinen.«

Nefeli schien nur darauf zu warten, dass ich ging, also tat ich es. Ich verließ das Haus, wenn auch nur, weil ich einfach nicht wusste, was ich mit meinem Körper anfangen sollte. Dann hörte ich das Gurgeln der Wasserpfeife, roch den süßen Rauch durch das offene Fenster.

Schließlich sah ich den Romancier den Hügel herabkommen. Er ging leicht o-beinig, wie Aris, stellte ich fest. Seltsam, dass mir das nie aufgefallen ist.

»Ich habe sie noch nie so aufgeregt erlebt«, sagte ich leise. Wir bewegten uns von der Tür weg.

»Sie weigert sich, mit mir zu sprechen«, erklärte er. »Und trotzdem will sie hier im Haus bleiben. Aliki bringt ihr Essen und Saft, sagt, dass sie oft redet, auch wenn niemand im Zimmer ist. Heute Morgen hat Aliki ihr beim Haarewaschen geholfen, aber Hilfe beim Trocknen lehnte Nefeli ab. Es ist, als würde sie mich gar nicht hören.«

Er erzählte mir, dass sie die ganze Nacht wach war und zeichnete oder malte. »Ich nehme an, dass sie unerträgliche Schmerzen leidet«, sagte er. Tagsüber verschwand sie oft in ihr Häuschen. Nikos fuhr sie mit dem Pick-up hin. Sie war zu zerbrechlich, um die schmalen, unebenen Steinstufen allein zu bewältigen.

Dann öffnete sich plötzlich die Haustür. Im Türrahmen stand Nefeli, immer noch im Pyjama plus Cowboyhut und Lederjacke.

Ich fühlte mich, als hätte mich eine eifersüchtige Ehefrau mit ihrem Mann in flagranti ertappt. Ihr Gesichtsausdruck verriet abgrundtiefen Ekel, aber auch Angst und Mutlosigkeit waren darin zu lesen.

Irgendwie hatte ich sie verraten. Weil ich die Fassade aufrechthielt und weil wir das beide wussten? Ich hatte geglaubt, sie wollte es so, auch wenn ich es unangenehm fand. Nun glaube ich, sie hätte die ganze Zeit über gewollt, dass ich sie herausforderte und mich selbst zwang, den Tatsachen ins Auge zu sehen. Haroula hatte sie gebrochen, eine Frau, die ihre Liebe niemals wirklich anerkennen, nie so offen damit umgehen konnte, wie Nefeli sich das wünschte. Was ist eine heimliche Beziehung? Sie wollte es wissen. Sie ist nicht real. Sie ist nicht mehr als ein Traum.

Ich weiß nicht, ob ich dem zustimmte, hatte aber viel darüber nachgedacht.

Hatte sie geglaubt, wir – ich, der Romancier, der Kapitän und Fady und Dimitra – würden nicht über sie sprechen? Hatte sie geglaubt, ich würde nicht nur ihr selbst gegenüber, sondern auch vor dem Romancier und allen, denen ich begegnete, Unwissen heucheln? Um schließlich selbst zu dem Schluss zu kommen, es gehe ihr gut?

»Ich will nicht, dass du darüber was schreibst«, sagte sie. »Nichts. Nicht über meine Kunst, nicht über meine Liebesaffären. Und erst recht nicht über meine politische Haltung.« Dann bewegte sie die Hand über ihren Körper, als wollte sie sagen: *Und über das hier erst recht nicht.*

»Und du«, sagte sie. »Auch nicht, wenn ich verschwinde.«

»Bitte verschwinde nicht«, sagte ich.

»Wir werden mit allem fertig und bewahren die Männer vor den Auswirkungen. Sollen sie selbst mit dem fertig werden, was sie erschaffen. Du dummes Mädchen. Es ist alles Mist.«

Sie schwafelte herum, war überall gleichzeitig, so als würde sich die Zeit in Spiralen um sie winden, sie sagte eine Sache und widersprach sich im nächsten Moment. »Ihr beiden: schreibt das auf. Warum schreibt ihr das nicht auf? Eure kleinen Bücher, eure kleinen Geschichten.«

»Deine *mündlich erfragten Geschichten*«, sagte sie zu mir. »Deine kleinen *Projekte*. Pah.«

»Und du. Deine dummen Romane«, sagte sie zu ihm. »Ich fordere dich heraus. Schreib darüber.«

Sie ging wieder hinein, und wir folgten. Sie bat um heißes Wasser mit Zitrone. »Ich entgifte meinen Körper«, sagte sie mit einem Kichern. Doch als ich es in ihr Zimmer brachte, regte sie sich auf.

Der Romancier bat mich, über Nacht zu bleiben, und ich wusste, dass er meinte, Nefeli könnte mich brauchen. Wir saßen auf seinem langen, schmalen Balkon mit Blick über das Tal. Hier fühlte sich die Welt fast ruhig, fast friedlich, fast gesund an. Nefeli schlief, und obwohl sie sich in der anderen Ecke des Hauses befand, dämpften wir unsere Stimmen. Ich fragte ihn nach den Skorpionen, von denen Nefelis letzte Bilder besessen zu sein schienen. Ihre neuen Zeichnungen zeigten die Gesichter hagerer Frauen mit dem Körper eines Skorpions, oder dünne junge Frauen mit Klauen anstelle der Hände und gegliederten Schwänzen. Es sah grauenhaft aus, schauriger als alles, was ich je von ihr gesehen hatte.

Er erzählte mir, der einzige Ort, an dem er sich vorstellen könne zu leben – jedenfalls von den Ländern, die er besucht hatte –, sei Kuba. Vielleicht noch Spanien. Wegen der Landschaft und der Kultur.

Wenn er erzählte, konnte man oft nicht recht folgen; seine Romane waren genauso. Also wartete ich. Es war, als hätte keine Geschichte einen wirklichen Anfang, sodass man immer noch weiter zurückgehen konnte.

Er sei mit Nefeli dort gewesen, erzählte er, in Havanna, nach der ersten Diagnose, seit der sie von Skorpiongift besessen war. Das war, bevor Dinge leicht im Internet zu beschaffen waren. »Man musste nach Kuba reisen. Nefeli bestand darauf. Also fuhren wir es holen. Es wirkte eine Weile lang, so schien es jedenfalls.« Jetzt hatte sie einen leichteren Weg gefunden, es zu beschaffen, aber er glaubte nicht, dass es wirkte.

»Ihr seid zusammen hingefahren?«, fragte ich.

»Ja«, sagte er. »Wir beide. Sie brauchte dort eine Begleitung«, erklärte er. »Aris wusste nichts davon«, ergänzte er.

»Ihr habt eine besondere Freundschaft«, sagte ich.

»Lass dich davon nicht irreführen. Es gibt kein stärkeres Band als die Ehe. Größer als das Leben.«

Zwar hatte ich derartige Äußerungen schon gehört, aber sie in dieser Aufrichtigkeit von ihm zu vernehmen, schockierte mich. Werden wir alle im höheren Alter sentimental, oder weiser? »Ich hoffe, du wirst heiraten«, sagte er. »Schade, dass es nicht Aris ist. Ich wollte *dich* als meine Schwiegertochter.« Ob er es wirklich so meinte? Egal, jedenfalls berührte es mich, ihn so sprechen zu hören. »In jungen Jahren glaubt man, nur das zu wollen, und später findet man es einfach dumm. Und wenn man älter wird, erfasst man die Bedeutung.« Ich fragte mich, ob er diese Dinge auch schon zu Aris gesagt hatte, über mich.

Jetzt scheint es mir angesichts meines Alters lächerlich, aber erst in den letzten Jahren habe ich begriffen, dass Unabhängigkeit und Liebe sich nicht ausschließen, dass wir das eine nicht für das andere aufgeben müssen. Fady und Dimitra, beide unabhängig, wuchsen beide weiter, taten ihre Arbeit, pflegten Freundschaften, und doch war ihre Beziehung stabil. Meine Eltern hatten mir eine kontrollierende, erstickende, fast aggressive Liebe gegeben, und ich hatte mir weder bei Aris noch bei irgendeinem Mann vor ihm erlaubt, mich auf eine Beziehung wirklich einzulassen. Musste ich fast vierzig werden, um auch nur ansatzweise eine Ahnung von Liebe zu haben? Um zu erkennen, dass ich den größten Teil meines Lebens damit verbracht hatte, innerhalb der starren Grenzen zu leben, die ich um mich herum errichtet hatte?

Mir war nicht bewusst gewesen, was mir fehlte. Das Glück, mit einem Menschen zu wachsen. In gewisser Weise hatte ich das mit Aris erlebt. Manchmal lebten wir zusammen, dann wieder getrennt; manchmal trennten wir uns und trafen uns mit anderen, doch dann kam ich wieder nach Griechenland oder er kam in die Staaten und alles war vergeben und vergessen. Und doch hatte ich mir immer vorgestellt, dass wir zusammenbleiben würden. Was immer das hieß. Er repräsentierte für mich nicht nur die Liebe, sondern auch Griechenland, den Ort, den meine Eltern und ich zurückgelassen hatten, und im Grunde hatte ich geglaubt, wir stünden über den landläufigen Belastungen einer Beziehung. Wir hatten mit der Fernbeziehung leben gelernt, und das verwechselte ich mit Stabilität. Er wartete immer darauf, dass die Beziehung begann, während ich glaubte, das, was zwischen uns war, *sei* bereits die Beziehung. Vielleicht hatte ich ihm die Kraft gegeben, weiterzuziehen. Eine solide Basis, um davon abzuspringen.

Ich fuhr an diesem Abend nicht zurück in den Hafen, sondern blieb im Gästeapartment. Als ich durch das Tor und die Treppe hinunterschlich, konnte ich nicht anders, als in Nefelis weit geöffnetes Fenster zu spähen. Das Licht brannte, aber sie war nicht da. Das Bett war ungemacht, ein Knäuel von Laken. Ich sah mich auf dem Hof um, erwartete, dass sie sich von hinten näherte.

Zurück im Gästeapartment, ging ich zu der kleinen untersten Schublade der Kommode, in der ich immer meine Sachen verstaut hatte. Einige T-Shirts, Unterwäsche, ein paar Notizhefte und eine Plastiktüte mit Make-up und Stiften. Einen Augenblick lang zögerte ich. Wie Schrödingers Katze waren sie da und gleichzeitig nicht da, bis ich die Schublade öffnete. Ich versuchte, mich an die ersten Male zu erinnern: das erste Mal, dass ich hier geschlafen hatte, das erste Mal, dass ich diesen Ort als meinen betrachtet hatte, das erste Mal, dass ich von Nefelis Krankheit erfuhr. An kaum einen dieser Momente konnte ich mich erinnern, ebenso wenig an den zeitlichen Ablauf oder daran, was wirklich meins war.

Auf der Insel habe ich immer tief und fest geschlafen, aber die Bitterkeit, die Nefeli zuvor an den Tag gelegt hatte, hatte mich ebenso aus der Fassung gebracht wie die Tatsache, dass ich ohne Aris hier war. Ich wachte immer wieder auf, hatte seltsame Träume und fühlte mich im Wachzustand wie gelähmt. Schließlich überkam mich das Bedürfnis hinauszugehen.

Drei Uhr morgens, mitten in der Woche, und das Dorf war still, so still, dass ich mich ausgesetzt fühlte und beinahe erwartete, dass aus den Schatten Gesichter auftauchten oder Gestalten mir Laternen ins Gesicht hielten. Ich konzentrierte mich auf Gegenstände: Türknäufe, die schattige Mitte eines Baumstamms, eine Mauernische oder eine Pflanze unter einer Tür.

Während ich durch die schmalen Straßen streifte, erlebte ich das gleiche unheimliche Gefühl, das ich empfunden hatte, wenn ich als Kind geschlafwandelt war, ohne es zu merken. Ich musste mich mehrmals fragen, ob ich nicht tatsächlich schlief.

Als ich das Thanassis erreichte, entspannte ich mich bei dem vertrauten Anblick, auch wenn jetzt, wo die Taverne leer und geschlossen war, die riesige Platane anders aussah und das Lokal geräumig wirkte, höhlenartig. Ich ging die drei Stufen empor und setzte mich an einen Tisch, als erwartete ich, bedient zu werden.

An der Bar saß meine Mutter mit meinem Vater und ein paar Freunden, dahinter stand Thanassis. Eine Karaffe mit Raki stand vor ihnen, eine Wolke von Zigarettenrauch hüllte sie ein. Ich erkannte nicht alle. Einer von ihnen war Traianos, ein Freund, den ich geliebt hatte und der in der Nacht meines dreizehnten Geburtstags bei einem schrecklichen, sinnlosen Autounfall gestorben war. Eine Frau mit langen, glatten schwarzen Haaren, die mir den Rücken zuwandte, wiegte sich in den Hüften. Als sie sich kurz umdrehte, sah sie aus wie Nefeli, aber sie war es nicht. Es lag keine Traurigkeit in den Gesichtern dieser Menschen. Sie lachten, sangen, tanzten. Einen kurzen Augenblick lang sah meine Mutter mich an und lächelte – herzlich und ausgelassen –, dann wandte sie sich wieder ihren Freunden zu. Etwas sagte mir, dass das vielleicht ihr letzter Drink war.

Die Stühle waren auf die Tische gestellt worden. Ich ließ mich auf meinem gewohnten Platz in der Ecke nieder, wo Bänke an den Wänden stehen – eine lange Nische an einer

Seite des Restaurants mit Blick auf die Schlucht. Ich nahm einen Stuhl herunter und legte meine Füße darauf. Von hier aus konnte ich die Lichter auf dem winzigen Friedhof sehen, die Beleuchtung anderer Dörfer und ganz unten auch die Lampen, die den Hafen erhellten, wo selbst um diese Stunde reges Treiben herrschte. Schläfrigkeit übermannte mich, mein Körper wurde schwer. Ich war nicht bereit, zurück ins Bett zu gehen, hatte aber das Gefühl, gleich hier einschlafen zu können.

Die Taverne lag in Mondlicht getaucht. Das Dorf war so still, dass ich mich so exponiert fühlte, als würde ich durch die Wüstenlandschaften in Ramis Videospielen laufen. Ich machte ein Foto von der Landschaft, die vor mir lag: eine physische Entsprechung zur Erinnerung an diese Dumpfheit. An der Flanke des Berges gingen Lichter in ein paar Häusergruppen an. Wenn ich mich über den Rand der halbhohen Mauer – sie reichte mir bis zur Brust – lehnte, dann würde ich in die Schlucht, in das Tal hinunterfallen. Aber auf dieser Seite des Abgrunds fühlte ich mich sicher.

Dann überkam mich trotz der Umstände plötzlich eine seltsame Anwandlung von Freude, und zum ersten Mal in meinem Leben fühlte ich mich unerklärlich frei.

In diesem Moment blickte ich zum Eingang und sah dort eine große Gestalt, leuchtend im Mondlicht. Ich erschrak, spürte ein merkwürdiges Ziehen hinter meinem Bauchnabel, ein Kribbeln am oberen Ende der Wirbelsäule. Halb Angst, halb Erregung. Ein Mann. Hellgraues T-Shirt und passende Jogginghose, wie ein Läufer-Ass von 1985. Graue Laufschuhe, deren Sohlen aufleuchteten wie Glühwürmchen. Das Glitzern seiner Brille. Ein vertrautes, angenehmes Gefühl.

Der Kapitän. Er blickte erst zur Bar und dann wieder zu mir. Ich fragte mich, was *er* wohl dort sah, was für ein Bild des Jammers.

»Ich wollte dich nicht erschrecken«, sagte er auf Griechisch. »Tatsächlich hast *du mich* erschreckt.«

Er trat von einem Fuß auf den anderen. Ich merkte, dass er in meinen Gedanken gewesen war. Erleichterung durchflutete mich – noch ein lebendiges Wesen, das um diese Zeit draußen unterwegs ist. Noch dazu *dieses* Wesen.

»Ich bin spazieren gegangen und habe dich gesehen.«

Dich als *mich*? Oder dich als irgendeinen Menschen? Ob er mich erkannt hatte, war mir immer noch nicht klar. Ich merkte, dass ich noch kein Wort gesagt hatte und dass mein Schweigen wahrscheinlich verwirrend war. »Willst du dich zu mir setzen?« Meine Stimme klang anders: voll und tief. Ich deutete auf den Platz mir gegenüber, als wäre es helllichter Nachmittag. Einen Moment lang rührte er sich nicht. Er lachte nicht, lächelte nicht einmal. Schlafwandelte er? Meine Mutter war geschlafwandelt, und das machte mir immer Angst: Plötzlich stand sie in meiner Tür, lachte und sagte irgendetwas Verrücktes wie: *Oh, du! Du bist ein Papierfinger! Du bist wegen des Möbelwagens gekommen, warte auf den Sellerie, brauchst du einen Schirm oder ein Bücherregal?*

Ich zögerte. Schlafwandler sollte man nicht aufwecken. Warum? Herzinfarkt? Doch dann schlängelte er sich zwischen den Tischen durch, als befänden wir uns in einer überfüllten Bar und hätten einander aus der Ferne entdeckt.

»Schade, dass wir nichts zu trinken haben«, sagte er.

Kurze Zeit schwiegen wir beide. Aber nicht aus Verlegenheit.

»Konntest du nicht schlafen?«, fragte ich.

Er nickte. »Ein gefährlicher Ort zum Schlafwandeln«, sagte er und blickte an mir vorbei in die Schlucht.

Er ging durch das dunkle Restaurant hinter die jetzt leere Bar und verschwand dann in der Küche, die offenbar nicht einmal abgeschlossen war. Zurück kam er mit einem Bier und zwei kleinen Gläsern. »Keine Sorge«, sagte er. »Der Eigentümer ist ein Freund von mir. Ich komme seit meiner Kindheit hierher.«

Ich nahm meine Füße vom Stuhl, aber er setzte sich mit etwas Abstand neben mich auf die Bank; diese Geste wirkte gleichzeitig kumpelhaft und herzlich. Er lehnte sich zurück und legte seinen einen Knöchel auf das andere Knie. Er trug weiße Laufsocken mit blauem Streifen. Liebenswert. Seine Körperlichkeit in ihrer Alltäglichkeit. Er bot mir eine Zigarette an.

»Ach, warum nicht.« Er zündete sie mir an. »Ich bin immer noch am Aufhören.«

»Ich erinnere mich.«

»Dein Vater?«, fragte ich kurz darauf.

»Es geht ihm gut. Versteckt sich die ganze Zeit oben auf dem Berg, in Nefelis Häuschen. Ganz mit seinen Bienen beschäftigt. Selbstlos und egozentrisch zugleich. Achtsame Fürsorge ohne Erwiderung, ohne Anerkennung. Honig. In seinem hohen Alter gefällt ihm diese einsame, monotone Aufgabe … Na ja«, fügte er hinzu. »Ehrlich gesagt verliert er den Verstand.«

»Das tut mir leid«, sagte ich.

Er seufzte. In den vergangenen Wochen waren wir, was unsere Gespräche anging, aus der Übung gekommen; wir hatten unsere Rhythmen vergessen, und außerdem waren wir die physische Präsenz des anderen nicht gewohnt.

Ich versuchte, sein Gesicht in diesem Augenblick in meiner Erinnerung abzuspeichern. Sein Haar wurde an den Schläfen langsam grau und war im Übrigen blond von der Sonne. Hohe Wangenknochen. Hinter der Brille Augen wie die einer großen Katze. Seine Nase war sonnenverbrannt, das sah ich im Mondlicht.

Der Rest der Welt lag in Stille, und der Kapitän begann zu reden.

»Ich hatte also recht, Katerina ist verliebt. Sie schwört, dass nichts geschehen ist, dass sie mich nicht betrogen hat. Na, das Wort hasse ich sowieso, *betrügen*: jemandem falsche Tatsachen vorspiegeln und daraus persönliche Vorteile ziehen. Schon das Wort allein führt die Ehe ad absurdum. Außerdem, was kann sie für ihre Gefühle? Ich rede jetzt nicht über meine Anfälle von Eifersucht oder irrationalem Zorn, auch nicht von den unkonstruktiven Gesprächen, die ich ihr zugemutet habe und die uns beide ausgelaugt haben. Ich glaube, manchmal war ich wütend, wusste aber, dass ich kein Recht dazu hatte.

Alles, was ich tue, fühlt sich an wie eine Buße für früheres Verhalten. An meinem letzten Tag auf dem Schiff erklärte mir mein Quartiermeister, als wir in Piräus einliefen, dass unser Vorgesetzter auf mich warte. Er war aus dem Hauptquartier der Firma in Brüssel angereist. Zwar hatte er auch anderes hier zu erledigen, doch mir war klar, dass er vor allem meinetwegen da war. Ich packte meine Taschen, nahm die Zettel und Fotos von den Wänden, die ich vermisst hätte. Ich wusste, dass ich nie mehr in der kleinen Kabine schlafen würde. Der Weg ins Büro kam mir sehr lang vor.

›Wir wissen, dass Sie aus Güte gehandelt haben, nicht aus bösem Willen‹, sagte er.

Natürlich war es Güte. Es war mehr als das. Es war meine Pflicht. Heimliche Zusammenarbeit mit Schleusern, sagten sie. Das hätte bedeutet, dass ich etwas dafür bekommen hätte, was nicht der Fall war. Jemand, dem ich vertraute, war zu mir gekommen und hatte um Hilfe gebeten. Ich glaubte, aus Menschlichkeit so handeln zu müssen. Für ein Verbrechen hielt ich es nicht. Die Anklage lautete auf Erleichterung von Einwanderung. Ja, klar. Tut das ein Schiffskapitän nicht sowieso? Hier wirkt die Sprache verzerrend, und wenn man etwas zu wörtlich nimmt, verschwindet es fast. Aber es ist wahr, dass ich weggeschaut hatte. Es war mir richtig erschienen.

Jedenfalls finde ich persönlich nichts entmutigender als den Gedanken, an einem Ort zu bleiben, obwohl ich weiß, dass viele das als Luxus empfinden. Und jedes Jahr steuere ich mehr darauf zu – von den langen Reisen auf dem Pazifik zu den kürzeren europäischen Routen. Als Nächstes bekomme ich, wenn ich Glück habe, ein paar kurze Strecken auf dem Ägäischen Meer oder vielleicht sogar eine Stelle an Land, und mein altes Leben verschwindet wie der grünliche Schein der Sonne, wenn sie am Horizont versinkt. Und schließlich werde ich nicht mehr weiter kommen als bis zum Kiosk, wo ich Zeitungen und Zigaretten kaufe – wie mein Vater, der bis vor kurzem höchstens mal in die nächste Stadt zum Kaffeetrinken oder nachmittags an den Strand zum Schwimmen gefahren ist. Inzwischen bewegt er sich hauptsächlich zwischen dem Haus, dem Café und seinen Bienen, die er zu halten begann, nachdem die Politik ihn ausgelaugt hatte. Der Körper speichert Erinnerungen länger ab als der Geist.

Kein Wunder, dass ich weiterhin im Schwebezustand bin.«

*

In welchem Moment habe ich meine Sitzposition verändert, den Schneidersitz eingenommen und seinen Arm berührt? In welchem Moment bin ich aufgestanden, um unsere Wassergläser wieder zu füllen? In welchem Moment tranken wir das Bier aus und holten uns ein zweites? Der genaue zeitliche Ablauf verschwimmt in meinem Kopf, aber die Ereignisse sind klar. Als ich mit einem vollen Wasserkrug zurückkam, zog mich der Kapitän mit dem Gesicht zu sich auf seinen Schoß, und meine Hände legten sich wie selbstverständlich um seinen Nacken, spielten mit den weichen Haaren dort und bewegten sich dann seine Schultern hinab. Er atmete lange aus, es klang wie eine Mischung zwischen Seufzen und Stöhnen. Dann stahlen sich seine Hände unter mein T-Shirt. »Ist das okay?«, fragte er.

Ich erinnere mich an das purpurne Morgenlicht und den Sonnenaufgang, der viel zu früh kam.

18

DER KAPITÄN

Ich kehrte im Morgengrauen ins Haus meines Vaters zurück, und als ich ein paar Stunden später erwachte, ließ ich die Nacht mit Mira noch einmal im Geist Revue passieren. Mein Vater frühstückte bereits auf der Terrasse mit Blick über das Tal. Ich schenkte mir eine Tasse Kaffee mit viel Milch und Zucker ein und versuchte mir, an der Küchentheke stehend, das Ende der Nacht zu vergegenwärtigen. Dann nahm ich die Kaffeekanne mit nach draußen und schenkte meinem Vater nach. Der dankte mir geistesabwesend und rührte Zucker hinein. Die Kirchenglocken läuteten, ansonsten war es still im Dorf.

Was sein Frühstück betraf, war mein Vater immer sehr sorgfältig: ein Laib Brot auf einem Holzbrett, zugedeckt mit einer Stoffserviette, ein Wellenschliffmesser zum Schneiden. Eine kleine Butterdose, ein Gläschen Marmelade. Obst. Filterkaffee; griechischen Kaffee trank er nur nachmittags. Gewöhnlich las er dabei die Zeitungen, aber heute lagen sie unberührt auf dem Tisch. Er sah, dass mein Blick darauf fiel, und zuckte die Schultern.

Als ich Platz genommen hatte, reichte er mir das Brot und fragte erneut nach Katerina. Tat er das aus Höflichkeit oder wusste er mehr? Was Katerina ihm wohl erzählt haben mochte? Hatte er mich mitten in der Nacht weggehen und bei Sonnenaufgang zurückkommen hören? Ohne mich zu unterbrechen, hörte mein Vater mir eine ganze Weile zu.

»Es gibt keine Geheimnisse«, sagte er zu mir, und ich

merkte, dass er auch wusste, dass ich nicht mehr arbeite. Aber sein Ton war nicht anklagend, wie ich es erwartet hätte. Nur sachlich. Es war noch früh, doch die Sonne brannte bereits herunter, und ich musste mir immer wieder mit einer Serviette die Stirn abwischen. Meinen Vater schien die Hitze nicht zu stören. Überhaupt hatte ich den Eindruck, dass es ihm an diesem Morgen ziemlich gut ging, er suchte nicht nach Worten, brachte nichts durcheinander und verhielt sich auch nicht so, als sei die ferne Vergangenheit direkt hinter uns in der Küche. Ich weiß, dass das nicht viel zu bedeuten hatte – wahrscheinlich war es morgens immer besser –, aber es beruhigte mich ein wenig.

Mein Vater schnitt eine Nektarine auf und reichte mir einen Schnitz. Er hätte nie etwas gesagt wie: *Hauptsache, du bist glücklich.* Das hätte seiner Weltanschauung nicht entsprochen. Glück war für ihn ein Nebenprodukt, kein Ziel, und diese Einstellung eignete ich mir langsam ebenfalls an.

Nach dem Frühstück fuhr ich an den nächstgelegenen Strand zum Schwimmen.

Es war die weniger touristische Seite der Insel, fernab des Hafens. Aber die Straße zum Wasser war vor kurzem verbreitert und instandgesetzt worden, und jetzt wimmelte es von Leih-Jeeps und ausländischen Kennzeichen; es gab einen Minimarkt und ein paar klapprige Strandbars. Ich hörte das Geschrei und die Rufe von Touristen, die für Fotos posierten – Männer ließen ihre Muskeln spielen und blickten stumm in die Kamera, Frauen setzten jenen leeren, dümmlichen Blick auf, den sich irgendwann so viele keineswegs dumme Frauen angewöhnt hatten.

Ich machte kehrt und fuhr zu einer abgeschiedeneren, weniger bekannten nahe gelegenen Bucht. Am anderen Ende schlief ein Pärchen, beide auf dem Bauch, die Körper ausgebreitet wie Seesterne. Ich tauchte kurz ein, um mich abzukühlen, las dann eine Weile in einem Buch mit Kurzgeschichten, die sich alle um Haltestellen des Athener Zuges drehten, und mein Atem verlangsamte sich und fand zu jenem angenehmen, gemächlichen Leserhythmus. Immer mal wieder kam mir ein Bild aus der Nacht in den Sinn – eine Körperbewegung, ein Ausdruck in Miras Gesicht, ihre nackte Schulter –, und ich hörte einen Moment lang auf zu lesen. Ich hatte ihr so viele Dinge anvertraut, Dinge, die ich mir kaum selbst einzugestehen wagte.

Dann schwamm ich eine lange Strecke. Sonst plantschte ich am Strand immer mit den Kindern herum oder spielte mit ihnen. Wann ich zuletzt ganz ohne Anlass hinausgeschwommen bin, weiß ich nicht mehr. Ich vermisste das Meer schmerzhaft: auf ihm zu sein, in ihm zu sein. Dann ließ ich mich eine Weile auf dem Rücken treiben. Obwohl ich nicht sagen kann, dass ich diese Zeit der Untätigkeit nicht genossen hätte – das hatte ich, sehr sogar –, war ich doch zu jung, um in den Ruhestand zu gehen. Ich war noch nicht bereit dafür. Zum ersten Mal erlaubte ich mir einen Wunsch: Es war mein eigenes Zögern, das mich davon abhielt, mir ein Bedürfnis auch nur einzugestehen. Meine Ehe war vielleicht schon lange nicht mehr zu retten, aber ein Beruf war immer noch in Reichweite. Gleich am Nachmittag würde ich meinen Chef anrufen. Wenn nicht dieser Job, dann ein anderer.

Als ich eine Stunde später aus dem Wasser kam, packte das Seesternpärchen gerade seine Sachen. Die Frau hatte lange schwarze Haare und trug einen schwarz gestreiften Bikini und ein gehäkeltes Etwas, das an ein Spitzendeckchen erinnerte. Sie sah hübsch aus. Der Mann hatte eine mit Oktopussen bedruckte Badehose an. Ich sah ihnen nach, wie sie in ihren Flip-Flops den Weg hinaufgingen, und hörte dann ihr Auto anspringen und davonfahren.

Ich blieb auf meinem kleinen Handtuch. Das Meer hatte eine tiefe blauschwarze Färbung angenommen, und die Sonne versteckte sich hinter bedrohlichen Wolken, tiefhängend und dunkel. Ich spürte einen Druck auf den Schläfen, hinter den Augen, gepaart mit einem allgemeinen Unwohlgefühl, einer unterschwelligen Furcht. Ich trank mein Wasser aus und begann, den steilen Hügel zum Auto hinaufzugehen.

Aus irgendeinem Grund nahm ich einen anderen Weg als zuvor. Ich blieb stehen, um zu pinkeln, und plötzlich traf mich ein bestialischer Geruch. Etwas Organisches, das verfaulte.

Ich blickte auf und sah im Dickicht eine tote Ziege liegen. Es gab auf der Insel viele wilde Ziegen, so viele, dass sie manchmal den Verkehr zum Erliegen brachten. Dann wieder schafften sie es, in der Nähe des Klosters die steilen Klippen über dem Wasser hinunterzuklettern, und sie fanden den Weg zurück nach oben nicht mehr. Man sah sie von einem Boot aus und fragte sich, wie sie es dahin überhaupt geschafft hatten. Oft starben sie dort. Aber nach den Feuern Anfang dieses Jahres würde so schnell nichts mehr hier wachsen, wenn die Ziegen da waren, also ermunterte man die Menschen, sie zu erschießen. Die logische Lösung eines Verrückten. Mir gefiel der Gedanke nicht, dass bewaffnete Männer in Autos und Pick-ups die Insel durchkämmten und nach Tieren Ausschau hielten, die sie töten konnten.

Aber diese Ziege war offenbar nicht erschossen worden.

Vielleicht war sie abgestürzt und hatte sich ein Bein gebrochen. Ich war erschüttert.

Als ich beim Auto ankam, lehnte ich mich einen Moment lang gegen das Heck. Aus der kleinen Kühlbox hinten im Auto holte ich eine kalte Zitronenlimonade und trank sie in einem Zug. Dann fuhr ich ins Dorf zurück, stellte mein Auto auf dem Parkplatz ab und ging zum Haus meines Vaters. Bei der Bäckerei am Ortseingang kaufte ich zwei Käse-Pies. Dort saß Mira auf einer Bank und trank einen Saft. Sie wirkte verzweifelt. Ihre Haare waren feucht und lagen glattgekämmt am Kopf an. Sie trug abgeschnittene Jeans und ein Trägerhemd und war nicht in Flirtstimmung. Anstatt sich mit Höflichkeiten aufzuhalten, fragte sie, ob ich Nefeli gesehen hätte. Hatte ich nicht. Sie hatte auch schon bei meinem Vater und Aris' Vater nachgefragt. »Ich muss sie finden. Begleitest du mich?« Sie hielt eine kleine Tüte hoch und sagte, sie habe Nefelis Lieblingskekse gekauft. Mit verwirrter Miene bot sie mir einen davon an, und einen Augenblick lang war ich überzeugt, dass ich mir die vergangene Nacht nur eingebildet hatte. Oder schlimmer noch, dass sie ein Fehler gewesen war.

Bei meinem Auto angekommen, stieg Mira auf den Beifahrersitz, als würde sie ins Bett kriechen. Nach einer Weile setzte sie sich gerade auf und flocht ihre feuchten Haare, die sich beim Trocknen bereits in Wellen zu legen begannen. Ich versuchte, eine Unterhaltung in Gang zu bringen, wenn auch nur, um die Anspannung zu lindern, die ich bei ihr wahrnahm, aber sie war unaufmerksam und starrte aus dem Fenster. Den Rest der gewundenen Straße legten wir schweigend zurück.

19

MIRA

Als wir uns dem Häuschen näherten, das ich allein niemals gefunden hätte, weil es so viele gewundene, unbeschilderte Straßen hinaufging, parkte der Kapitän bei einem dichten Gebüsch. Selbst wenn ich den Weg gekannt hätte, der Fiat hätte es niemals hier heraufgeschafft. Den Rest des Weges legten wir Seite an Seite schweigend zurück. Dann folgte ich ihm die Stufen zur Hütte hinauf, die kleiner war, als ich in Erinnerung hatte, eine alte Schäferbehausung mit einer großen Veranda, hinter der sich endlose terrassierte Hügel erstreckten. Nefeli hatte die Tür und die hölzernen Fensterläden leuchtend blau gestrichen, und die drei weißen Stufen vor dem Haus zierten die unvermeidlichen schablonierten blauen Skorpione. »Hallo?«, sagten wir. Der Kapitän stieß die Tür auf, und ich empfand ein eindringliches Gefühl von Déjà-vu.

Aber sie war nicht da. Die Wolken hatten sich verzogen, und der helle Dunst tat mir in den Augen weh, als mein Blick dem des Kapitäns begegnete. Die traumähnliche Nacht hatte eine dünne Trennwand geboten, die bei Tageslicht nicht existierte, und es schien mir unvorstellbar, dass ich vor wenigen Stunden noch die Beine um seinen Körper geschlungen hatte. Ich wandte den Blick ab, und wir gingen hinein, nahmen den Raum in uns auf.

Überall schwärmten Bienen, sie flogen zum offenen Fenster herein und wieder hinaus, um die Tür herum und in die Küche, wo Nefeli ein klebriges Honigglas hatte stehen lassen. Ich bedeckte meine Hand mit dem gestreiften Geschirrtuch an der Wand und stellte es nach draußen, ein Stück weg vom Haus. Auf der Veranda stand eine Staffelei, aber ohne Bild. Hinter dem Häuschen gab es einen kleinen Kräutergarten und Töpfe mit Blumen. Ich äußerte meine Überraschung darüber, dass Nefeli sich fürs Gärtnern interessierte, und der Kapitän erklärte, dass sich sein Vater oft um die Pflanzen kümmere.

Wieder im Haus, sah ich mich um. Die Steinwände waren weiß gestrichen, und darin eingelassene kleine, nischenartige Regale beherbergten einen kleinen Campingkocher, eine Reisetasche, ein paar Notizbücher. Auf zwei grünen Holzstühlen türmten sich bestickte Kissen. Mehrere Flaschen Wasser, eine Tasse mit kaltem Kaffee, dessen Oberfläche ein öliger Film bedeckte. In einer anderen Nische standen zwei Doppelbetten mit geblümten Bezügen. Ich ließ mich auf eines davon fallen und sah aus dem Fenster. Die Aussicht auf die Hügel und das Meer in der Ferne war spektakulär. Mir war nicht klar gewesen, dass sie so einen tollen Blick hatte.

Der Kapitän beobachtete mich aufmerksam. »Alles in Ordnung?«, fragte er. Ich zuckte die Achseln und bejahte. Er studierte einen Moment lang mein Gesicht. »Ich schwitze«, fügte ich hinzu.

»Vielleicht ist sie nach Athen zurückgefahren«, sagte er, aber ich glaube, wir wussten beide, dass das nicht der Fall war.

Er erklärte, er wolle hinuntergehen zu den Bienenstöcken, und verschwand hinter dem Häuschen. Ich spürte einen Stich in der Brust. Die ganze Zeit über hatte ich geglaubt, Nefeli hätte mir gegenüber getan, als gehe es um ihre

Gesundheit, doch nun war mir klar, dass es um Leben und Tod ging. Und der Anlass ihrer Wut auf mich war meine Unfähigkeit, den Unterschied zu erkennen, meine Unfähigkeit oder Weigerung, eine Geste als das zu sehen, was sie wirklich war.

Es heißt, wenn jemand unerträgliche Schmerzen erlebt, eine heftige Verletzung erlitten hat, wird der Körper überempfindlich. Selbst eine Dusche schmerzt dann auf der Haut. Ich kann mir vorstellen, dass es sich bei emotionalem Schmerz, bei Zurückweisung und Trauer ähnlich verhält; auch sie kommen wieder hoch, und wir müssen uns davor schützen. Ich stellte die kleine Tüte mit den Keksen auf das Tischchen, setzte mich aufs Bett und stützte den Kopf in die Hände.

Bald hörte ich von draußen den Kapitän nach mir rufen, doch als ich zu antworten versuchte, brach meine Stimme. Kein Ton wollte heraus. Ich hörte ihn hereinkommen.

»Mira?«

»Ja«, sagte ich schließlich. Ich saß immer noch auf dem Bett und sah, den Kopf in die Hände gestützt, aus dem Fenster.

»Einer der Bienenstöcke ist umgeworfen worden«, sagte er.

»Ich glaube, wir sollten jetzt gehen«, entgegnete ich.

Die Fahrt zurück in die Stadt bekam ich kaum mit, so sehr war ich innerlich damit beschäftigt, Eindrücke aus der vergangenen Nacht, aus den Stunden davor, aus Nefelis Hütte und der Welt, die sie aus ihrem Schlafzimmerfenster sah, Revue passieren zu lassen. All das strahlende Weiß, wie der helle, tief stehende Mond. Als wir wieder im Dorf waren, blickte der Kapitän zuerst zum Himmel hoch. Es hatte aufgeklart, doch die dunklen Wolken hingen immer noch über dem anderen Ende der Insel, in der Nähe des Hafens. Dann sah er wieder mich an. Ich ging über den Parkplatz zu meinem Auto und dankte ihm für seine Hilfe. Er drängte mich, über Nacht zu bleiben. »Bitte fahr jetzt nicht zurück zum Hafen. Ruh dich erst einmal aus.«

»Es ist egal«, sagte ich. »Sie ist fort.«

Wir umarmten oder küssten uns nicht zum Abschied, aber er legte mir eine Hand auf die Schulter und die andere an die Taille und bat mich, vorsichtig zu sein und mich zu erholen. Ich war verwirrt, aber auch erleichtert, nicht über das sprechen zu müssen, was zwischen uns vorgefallen war, sondern es einfach so stehen lassen zu können. Von meinem Gefühl her hatte sich nicht viel verändert, als hätten wir immer schon diese Welt zwischen uns gehabt, ein großes, luftiges Haus mit Blick aufs Meer, einen Raum, den wir durch verschiedene Türen betreten hatten, um einander zu finden – beim Lesen unter einem großen Erkerfenster oder beim Kaffeetrinken am Küchentisch –, und es hätte unsere Körper wie selbstverständlich zueinander gezogen. Ich war nicht sicher, wie ich selbst es empfand. Irgendwie schien es unausweichlich. Aber vielleicht waren meine Gefühle von meiner Sorge um Nefeli geprägt, weil ich spürte, dass etwas zu Ende ging, ohne zu wissen, was genau.

Meine Unbeständigkeit, mein Mangel an Stabilität machten mir zu schaffen. *Ich bin auf der Flucht, ich bin nichts.* Das bekam ich nicht aus meinem Kopf, als würde es mir jemand anderes sagen. Du bist nichts. Zu wem gehörst du? Du gehörst zu niemandem. Ich fuhr schnell zurück in den Hafen, der alte Fiat klapperte bei der Geschwindigkeit, nur vom Salz zusammengehalten.

Es wollte einfach nicht regnen, die dunklen Wolken rasten über den Himmel, um sich anderswo zu entleeren. Es sollte noch lange Zeit kein Regen kommen.

*

Ich fuhr wieder zurück nach Athen. Als ich die Fähre bestiegen hatte und das Schiff ablegte, stand ich an Deck, bis ich die Insel nicht mehr sehen konnte, keine Spur davon. Trotz meiner Stimmung war das Meer mit seiner Weite besänftigend, der Gedanke, dass Wasser mich mit allen Orten der Erde verband: mit Schiffen und Stränden und Ufern. Die Geschichte der Insel war eine Geschichte der Gletscher und die Geschichte der Gletscher ist eine Geschichte des Lebens.

Ich war nichts.

Am Schiffskiosk kaufte ich mir ein Bier und Kartoffelchips. Dann setzte ich mich wieder auf das obere Deck. Die Sonne ging gerade unter, und ich erinnere mich an das schwindende Licht. In der Nähe las ein Mann mit Drahtgestellbrille und dickem Pullover ein Buch über ein Liebespaar, das sich E-Mails schreibt, von einem zeitgenössischen griechischen Schriftsteller. Er merkte, dass ich ihn ansah, und lächelte, doch seine Einladung, mich hinzusetzen, lehnte ich ab. Ich dachte natürlich an den Kapitän, diese langen Routen auf dem Pazifik, als er noch jünger war. Seinen Widerwillen dagegen, an einem Ort zu bleiben.

Als meine Eltern noch lebten, verbot mir eine unbewusste, aber starke Kraft, mich wieder in Griechenland anzusiedeln, so als wäre es Verrat gewesen, zurück in das Land zu ziehen, das sie verlassen hatten, um sich selbst und mir das zu ermöglichen, was sie für ein besseres Leben hielten. Ich sah meine Mutter auf dem Dach stehen, die Hände in die Hüften gestützt: Wir opfern so viel, damit du dann hierher zurückkommst? Jedes Mal, wenn ich herkam, ließ ich Teile meiner Geschichte in der Stadt zurück. Einen Koffer mit Sachen bei Aris. Allein das, was ich in Taxis habe liegen lassen, würde die Regale meiner Wohnung füllen: eine Weinflasche und ein Handy und mehrere Bücher und Tüten voller Geschenke; Bücher eigentlich überall – in der Metro, in einem Café, in einer Mietunterkunft; Schals in Tavernen und T-Shirts und Badeanzüge in Hotelzimmern auf der Insel. Eine Tasche voller Kleidung in einer Mietunterkunft, eine Flasche Shampoo, einen Stapel Postkarten. Ein fast vollgeschriebenes Tagebuch, das war der schlimmste und peinlichste Verlust von allen.

Und doch glaube ich, sie wussten, dass meine Arbeit und mein Herz mich langfristig hierher zurückführen würden. Mein Vater war bereits in Rente und meine Mutter so gut wie. Sie hatten gespart, wie es nur eine bestimmte Generation von Immigranten vermag, Geld lag nicht nur auf Bankkonten und in dieser Wohnung, sondern im ganzen Haus verteilt. Nach ihrem Tod fand ich überall Bares. Und das geräumige Backsteinhaus in Chicago war eine exorbitante Summe wert, mehr, als ich mir je hätte träumen lassen, doch es hatte mir bislang widerstrebt, es zu verkaufen. Jetzt schien es zu einer anderen Welt zu gehören.

*

Zurück in Athen, betrachtete ich Nefelis Gemälde ganz eingehend – vor allem diejenigen, die ich noch nicht aufgehängt hatte. Eines zeigte den Rücken einer Frau mit langem schwarzem Haar, die auf einem Stuhl saß und durch ein kleines Fenster auf eine hügelige Landschaft hinausblickte. Auf dem Boden entdeckte ich etwas Blaues. Ich starrte es an, bis ich das Gefühl hatte, es würde sich bewegen, und ging dann aufgewühlt auf Abstand zu dem Bild. Ich stellte die Gemälde an den Wänden auf, als sei die Farbe noch frisch.

Nach meinem Unterricht erwartete mich Rami draußen vor dem besetzten Haus. Er wollte über seinen Comicroman sprechen. Bisher gab es nur die Bilder. »Ich weiß nicht, in welcher Sprache ich die Geschichte erzählen soll«, sagte er. »In der schwierigsten oder in der einfachsten?« Ich bin nicht sicher, ob er sich auf das Können oder auf den Schmerz bezog. So sagte ich ihm, er solle in der Sprache schreiben, in der er sich am ehesten zu Hause fühlte. »Dein Buch kann ja jederzeit übersetzt werden«, sagte ich, und seine Miene hellte sich auf, als hätte ich ihm ein großartiges Geheimnis enthüllt. Ich glaube, Kinder zu haben ist unter anderem deshalb so schön, weil man miterlebt, wie sich ihnen auf einfache und wunderbare Weise die Welt eröffnet. Für einen Jugendlichen wie Rami, dessen Möglichkeiten momentan durch die Umstände begrenzt waren, ist der Zugang zum Künstlerischen und Intellektuellen keine Kleinigkeit. Wie eigentlich ja für uns alle.

Ramis vierzehnter Geburtstag war in einer Woche. Ich erinnerte ihn daran, dass ich es wusste, und er zog die Stirn kraus. Er blickte erst zu Boden, dann sah er mit einem matten Lächeln auf.

»Da müssen wir unbedingt etwas Besonderes machen«, sagte ich.

»Ja«, antwortete er. Dann tat er etwas, das gar nicht zu ihm passte. Er umarmte mich, nicht wie sonst verschämt mit einem Arm, sondern er schloss mich richtig fest in die Arme. Ich erwiderte die Umarmung.

Vielleicht hätte ich den Geburtstag gar nicht erwähnen sollen, diese Wegmarke der Zeit. Für den Geist ist es fast unmöglich, einen Zustand, der vorübergehend sein sollte, in einen dauerhaften umzuformen. Nun frage ich mich beunruhigt, ob ich durch diese Erwähnung irgendwie Einfluss auf den Lauf der Dinge genommen hatte, ob ich ihm, wenn ich von mehreren Heimaten redete, Ideen in den Kopf gesetzt hatte, ob gar irgendeine Äußerung von mir gleichsam die Ursache für das war, was als Nächstes geschah.

*

Ein paar Tage später rief Dimitra an, fast hysterisch. »Mira, Mira, Mira mou«, sagte sie unter Tränen, und ich wusste sofort, dass Rami weg war.

»Er war des Wartens müde«, sagte Dimitra. Und wiederholte es dann, mehr für sich selbst. Vielleicht war daran etwas Wahres, und Rami wollte es, da er wusste, dass er irgendwann gehen würde, einfach hinter sich bringen. Aber wahrscheinlich hätte Rami, in der Zwickmühle zwischen seinem Leben hier und einem neuen Leben in Deutschland mit Bruder und Tante, eine offizielle Verabschiedung einfach nicht ertragen. Und doch konnte ich nicht glauben, dass er wirklich weg war.

Ich ging zu Dimitra und Fady. Sie waren böse auf Leila, die Bescheid gewusst hatte, aber allzu wütend konnten sie nicht sein, da sie selbst so aufgelöst war, untröstlich, und schluchzte wie ein Kleinkind. Und Fady. Fady fehlten die Worte. »Ich wusste, dass es so kommen würde, ich wusste, dass es nicht für immer ist«, war das Einzige, was er ein ums andere Mal wiederholte. Umso mehr waren sie – wir – in Sorge. Mit wem war er gegangen, und wie? Wo steckte er? War er in Sicherheit? Es war zum Verrücktwerden. Mitten in der Nacht schickte Dimitra mir sorgenvolle Nachrichten.

Drei Tage später, an dem Tag, als Rami Dimitra anrief und ihr Bescheid gab, dass er gut angekommen sei – wie genau, wissen wir immer noch nicht –, meldete sich bei mir der Romancier und berichtete, zwei deutsche Wanderer hätten Nefelis Jeans, ihr T-Shirt und den Schal gefunden, den sie um das Haar getragen hatte. Alles hätte säuberlich gefaltet auf einem Felsen am Rand einer Klippe gelegen, die von ihrer Hütte nur einen kurzen Fußweg entfernt lag. Auf einen großen Stein hätte sie einen blauen Skorpion schabloniert. Es habe seit Wochen nicht geregnet, es sei windstill gewesen, und eine jener Skorpionsfrauen sei verbrannt worden. Der Boden ringsum habe geschwelt, aber die Wanderer hätten die Glut ausgetreten, bevor ein Feuer entstehen konnte.

Doch Nefeli selbst war verschwunden. Als hätte sie sich in Luft aufgelöst, vom Körper zum Äther, von der Erde zum Himmel.

Ich fragte den Romancier, wie die Kirche reagieren würde, wenn es Selbstmord war. »Ganz einfach«, sagte er. »Es ist kein Selbstmord.«

»Und die Leiche?«, fragte ich. »Keine Sorge«, gab er zurück.

Wieder träumte ich von Skorpionen, die über den Boden huschten, über meinen Körper, meinen Rücken. Ich erwachte schwitzend, mein Herz raste, und ich ging hinaus, um den Mond zu betrachten, der kalt aussah wie Marmor. Aber ich war froh, allein zu sein. Ich warf einen Blick auf mein Handy. Eine neue Nachricht von Rami: ein Foto des Skizzenbuchs, das ich ihm geschenkt hatte, bevor er mir auch nur eine seiner Zeichnungen gezeigt hatte. Dann noch eines: ein alberner kleiner ausgestopfter Panda, den ich ihm ebenfalls geschenkt hatte und der nun erst auf einem Skateboard hockte, dann auf einem Kaffeehausstuhl saß und dann wieder von einem Fensterbrett aus in den Regen guckte. *Vergiss nicht nach Post zu schauen*, stand darunter.

Ein paar Tage später fand ich im Hausflur eine große, an mich adressierte Schachtel aus Deutschland. Ein Manuskript, eine gebundene Kopie von Ramis Buch. Der Text war auf Arabisch, vermischt mit etwas Englisch. Titel trug es noch keinen. Vorne drauf klebte ein Zettel, auf dem stand: *Liebe M., danke Dir und ich hoffe, Fady wird es Dir vorlesen!! Vielleicht kannst Du mir bei der Titelsuche behilflich sein!*

Mein Herz pochte laut. Ich hatte Ausschnitte daraus gesehen, Zeichnungen, eine Serie von Einzelbildern: Kinder beim Eis essen, beim Fußball spielen, in der Schule an ihren Pulten. Was mich so beeindruckte, war die Art, wie er Gesichter las und nuancenreich wiedergab, wie eine hochgezogene Augenbraue Überraschung oder Furcht oder Wut oder Lachen ausdrücken oder wie ein kleines Lächeln voller Botschaften stecken kann. Aber ich hatte nicht mitbekommen, wie er daraus die Geschichte machte, ihr einen Anfang, eine Mitte und ein Ende gab.

Die Geschichte handelte von einer Gruppe von Freunden um den Protagonisten Rami, bei der alles, was ihnen Heimat war, nach und nach verschwand. Zuallererst die Schule. Eines Tages kamen sie bei dem Gymnasium an, und es war nicht mehr da. Aber Rami greift nie auf Realismus zurück: Die Schule war nicht durch Bomben oder Granaten oder eine

Naturkatastrophe zerstört worden. Jeden Tag verschwand mehr, bis nur noch eine leere Landschaft blieb, als hätte das Gebäude nie existiert. Keine Spur von Büchern oder Stiften oder Tafeln, keine Computer oder geborstenen Fenster. Alles einfach säuberlich aus der Landschaft geschnitten; was blieb, waren nur Bitterorangen- und Loquatbäume.

Dann verschwindet die Sprache. Bild: Kinder streifen durch die Stadt, schauen Filme, malen ein Wandbild an das Kino – das Mädchen mit der schwarzen Brille unterschreibt auf Griechisch mit seinem Namen –, und dann verschwindet auch das Kino. Videospiele, in denen die Landschaften genauso aussehen wie ihre eigene. Die Häuser beginnen zu verschwinden, einige der Kinder öffnen Wohnungstüren, um auf der anderen Seite nur Luft vorzufinden, nichts hinter den Toren, jenseits ihrer Gärten – abgesehen vielleicht von einem Spielzeug, das auf dem Boden liegt –, bis die Gebäude ganz weg sind. Als Rami merkt, dass er zusammen mit dem Mädchen mit der schwarzen Brille allein ist in der Stadt, geht keiner von ihnen nach Hause. Sie wollen es nicht sehen. Wir sehen, wie das Paar aus der Stadt fortgeht an einen Ort, den wir nicht kennen. Ein kleiner Stoffpanda lugt aus dem Rucksack des Mädchens.

Stundenlang saß ich mit dem Buch da, betrachtete es von vorn bis hinten, von hinten bis vorn, blätterte es durch und blieb oft eine ganze Viertelstunde an einem einzigen Bild hängen. Instinktiv zog ich mein Handy hervor, um Nefeli anzurufen, und wieder überkam mich der Schmerz des Verlusts.

Als Nefeli verschwand, zeigte die Leinwand anstelle von dokumentarischem Filmmaterial, zwischen das Szenen von draußen geschnitten waren, nur Worte – abfotografierte Seiten aus ihrem Tagebuch von 1970; Fotos von den Graffiti an den Außenmauern ihres Ateliers; Fragmente von Klageliedern, noch mehr Ausschnitte aus Gedichten. An anderen Tagen nur ein paar Worte aus einem unvollendeten Gedicht von Kavafis. Als hätte sie es alles geplant.

*

Bei Nefelis Begräbnis stand meine Mutter neben mir, daneben mein Vater. Sehr still blickte er starr geradeaus, aber sein Gesicht hatte einen entspannten Ausdruck, als würde er gerade einen guten Film sehen oder ein Buch lesen. Er warf mir einen Blick zu, seine Augen ganz tief und ruhig. Ich wandte den Kopf, um die Gesichter zu betrachten, vergangene und gegenwärtige; so viele Menschen in verschiedenen Zuständen von Betroffenheit und Trauer.

Meine Mutter wandte sich immer wieder mir zu, fast mutwillig, als wollte sie mit mir reden. Sie hatte Bonbons in der Handtasche und wickelte sie umständlich aus. Sie berührte meine Wange, sie wischte mir die Tränen weg. Ihre getuschten Wimpern waren gebogen; ihr kräftiges Haar, auf Schulterlänge geschnitten, zeigte nur einen Hauch von Grau. In gewisser Weise ihr junges Selbst, aber in ihrem guten schwarzen Kleid und mit dem aktuellen Haarschnitt.

Mein Vater, zu ihrer Rechten, war genau der, an den ich mich vor seinem Tod erinnern kann. Er trug sogar den neuen braunen Pullover, den ich ihm zum Geburtstag gekauft hatte. Dimitra und Leila und Fady waren ebenfalls da. Leilas Augenbrauen waren wieder braun, aber sie hatte eine blaue Strähne im Haar. Dimitra, die hinter mir stand, ließ die ganze Zeit die Hand auf meiner Schulter.

Wir sind den Toten viel schuldig.

Was wir wussten: Jeden Tag war Nefeli den Hügel hinter ihrer Hütte hinaufgestiegen, vorbei an den Bienenstöcken, vorbei an der alten Kirche, vorbei an der Stelle, wo die Erde versengt und schwarz war, und hatte an ihrer Installation gearbeitet, einem Gegenstück zu der in Athen – ein noch größeres, primitiv wirkendes Megafon, das sie aus Kantholz gebaut hatte. Am Hafen hatte sie ein paar junge Männer getroffen, die Arbeit suchten. Wahrscheinlich hatten sie ihr geholfen, das Holz zu schnitzen und zu behandeln. Nefeli hatte immer schnell Freunde gefunden.

Ich fuhr zurück auf die Insel und brauchte fast den ganzen Vormittag, um es in den Hügeln zu entdecken.

Größer als die in der Ausstellung, öffnete sich dieses Megafon direkt nach oben. Einen Augenblick lang überlegte ich, ob sie darin eine Kamera installiert hatte, um vorbeiziehende Wolken auf die Bildschirme im Museum zu projizieren. Aber ich wusste, dass das nicht der Sinn gewesen war. Nefeli hatte gewollt, dass dieses Ding hier draußen stumm in den endlosen Himmel wies.

Es lag kein Zettel dort. Das Megafon war alles, was blieb.

Ich setzte mich zwischen winzige purpurfarbene Blümchen und struppiges Gras auf den sonnendurchglühten Boden. Es ging ein leichter Wind, und ich könnte schwören, dass ich die unheimlichen Harmonien vernahm, die ich unten bei den Segeln gehört hatte. Ich lauschte angespannt, um die Klänge in meinem Kopf von denen außerhalb zu unterscheiden, aber es war auch egal. Ich legte mich neben ihr Gebilde und blieb dort eine Stunde lang still liegen. Fast spürte ich wieder ihre Hand auf meinem unteren Rücken. Als ich schließlich aufstand, um zu gehen, waren meine

Augen gerötet und mein Gesicht verquollen, und ich weiß nicht, ob ich mich besser fühlte oder einfach nur anders.

Irgendwann würden auch andere hier einen Besuch machen.

Später hörten wir vom ortsansässigen Bauhandwerker – einem jungen Kerl, der abends in Clubs Musik machte und eine Stimme wie Butter hatte –, er habe ihr das Material mit einem Kipplaster geliefert, ihr seine Werkzeuge ausgeliehen und ihr und Nikos beim Bauen geholfen. Manchmal hatte er ihnen belegte Brote gebracht. Oft war er sie abholen gekommen, um sie dort hinaufzubringen, wenn Nikos das nicht tat. Sonnenklar. Eines Spätnachmittags sprach ich in der Taverne mit ihm und seinem Vater, dem das Unternehmen gehörte. Sie hatten sie gemeinsam gefunden, besser gesagt, ihre Leiche, als sie mit Nikos im LKW herumfuhren. Kein Wunder, dass Nikos so erschüttert war.

Mein Gott, wie ich sie vermisste.

Zurück in Athen, aß ich eines Abends mit Fady und Dimitra, als Leila mit dem Handy in der Hand aus ihrem Zimmer kam und uns Ramis ernstes Gesicht zeigte. Auch er hatte sich die Haare blau gefärbt. Wir winkten und unterhielten uns aufgeregt, und als sie wieder in ihrem Zimmer verschwand, um das Gespräch fortzusetzen, weinten wir alle drei.

Später beschrieb uns Leila seine neue Wohnung, seine neue Stadt und dass er immer noch darauf warte, dass sich mal die Sonne zeige, sich abgesehen davon aber wohl dort fühle. Nach all den Jahren in so strahlend hellem Licht war es schwer, sich an das Grau zu gewöhnen. Mit seinen Cousins, seiner Tante und seinem Bruder kam er gut klar, aber Leila erzählte, dass er über Athen reden wollte. Leila sah, dass ich geweint hatte, und umarmte mich, selbst die Augen voller Tränen. »Er vermisst dich«, sagte sie. »Weißt du, was er gesagt hat? Dass du aussiehst wie seine Mutter.«

An diesem Abend rief mich Aris an.

Der Romancier plante zu seinem fünfundsiebzigsten Geburtstag ein großes Fest auf der Insel. Ich nahm an, dass Aris deswegen anrief. Ich hatte vor, hinzufahren, hatte aber nicht an mögliche Komplikationen gedacht. Der Romancier selbst sagte, er sei nicht recht in Stimmung.

»Mira?« Aris' Stimme zitterte. Nach den vielen und vertraulichen Telefonaten, die wir in all den Jahren geführt hatten, konnte ich ihn am Telefon gut einschätzen.

»Hallo, Aris«, sagte ich mit leiser, sanfter Stimme. Irgendetwas stimmte nicht. Am anderen Ende herrschte erst Schweigen, dann begann er zu schluchzen. Wie kann ich erklären, was ich in diesem Moment empfand? Ich fühlte weder Groll noch Ärger noch Eifersucht. Diese Gefühle waren, soweit ich sie gehegt hatte, längst verflogen. Ehrlich gesagt empfand ich eine große Wärme. Vielleicht bin ich auf Aris wütend gewesen und verletzt, weil die Trennung für mich so überraschend kam, aber ich merkte, dass ich ihm schon vergeben hatte, so wie man einem Elternteil vergibt, der einen oft enttäuscht hat. Trotz des Schmerzes war es richtig gewesen, dass unsere Wege sich trennten. Ich glaube, das schafft so viele Probleme zwischen Menschen: das Beharren darauf, dass es keinen Schmerz geben soll. Für mich wurde er zum Mentor, Vater, Geliebten, Freund. Aber trotz oder gerade wegen alledem blieb wenig Raum für jene mysteriöse, fortdauernde Sache.

Der Knoten in meinem Hals hielt mich vom Reden ab. Die Wahrheit des Lebens ist immer seltsamer als die Wahrheit der Fiktion, und all das, was ich Ihnen hier erzähle, ist wahr. Ich hörte Aris am Telefon schluchzen. Es fühlte sich richtig an. Es fühlte sich richtig an, mit ihm zu sprechen, nachdem er gerade zum ersten Mal seine Tochter im Arm gehalten hatte. Auch *das* war Liebe: so offen und großzügig und lebendig. Es gibt so viele Arten zu lieben. Wieso bloß haben wir nur ein einziges Wort dafür? Vielleicht war ich nicht seine große Liebe, wenn es so etwas überhaupt gab. Das war in Ordnung. Gegenseitigkeit zu fordern, ist bizarr, verrückt. Und unmöglich.

»Geht es Eva gut?«, fragte ich. Es war das erste Mal, dass ich ihren Namen aussprach.

»Erschöpft, aber gut«, sagte er. »Kaiserschnitt.«

»Bist du jetzt im Krankenhaus?«, erkundigte ich mich.

»Sie ist so winzig.«

»Wie wunderschön«, sagte ich und meinte es von Herzen. So, als hätten all jene Jahre auf diesen einen Moment hingeführt.

»Mi mou«, sagte er. Diesen Kosenamen hatte er seit Monaten, Jahren nicht verwendet. So viel lag in diesen Worten. Ich habe Angst es tut mir leid ich freue mich riesig ich lebe.

»Alles gut, Ari *mou*«, sagte ich. *»Se filo.«*

20

DER KAPITÄN

Der Tag von Nefelis Beerdigung war strahlend sonnig. Ich sah Mira vorne stehen, eine kleine Gestalt in Schwarz. Ihr Haar war jetzt ein wenig heller, vielleicht von der Sonne, und sie trug ein kunstvoll gearbeitetes Band um den Kopf, wie Ifigenia es manchmal zum Fußballtraining trägt. Hinter ihr sah ich die Journalistin/Sängerin und ihren Mann mit ihrer Tochter. Ich fragte mich, was mit dem Jungen geschehen war, den Mira, wie ich wusste, liebte.

»Hallo«, sagte ich und beugte mich vor, um sie mit einem Kuss auf beide Wangen zu begrüßen. Als ich ihre Taille berührte, spürte ich etwas in mir flattern.

»Hi«, sagte sie und entzog sich mir. Ihre Lippen zitterten. Sie sagte nicht, *Lang ist es her*, und ich war dankbar dafür. Sie machte das gleiche ernste Gesicht wie immer, als würde ich ihr jeden Tag bei Beerdigungen begegnen.

Mir schien, es waren mehrere Hundert Menschen da. Ich erhaschte einen Blick auf Aris mit seinem Vater in der Menge. Mein Vater hatte sich geweigert zu kommen: Ich glaube, er konnte es nicht akzeptieren. Er wollte, dass sie dablieb, mit ihm, oben in dem Haus, mit ihrem Megafon auf dem Hügel. Als ich am Abend zuvor mit ihm sprach, war er fassungslos, und ich begriff, dass er Nefeli geliebt hatte, und obwohl sie ihn nicht in der gleichen Weise liebte, so liebte sie ihn doch auch. Sie waren beide schwierige Menschen, und alle möglichen Leute verliebten sich in sie.

Ich wollte nicht sagen, *Schön, dich zu sehen.* Ich wollte sagen, *Möge die Erinnerung an sie ewig sein*, tat es aber nicht. »Lass uns irgendwo hingehen«, sagte ich stattdessen. »Ein Bier trinken.«

Ihre Augen waren rot. Sie warf ihren Freunden einen Blick zu. »Später heute?«, sagte sie.

Wir verabredeten, uns nicht direkt am Hafen zu treffen, sondern in einem alten Café ein bisschen weiter weg, am Wasser bei einer kleinen Bucht, wo Minas, der Freund meines Vaters, sein altes Fischerboot liegen hatte.

Ich war zuerst dort und nahm im Schatten Platz. Ich war allein in dem Café, und am Strand spielte eine junge Frau mit ihrem Hund Stöckchen werfen. Als Mira kam, sagte sie nichts, sondern setzte sich einfach nur hin und lächelte. Es fühlte sich seltsam an, ihr so gegenüberzusitzen, von Angesicht zu Angesicht. Der Kellner lächelte Mira an, als hätten sie ein Geheimnis miteinander. Wir bestellten Bier, der Kellner brachte Pistazien. Wir redeten.

Als es zu regnen begann, geschah etwas Seltsames. Wir zogen beide instinktiv unsere Stühle ans lange Ende des Tisches, der unter der Markise stand. Wie choreographiert. Vor uns das Meer. In diesem Augenblick drehte sie sich zur Seite und lächelte. Verschwörerisch. Dann wandte sie den Kopf dem Wasser zu. Zusammen starrten wir hinaus in diese Weite, setzten unser Gespräch fort, Seite an Seite, als sei nichts geschehen, aber natürlich war eine Menge passiert.

DANKSAGUNGEN

Meine tiefe Dankbarkeit gilt meiner großartigen Lektorin Masie Cochran sowie auch Elizabeth DeMeo, Molly Templeton, Nanci McCloskey und den übrigen Mitgliedern des tollen Teams von Tin House für ihre Wärme, ihr präzises Lektorat und ihre Aufmerksamkeit. Dank auch an Aniko Aliyeva und Diane Chonette für die wunderbare künstlerische und gestalterische Arbeit. Ich danke Amy Williams, weil sie von Anfang an an dieses Buch geglaubt hat.

In der Camargo Foundation in Cassis, Frankreich, habe ich angefangen, über dieses Projekt nachzudenken, und ich danke meinen Mitbewohnern für ihre Ermutigung, ihr Verständnis und ihren Rat. Danke an die MacDowell Colony, die Can Cab Literary Residence und die Sozopol Fiction Seminars dafür, dass sie so herzliche, belebende Gemeinschaften schaffen. Dem Fulbright-Programm schulde ich Dank für die Zeit und Unterstützung. Um dieses Buch fertigstellen zu können, bekam ich Stipendien vom Vizepräsidium für Forschung der Wayne State University Research und vom dortigen Provost-Büro. Stipendien des Weiser Center for Emerging Democracies an der University of Michigan sowie des Center for Russian, Eastern European and Eurasian Studies am Internationalen Institut der University of Michigan ermöglichten, dass ich überhaupt mit dem Schreiben begann.

Ein großer Dank an meine Kollegen an der Wayne State University, meine Kollegen von der Modern Greek Studies Association sowie Kollegen von Semester on Sea. Und ein herzliches ευχαριστώ an meine »Fakultätsfamilie« von Writing Workshops in Greece – Christopher Bakken, Allison Wilkins Bakken, Nicole Brown, Joanna Eleftheriou, Carolyn Forché, Jessica Jacobs, Aimee Nezhukumatathil, Scott Cairns und Courtney Zoffness. Viele Teile dieses Buches entstanden während unserer gemeinsamen Zeiten.

Viele Menschen waren mir dabei behilflich, dieses Buch zum Abschluss zu bringen, insbesondere die wohlwollenden Freunde, die scharfsinnige, hilfreiche Kommentare zu dem Roman in seinen verschiedenen Entwicklungsstufen gaben: Elizabeth Ames, Karen Emmerich, Adrianne Kalfopoulou und Alix Ohlin. Ein Dank geht auch an Ali Abazeed, Dean Bakopoulos, Charlie Baxter, Charlotte Boulay, Beth Chimera, Peter Ho Davies, Sugi Ganeshananthan, Elizabeth Gramm, Mike Hinken, Cara Hoffman, Donovan Hohn, Travis Holland, Lacy Johnson, Joanny Kakissis, Christine Kelley, Doug Kibbee, Jo Kibbee, Elizabeth Kostova, Vassilis Lambropoulos, Min Kyung Lee, Artemis Leontis, Olia Lydaki, Alexander Maksik, Amalia Melis, Eric Moe, Beth Nguyen, Eileen Pollack, David Rakowski, Sébastien Seixas, Stephanie Soileau, Alicia Stallings, Harry Stecopoulos, Giota Tachtara, Natasha Tsangarides, Jesmyn Ward, Claire Vaye Watkins und Barbara Weissberger.

Aus tiefstem Herzen möchte ich all meinen Freunden und meiner Familie – in Griechenland wie in den USA – für die herzlichen Gespräche, die Unterstützung und die Liebe danken. Und natürlich meinen Eltern.

Jenny Marketous Werk *Red Eyed Sky Walkers* inspirierte mich bei der Kunstinstallation in diesem Buch. Und Stacey D'Erasmos *The Art of Intimacy* war wegen der klugen Analyse von physischem Raum und Intimität in fiktionalen Werken von unschätzbarem Wert.

Und schließlich danke ich Jeremy für die vielen Jahre der Partnerschaft, Liebe, Geduld und Freude – mögen noch viele weitere folgen!

NF 511/1/05.21

NF 512/1/05.21

NF 513/1/05.21

NF 442/1/12.18

NF 441/1/12.18